어휘력·문해력·문장력 세계명작에 있고
영어공부 세계명작 직독직해에 있다

주홍 글씨 (하)

너새니얼 호손 지음

주식회사 자유지성사

[책머리에]

" 어휘력·문해력·문장력 세계명작에 있고 영어공부 세계명작 직독직해에 있다"

(1) 미래의 약속은 어휘력·문해력·문장력이다.
이 책은 이미 검증이 되어 세계인들에게 널리 읽히고 있고, 필독서로 선정된 세계명작을 직독직해 하면서 그 작품성과 작품속의 언어들을 통해 어휘력·문해력·문장력까지 몸에 배이도록 반복연습 하여 체득화시키고(學而時習之) 글로벌 리더로서 자아강도를 높여 학습자들 스스로 자긍심을 갖도록 하는데 있다.

(2) 국어공부는 어떻게 해야하는가?
초등학교 1학년 어린이들은 글자를 다 익히고 난 다음 본격적으로 국어공부를 시작한다. 국어 교육 과정은 읽기, 쓰기, 듣기, 말하기를 바탕으로 문학, 문법 영역으로 구분되어 있다. 하지만 어린이들이 이렇게 세분화 된 영역에 대해서 다 알기는 어렵다. 수업 시간에 무엇을 배워야 하는지 수업 목표에 대해서는 선생님이 일러 주지만, 영역과 관련지어 궁극적으로 어린이들이 도달해야 할 목표가 무엇인지 알기는 어려울 것이다. 이것은 초등학생들 뿐만 아니라, 중학생, 고등학교 학생들 역시 비슷하지 않을까 싶다!
수학은 계산을 통해서 정답이 도출되는 명명함이 있고, 통합교과는 움직임 활동이나 조작활동이 주가 되기에 그나마 배우는 즐거움이 있지만, 국어는 이 두 가지 모두가 부재한다고 할 수 있는 과목이다. "국어공부를 통해서 다다르고자 하는 궁극적 가치는 '문해력'과 '자기표현'이다." 문해력이 지문을 해석하여 문제를 푸는 것으로 평가한다면, 자기표현은 논리적인 말하기가 포함된 글쓰기인 논술일 것이다. 그래서 '국어공부를 어떻게 해야 할 것인가'를 묻는다면 너무도 뻔한 대답일지 모르겠지만 꾸준한 '글 읽기'와 '글쓰기' 라고 말하고 싶다. 우선 책읽기를 통해 어휘력과 전반적인 문해력을 기를 수 있고, 독서록쓰기, 일기쓰기 등 다양한 글쓰기를 통해 표현력을 향상 시킬 수 있을 것이다.
중국 송나라시대 정치가이고 당송팔대가(唐宋八大家)인 구양수는 글을 잘 짓는 방법을 '3다(多)'라고 했다.
① 다독(多讀) : 많이 읽다
② 다작(多作) : 많이 쓰다
③ 다상량(多商量) : 많이 생각하다
즉 책을 많이 읽다보면 어휘력이 풍부해져 생각의 폭이 넓어지고, 또한 생각이 깊어지고, 자연히 하고싶은 말이 많아지게 되면서 보여주고 싶은 글을 잘 짓게 된다는 것이다.
하지만 이 두 가지 모두 스스로 재미를 느껴 꾸준히 하기에는 무엇보다 어렵다. 특히 책읽기는 '읽기의 재미'를 붙일 수 있을 때까지 적절한 도움과 관심이 필요한 부분이다. 책에 관심을 가질 수 있도록 자주 노출시켜 주고, 특히 저학년들은 스스로 책읽기를 힘들어 한다면 조금 귀찮더라도 반복해서 자주 읽어주는 것도 하나의 방법이라고 할 수 있다.

(3) 직독직해란 무엇인가?

영어 문장을 읽으며 우리말 해석을 따로 하지 않고 내용을 즉시 이해하는 독해방식이다. 직독직해의 장점은 주어, 목적어, 동사를 찾아 문장 앞뒤로 옮겨 다니며 우리말로 일일이 해석하는 방식에서 벗어나 영어 어순 구조에 빨리 적응하도록 해준다는 점이다. 직독직해가 익숙해지면 듣기 능력 향상에도 도움을 준다. 듣기가 잘 안 되는 데는 여러가지 이유가 있겠지만, 문장을 어순 그대로 받아들이는 연습이 부족했던 점도 주된 이유 중 하나이다. 그래서 눈에 보이는 순서대로 해석하는 직독직해가 익숙해지면 귀에 들리는 순서대로 뜻을 파악하는 데도 수월하다. 결론적으로 직독직해는 수험생들일 경우 시험시간도 절약해 주지만 영어의 언어적 특징을 잘 이해할 수 있게 도와줘 말하기와 듣기를 포함하여 전체적인 어학수준을 향상시켜 준다. 이 책은 직독직해를 처음 접하거나 익숙하지 않은 학습자들에게,

① 왜 직독직해를 하는가?

② 직독직해를 하면 어떤 효과를 얻을 수 있는가?

③ 직독직해를 잘하기 위해서는 어떤 연습과 노력이 필요한가?

등을 스스로 체험하게하고 반복연습을 통해 몸에 배이도록 하였다. 중급 수준의 영어 학습자라면 원활한 직독직해를 어렵지 않게 소화해 낼 수 있을 것으로 믿는다. 노력도 재능이다.

2024년 9월

CONTENTS

차 례

The Scarlet Letter 하

CHAPTER 13
Another View of Hester

In her late singular interview with Mr. Dimmesdale, Hester Prynne was shocked at the condition to which she found the clergyman reduced. His nerve seemed absolutely destroyed. His moral force was abased into more than childish weakness. It grovelled helpless on the ground, even while his intellectual faculties retained their pristine strength, or had perhaps acquired a morbid energy, which disease only could have given them. With her knowledge of a train of circumstances hidden from all others, she

---

reduce (to) = bring down to a bad or disagreeable condition   nerve = vigor energy
abase = lower   grovel:기다, 비굴하게 행동하다   pristine =original   morbid:병
적인

주홍 글씨 (하)

제 13 장
헤스터의 또다른 모습

요전에 이상한 계기로 딤즈데일 목사와 만났을 때 헤스터 프린은 목사의 몸이 쇠약해진 것을 보고 충격을 받았다. 그의 신경은 극도로 쇠약해진 것 같았기 때문이다. 그의 도덕적인 정신력은 어린애보다도 못할 만큼 떨어졌다. 그의 지적인 능력은 본래의 힘을 유지했지만 — 혹은 아플 때만 생기는 병적인 힘이었는지도 모른다 — 정신력은 땅에 떨어져 어쩔 수 없는 상태였다. 남들이 모르는 사건들을 알고 있는 헤스터는 목사 자

could readily infer that, besides the legitimate action of his own conscience, a terrible machinery had been brought to bear, and was still operating, on Mr. Dimmesdale's well-being and repose. Knowing what this poor, fallen man had once been, her whole soul was moved by the shuddering terror with which he had appealed to her,—the outcast woman,—for support against his instinctively discovered enemy. She decided, moreover, that he had a right to her utmost aid. Little accustomed, in her long seclusion from society, to measure her ideas of right and wrong by any standard external to herself, Hester saw—or seemed to Fee—that there lay a responsibility upon her, in reference to the clergyman, which she owed to no other, nor to the whole world besides. The links that united her to the rest of human kind—links of flowers. or silk, or gold, or whatever the material—had all been broken. Here was the iron link of mutual crime, which neither he nor she could break. Like all other ties, it brought along with it its obligations.

Hester Prynne did not now occupy precisely the same-position in which we beheld her during the earlier periods of her ignominy. Years had come and gone. Pearl was now seven years old. Her mother, with the scarlet letter on her

---

legitimate: 사리에 맞는, 정당한 brought to bear=apply, direct seclusion:격리, 은둔 iron link of mutual crime: 함께 저지른 범죄는 쇠로 된 (끊기 어려운) 유대 obligation = duty(의무)

신이 당연히 느낄 양심의 가책 이외에도 무서운 흉계가 딤즈데일 목사의 행복과 평온에 나쁜 영향을 끼치고 있다는 것을 쉽게 추측할 수 있었다. 초라하고 타락한 과거를 가진 목사가 보이지 않는 적으로부터 보호해 달라고 그녀—버림받은 여인—에게 본능적으로 호소할 때, 헤스터의 영혼은 오싹하는 공포로 흔들렸다. 더욱이 그녀는 목사를 도와야 할 의무가 있다는 결론을 내렸다. 사회로부터의 오랜 은둔 생활 동안 외부 세계의 기준으로, 자신이 생각하는 옳고 그름을 평가하는 것에 익숙지 않았지만, 헤스터는 목사를 위해서는 누구에게도 지지 않는 책임을 져야 한다는 것을 알고 있었다. 그녀를 다른 사람들과 연결시켜 주던 모든 고리—꽃이나, 비단, 금, 그 밖의 모든 물질적—가 끊어져 버렸었다. 그러나 여기에는 서로의 죄로 말미암은 공동의 쇠사슬만이 남았으니 그것은 헤스터도 목사도 끊을 수 없다. 다른 모든 유대처럼 이 유대에도 의무는 따르는 법이다.

헤스터 프린의 위치는 그녀가 모욕을 겪었던 때와 꼭 같지는 않았다. 세월은 흘러 펄은 벌써 일곱 살이 되었을때, 아름다운 자수에서 반짝이는 주홍글씨를 가슴에 단 어머니는 마을 사람들눈에 익숙한 것이 되었다.

breast, glittering in its fantastic embroidery, had long been a familiar object to the townspeople. As is apt to be the case when a person stands out in any prominence before the community, and, at the same time, interferes neither with public nor individual interests and conveniences, a species of general regard had ultimately grown up in reference to Hester Prynne. It is to the credit of human nature, that, except where its selfishness is brought into play, it loves more readily than it hates. Hatred, by a gradual and quiet process, will even be transformed to love, unless the change be impeded by a continually new irritation of the original feeling of hostility. In this matter of Hester Prynne, there was neither irritation nor irksomeness. She never battled with the public, but submitted, uncomplainingly, to its worst usage; she made no claim upon it, in requital for what she suffered; she did not weigh upon its sympathies. Then, also, the blameless purity of her life during all these years in which she had been set apart to infamy, was reckoned largely in her favor. With nothing now to lose, in the sight of mankind, and with no hope, and seemingly no wish, of gaining anything, it could only be a genuine regard for virtue that had brought back the poor wanderer to its paths.

---

as is apt to be the case: 흔히 그럴 수 있듯이 prominence:눈에 띄기, 현저, 탁월 is brought into play=is brought into action impeded=hinder got in the way of : 방해되다 irritation:화냄, 초조 irksome:지루함, 귀찮음 in requital for: ~에 대한 보상으로 path: 길, 진로, 방향, 방침

남의 눈에 띄게 두드러져도 공적이거나 개인적인 이익과 편의를 해치지 않자, 헤스터 프린도 역시 일종의 존경 같은 것을 받기 시작하였다. 인간성은 이기심이 동하지 않는 한 남을 미워하기보다는 사랑하기를 서슴지 않는 것이 장점이다. 본래의 미웠던 감정이 부단히 되살아나서 변화를 막지 않는 한 미움도 세월이 흐르면 서서히 사랑으로 변한다. 헤스터 프린도 남을 자극하거나 귀찮게 하지는 않았다. 그녀는 남과 싸우지도 않고, 푸대접에도 불평 없이 순종했고, 그녀가 당한 고통에 대한 보복을 주장하지도 않았다. 남의 동정심에 기대지도 않았다. 또한 세상의 따돌림을 받고 살아 온 여러 해 동안 불평 없이 깨끗한 생활을 한 것도 그녀에게는 매우 유리하였다. 사람의 판단으로는 잃을 것도 없고, 얻을 희망도 욕망도 없는 불쌍한 방랑자가 그 길을 찾도록 해 준 것은 미덕을 순수하게 보려는 그녀의 마음이었을 것이다. 또한 헤스터는 남들처럼 숨을 쉬며 스스로 성실하게 일하여 펄과 자기가 살 수 있는 양식을 버는 이상의 특권을 받겠다고 주장한 적이 없었다. 그녀는 구제가 필요할 때는 서슴없이 주어서 어린 펄과 자신이 겨레의 한 자매임을 알게 하였다.

———————————————

It was perceived, too, that while Hester never put forward even the humblest title to share in the world's privileges,—further than to breathe the common air, and earn daily bread for little Pearl and herself by the faithful labor of her hands,—she was quick to acknowledge her sisterhood with the race of man, whenever benefits were to be conferred. None so ready as she to give of her little substance to every demand of poverty; even though the bitter-hearted pauper threw back a gibe in requital of the food brought regularly to his door, or the garments wrought for him by the fingers that could have embroidered a monarch's robe. None so self-devoted as Hester, when pestilence stalked through the town. In all seasons of calamity, indeed, whether general or of individuals, the outcast of society at once found her place. She came, not as a guest, but as a rightful inmate, into the household that was darkened by trouble; as if its gloomy twilight were a medium in which she was entitled to hold intercourse with her fellow-creatures. There glimmered the embroidered letter, with comfort in its unearthly ray. Elsewhere the token of sin, it was the taper of the sick-chamber. It had even thrown its gleam, in the sufferer's hard extremity, across the verge of time. It had shown him where to set

---

put forward = advance: 제안하다 privilege:특권, 특전 her sisterhood with the race of man: 인류와의 자매 관계 confer = give ~을 수여하다, 주다 pauper :빈민, 빈곤자 gibe:비웃음, 조롱 none so self- devoted as: ~만큼 헌신적인 사람은 없었다 pestilence:전염병, 역병 calamity:재난, 고난

그녀는 가진 것이 없지만 걸인이 손을 내밀면 누구보다도 먼저 가진 것을 주었다. 매일 문전에 갖다 주는 음식을 받아먹고, 임금님의 옷에 수를 놓을 만큼 좋은 솜씨로 만든 옷을 받아 입고도 비웃어 대는 마음씨 고약한 거지와는 무척 대조가 되었다. 흑사병이 마을에 퍼졌을 때에도 헤스터처럼 헌신적인 사람은 없었다. 재난이 있을 때마다 전체적이건, 개인적이건, 사회에서 버림받은 그녀는 불행으로 우울해진 가정을 손님으로서가 아니라 한 가족으로서 찾아갔다. 그것은 마치 불행의 어두운 땅거미가 헤스터로 하여금 그녀의 이웃과 대화하도록 해 주는 매체 같았다. 거기서는 수놓아진 주홍 글씨가 세상에서와는 다른 빛을 발하여 마음 푸근하게 해 주었다. 다른 곳에서는 죄의 상징이었으나, 병실에서는 작은 촛불이었다. 환자가 임종에 있을 때에도 시간의 한계점까지 어스레한 빛을 비춰 주었다. 땅위의 빛이 빠른 속도로 꺼져 가고 내세의 빛이 아직 이르지 못했을 때에 주홍 글씨가 발하는 빛은 그의 발 디딜 곳을 비춰 주었다. 이처럼 위급한 때에도 헤스터의 성품은 다정하고 푸근하였다.

그 부드러운 인간성의 샘물은 누구든지 원하면 마실 수 있었

흑사병:열성 전염병, 쥐가 그 매개체임

his foot, while the light of earth was fast becoming dim, and ere the light of futurity could reach him. In such emergencies, Hester's nature showed itself warm and rich; a well-spring of human tenderness, unfailing to every real demand, and inexhaustible by the largest. Her breast, with its badge of shame, was but the softer pillow for the head that needed one. she was self-ordained a Sister of Mercy; or, we may rather say, the world's heavy hand had so ordained her, when neither the world nor she looked forward to this result. The letter was the symbol of her call-ing. Such helpfulness was found in her, Chat many people refused to interpret the scarlet A by its original significa-tion. They said that it meant Able; so strong was Hester Prynne, with a woman's strength.

It was only the darkened house that could contain her. When sunshine came again, she was not there. Her shad-ow had faded across the threshold. The helpful inmate had departed, without one backward glance to gather up the meed of gratitude, If any were in the hearts of those whom she had served so zealously. Meeting them in the street, she never raised her head to receive their greeting. If they were resolute to accost her, she laid her finger on the scar-let letter, and passed on. This might be pride, but was so

---

ere = before   unfailing=constant   ordain:명하다(order), destine looked forward to: ~을 기대하다(=expect) calling: 천직 with a woman's strength: 여자의 힘에 도 불구하고 zealously:열심히, 열광적으로   be resolute to: 어떻게 하든, ~하 려고 했더라면

고, 마르지 않았다. 수치의 뱃지가 달린 그녀의 가슴은, 베개가 필요한 머리를 위해서는 부드러운 베개가 되어 주었다. 그녀는 스스로 임명한 자비의 수녀, 아니, 오히려 그때에는 이렇게 될 지 예측하지 못했지만, 세상의 무거운 손길이 그녀에게 맡겼다 는 편이 좋을 것이다. 주홍 글씨는 그녀의 소명의 상징이었다. 그녀는 그토록 남에게 도움을 주었다. 사람들은 주홍 글씨 A자 를 원래의 의미대로 풀이하는 것을 거절하였다. 그들은 그 글 자가 유능(able)을 의미한다고 말하였다. 헤스터 프린은 여자로 서 너무나 강했기 때문이다.

그녀가 집에 돌아올 때쯤이면 항상 어두웠고, 햇빛이 다시 비치면, 그녀는 이미 거기에 없었다. 그녀의 그림자는 문지방 너머로 사라져 갔다. 한 식구 같은 그녀가 사라져 갈 때 그녀 의 극진한 간호를 받은 사람들이 감사의 뜻을 표하려 해도 그 녀는 보답을 받으려고 뒤를 돌아보는 일은 없었다. 거리에서 그들을 만났을 때도 그녀는 그들의 인사를 받기 위해 고개를 드는 일도 없었다. 그들이 한사코 인사를 하겠다고 다가와도 그녀는 손가락으로 주홍 글씨를 가리키며 지나갔다. 이것은 자 존심이었을지도 모르지만 그보다는 겸손이었으며, 이것은 대중

소명:어떤 특수한 신문으로 신에 봉사하도록 신의 부름을 받음

like humility, that it produced all the softening influence of the latter quality on the public mind. The public is despotic in its temper; it is capable of denying common justice, when too strenuously demanded as a right; but quite as frequently it awards more than justice, when the appeal is made, as despots love to have it made, entirely to its generosity. Interpreting Hester Prynne's deportment as an appeal of this nature, society was inclined to show its former victim a more benign countenance than she cared to be favored with, or, perchance, than she deserved.

The rulers, and the wise and learned men of the community, were longer in acknowledging the influence of Hester's good qualities than the people. The prejudices which they shared in common with the latter were fortified in themselves by an iron framework of reasoning, that made it a far tougher labor to expel them. Day by day, nevertheless, their sour and rigid wrinkles were relaxing into something which, in the due course of years, might grow to be an expression of almost benevolence. Thus it was with the men of rank, on whom their eminent position imposed the guardianship of the public morals. Individuals in private life, meanwhile, had quite forgiven Hester Prynne for her frailty;nay, more, they had begun to

---

despotic:독재적인, 전제적인 despots:독재자, 폭군 benign:상냥한, 친절한 be longer in: ~하는데 보다 오랜 시일을 요하다 fortify:요새를 쌓다, 방위를 강화하다 in the due course of years: 세월이 흐르는 동안 grow to be=gradually come to be frailty=fault

들의 마음에 부드러운 영향을 주었다. 대중은 기질적으로 폭군이다. 그래서 당연한 정당성을 권리로써 강력히 요구하면 그것을 거부하는 힘을 갖고 있다. 그러나 대중의 관대함에 호소하면 폭군도 그것을 좋아하므로 그 이상의 것을 허용할 때가 많다. 헤스터 프린의 태도를 이런 본성에 대한 호소로 이해하면, 사회는 한때 그 희생자였던 그녀에게 그녀의 바람보다도 많은 아니, 어쩌면 의례히 받아야 하는 것 이상의 친절한 호의를 베푼 것이다.

사회의 지도층이나 현명하고 학식이 높은 자들은 헤스터의 착한 행실의 영향을 인정하는 데는 대중보다 오랜 시간이 걸렸다. 그 글씨에 대한 편견은 대중들과 마찬가지였으나 그들의 편견은 강철 같은 이성의 틀에 갇혀 있었기 때문에 몰아내는데 더 큰 힘이 들었던 것이다. 그럼에도 불구하고 날이 갈수록 그들의 찌푸렸던 질긴 주름살도 서서히 펴져서 온화한 표정으로 변한 것이었다. 높은 지위에서 공중도덕을 수호해야 할 학식 있는 사람들도 그러했다. 그러는 동안 개개의 생활을 가진 사람들은 헤스터가 마음이 약했던 탓이라고 용서해 주었다. 뿐만 아니라, 그녀의 주홍 글씨를 그토록 오랫동안 비참한 형벌을

편견: 한쪽으로 치우친 생각

look upon the scarlet letter as the token, not of that one sin, for which she had borne so long and dreary a penance, but of her many good deeds since. "Do you see that woman with the embroidered badge?" they would say to strangers. "It is our Hester,— the town's own Hester, who is so kind to the poor, so helpful to the sick, so comfortable to the afflicted!" Then, it is true, the propensity of human nature to tell the very worst of itself, when embodied in the person of another, would constrain them to whisper the black scandal of bygone years. It was none the less a fact, however, that, in the eyes of the very men who spoke thus, the scarlet letter had the effect of the cross on a nun's bosom. It imparted to the wearer a kind of sacredness, which enabled her to walk securely amid all peril. Had she fallen among thieves, it would have kept her safe. It was reported, and believed by many, that an Indian had drawn his arrow against the badge, and that the missile struck it, but fell harmless to the ground.

The effect of the symbol— or, rather, of the position in respect to society that was indicated by it— on the mind of Hester Prynne herself, was powerful and peculiar. All the light and graceful foliage of her character had been withered up by this red-hot brand and had long ago fallen

---

penance:회개, 속죄 the afflicted: 고통받는 사람들 propensity:경향, 성벽, 성질, 버릇 constrain=compel: 강요하다, 압박하다 red-hot brand=scarlet letter

받은 죄의 상징으로서가 아니라 그 이후 그녀가 행한 숱한 선행의 상징으로 인식되기 시작했다.

 "수놓은 뱃지를 단 부인을 보았소? 그녀가 우리 마을의 자랑인 헤스터랍니다. 가난한 자에게 친절하고, 병든 자들에게 도움을 주며, 고통받는 자들을 위로하는 친절한 사람이죠." 사람들은 그곳을 지나는 이방인에게 이렇게 말하곤 하였다. 물론, 인간은 다른 사람의 나쁜 점만을 말하는 경향이 있어서 남의 말을 할 때 지나간 추문만을 말하게 되지만, 이런 인간들이 보기에도 주홍 글씨는 수녀의 가슴에 걸려 있는 십자가와 같았다. 그 글씨를 달고 다니는 사람은 신성한 느낌을 주어 위험 속을 걸어가도 안전하였다. 그녀가 도둑떼를 만났어도 무사했을 것이다. 인디안이 그 뱃지에 활을 쏘았는데 화살을 맞았으나 다치지 않고 땅에 떨어졌다는 이야기가 전해졌고, 많은 사람들이 이것을 믿었다.

 그 글씨가 헤스터 프린의 마음에 끼친 영향보다는 오히려 그것이 나타내는 사회적 위치가 더 힘있고 특별했다. 그녀의 밝고, 깨끗한 나뭇잎 같은 성격은 붉은 낙인에 찍혀 시들어졌고, 오래전에 떨어져, 남은 것은 거칠고 앙상한 윤곽뿐이어서 친구

이방인:다른 나라에서 온 사람, 유대인이 그들 외의 민족을 일컫는 말
추문:아름답지 못한 소문

away, leaving a bare and harsh outline, which might have been repulsive, had she possessed friends or companions to be repelled by it. Even the attractiveness of her person had undergone a similar change. It might be partly owing to the studied austerity of her dress, and partly to the lack of demonstration in her manners. It was a sad transformation, too, that her rich and luxuriant hair had either been cut off, or was so completely hidden by a cap, that not a shining lock of it ever once gushed into the sunshine. It was due in part to all these causes, but still more to something else, that there seemed to be no longer anything in Hester's face for Love to dwell upon; nothing in Hester's form, though majestic and statue-like, that Passion would ever dream of clasping in its embrace; nothing in Hester's bosom, to make it ever again the pillow of Affection. Some attribute had departed from her, the permanence of which had been essential to keep her a woman. If she be all tenderness, she will die. If she survive, the tenderness will either be crushed out of her, or—and the outward semblance is the same-crushed so deeply into her heart that it can never show itself more. The latter is perhaps the truest theory. She who has once been woman, and ceased to be so, might at any moment become a woman again if there

---

repulsive:불쾌한, 냉담한 austerity:엄격, 검소, 간소 rich and luxuriant: 머리숱이 많고 머리결이 윤기 있음 be due in part to: 부분적으로는 ~때문이다 majestic:위엄이 있는 attribute:속성, 특질 all tenderness=very tender semblance:외관, 외형, 겉보기 at any moment=very soon

들과 동료들은 그것을 몹시 싫어했다. 심지어는 아름답던 외모도 비슷한 변화를 겪었다. 그것은 아마도 그녀의 검소한 옷차림 때문이거나, 남의 눈에 띠지 않으려는 때문이었을 것이다. 그녀의 풍요하고 화려한 머리칼이 싹둑 잘려 모자 속에 완전히 감추어져 햇빛을 볼 수 없다는 것도 슬픈 변화였다.

헤스터의 얼굴에 더 이상 사랑이 자리할 수 없게 된 것은 이런 이유 외에 다른 이유가 있었다. 헤스터의 몸매가 위엄 있고 조각처럼 아름다워도 열정으로 포옹하고 싶은 매력은 사라지고, 그녀의 가슴에는 애정의 베개가 되어 줄 만한 것들이 없었다. 여성으로서 지녀야 할 매력이 사라졌다. 험한 인생을 살아나갈 때 한 여성이 겪는 운명은 그런 것이고 여성스런 성격과 인간성은 이토록 심하게 변한다. 만일 그녀가 온화하기만 했더라면 죽었을 것이다. 그녀가 살아남는다고 해도 온화함이 사라지거나 마음 속 깊이 가라앉아 다시는 표면에 떠오르지 못한다. 아마도 후자가 맞을 것이다. 일찍이 성을 상실한 여인에게 어느 순간 마법의 손길이 다가와 성을 되찾고 여성으로 변한다는 이야기가 있었다. 헤스터 프린도 후에 그런 손길을 만나 여성스러워질 것인지는 차후에 알게 될 것이다.

_____

were only the magic touch to effect the transfiguration. We shall see whether Hester Prynne were ever afterwards so touched, and so transfigured.

Much of the marble coldness of Hester's impression was to be attributed to the circumstance, that her life had turned, in a great measure, from passion and feeling, to thought. Standing alone in the world,—alone, as to any dependence on society, and with little Pearl to be guided and protected,—alone, and hopeless of retrieving her position, even had she not scorned to consider it desirable,—she cast away the fragments of a broken chain. The world's law was no law for her mind. It was an ago in which the human intellect, newly emancipated, had taken a more active and a wider range than for many centuries before. Men of the sword had overthrown nobles and Kings. Men bolder than these had overthrown and rear-ranged-not actually, but within the sphere of theory, which was their most real abode—the whole system of ancient prejudice, wherewith was linked much of ancient princi-ple. Hester Prynne imbibed this spirit. She assumed a freedom of speculation, then common enough on the other side of the Atlantic, but which our forefathers, had they known it, would have held to be a deadlier crime than that

---

transfigure:~의 모습을 바꾸다(transform) was to be attributed=could be attributed to retrieve:~을 되찾다 emancipate:~을 해방하다, ~을 자유롭게 하다 (free) then common enough: 당시에는 아주 흔히 볼 수 있었던 the other side of the Atlantic=England imbibe:마시다, 흡수하다, 받아들이다

대리석처럼 찬 느낌의 헤스터의 인상은 그녀의 인생을 열정과 인정에서 대부분 사색으로 변화시킨 환경 때문이었다. 세상에 의지할 곳 하나 없이 어린 펄을 인도하고 보호하며 혼자 살다가 그녀의 위치를 되찾을 희망도 없이 세상과 끊어진 고리의 파편을 내던져 버렸던 것이다. 그녀는 자신의 옛모습을 찾고 싶어 하는 바람을 비웃는 것은 아니었다.

세상의 법은 그녀의 정신을 위한 법은 아니었다. 새롭게 자유로워진 인간의 지성이 지나간 여러 세기보다 더 활동적이고 넓어진 시대였다. 군인들이 귀족과 왕을 타도했다. 더 대담한 사람들은— 실제로 그렇다는 것이 아니라 그들 대부분이 거주하고 있는 낡은 편견이 만든 체제를 완전히 뒤엎고 새로운 사상을 받아들이고 있었다. 헤스터 프린은 이 사상을 받아들였다. 그녀가 받아들인 사상의 자유는 대서양 저편에서는 너무나 당연한 것이었다. 그러나 우리 조상들이 이런 자유를 알고 있었다면 이것은 주홍 글씨로 비난받는 것보다 더 치명적인 죄로 취급받았을 것이다. 바닷가에 있는 쓸쓸한 오두막에, 뉴잉글랜드의 그 어느 곳에도 찾아 올 엄두를 내지 못했던 사상이 찾아들었다. 그것은 그림자처럼 그녀를 찾아와 문을 두드렸다. 그러

파편:깨뜨려진 조각

stigmatized by the scarlet letter. In her lonesome cottage, by the sea-shore, thoughts visited her, such as dared to enter no other dwelling in New England; shadowy guests, that would have been as perilous as demons to their entertainer, could they have been seen so much as knocking at her door.

It is remarkable that persons who speculate the most boldly often conform with the most perfect quietude to the external regulations of society. The thought suffices them, without investing itself in the flesh and blood of action. So it seemed to be with Hester. Yet, had little Pearl never come to her from the spiritual world, it might have been far otherwise. Then, she might have come down to us in history, hand in hand with Anne Hutchinson, as the foundress of a religious sect. she might, in one of her phases, have been a prophetess. She might, and not improbably would, have suffered death from the stern tribunals of the period, for attempting to undermine the foundations of the Puritan establishment. But, in the education of her child, the mother's enthusiasm of thought had something to wreak itself upon: Providence, in the person of this little girl, had assigned to Hester's charge the germ and blossom of womanhood, to be cherished and

---

stigmatize:~을 비난하다 shadowy guests=Hester의 사상을 비유적으로 표현한 것 speculate:깊이 생각하다, 추측하다 flesh and blood=substance and reality sect:(종교의)분파, 종파 tribunal:재판소, 법정 in the person of=in the character of as representing

나 다른 사람에게 그것은 악마와 다름없는 위험한 것으로 여겨졌을 것이다.

가장 대담하게 사색하는 사람이더라도 외부 사회의 규칙을 가장 온순하게 따른다는 사실은 주목할 만한 것이다. 그 사상은 행동이라는 피와 살을 붙이지 않아도 그것으로 충분했다. 헤스터에게 있어서도 그것은 마찬가지였다.

그러나 어린 펄이 태어나지 않았더라면 사정은 훨씬 달랐을 것이다. 그랬다면 그녀는 한 종파의 창시자로서 앤 허치슨과 더불어 역사적 인물로 우리에게 다가왔을지 모른다. 그녀는 어떤 면에서 예언자가 되었을지 모른다. 그렇게 되었다면 청교도 사회의 근본을 손상시키려 했다는 죄목으로 사형당했을 법도 하다. 아니 당했을 것이다. 그러나 자녀를 교육시키는데 있어 어머니의 사상에 대한 열정은 그것을 호소할 무엇인가를 가지고 있다. 하나님은 헤스터에게 온갖 어려움 속에서도 이 어린 소녀를 통하여 여성스러움의 싹과 꽃을 키워야 할 책임을 부여한 것이다. 모든 것이 그녀에게 불리했고, 세상은 모두 적이었다. 아이의 성격에 잘못된 것이 있었고 이것은 어머니의 불의의 정열의 영향으로 말미암아 세상에 잘못 태어난 것이 아니냐

developed amid a host of difficulties. Everything was against her. The world was hostile. The child's own nature had something wrong in it, which continually betokened that she had been born amiss,—the effluence of her mother's lawless passion,—and often impelled Hester to ask, in bitterness of heart, whether it were for ill or good that the poor little creature had been born at all.

Indeed, the same dark question often rose into her mind, with reference to the whole race of womanhood. Was existence worth accepting, even to the happiest among them? As concerned her own individual existence, she had long ago decided in the negative, and dismissed the point as settled. A tendency to speculation, though it may keep woman quiet, as it does man, yet makes her sad. She discerns, it may be, such a hopeless task before her. As a first step, the whole system of society is to be torn down, and built up anew. Then, the very nature of the opposite sex, or its long hereditary habit, which has become like nature, is to be essentially modified, before woman can be allowed to assume what seems a fair and suitable position. Finally, all other difficulties being obviated, woman cannot take advantage of these preliminary reforms, until she herself shall have undergone a still mightier change; in

---

betoken:~을 나타내다, ~의 전조이다 amiss:corongly effluence:유출, 방출 (outflow) in bitterness of heart: 비통한 마음으로   as concerned=regarding decided in the negative=decided that it was not worth accepting   is to be torn down: 뒤집혀져야 한다 obviate=remove

는 계속된 암시를 받았다. 헤스터는 비통한 마음에 이 가여운 아이가 이렇게 태어난 것이 옳은 것인지 신에게 묻곤 했다.

사실, 그녀의 마음에는 모든 여성의 운명에 대해서도 이와 같은 암울한 의문이 자주 떠올랐다. 여성 중에 가장 행복한 사람의 인생 또한 과연 살 만한 가치가 있는 것일까? 자신의 존재에 관한 한 그녀는 벌써 오래 전부터 다시 거론할 필요조차 없는 문제로 단정짓고, 그것을 부정해 왔다.

사색하는 습관은 남자들이 그렇듯이 여자들에게도 평안은 주었지만, 동시에 마음을 슬프게 했다. 그녀는 자기 앞에 놓인 임무가 불가능하다고 느꼈다. 그 첫 단계는 사회의 모든 조직을 파괴하고 새롭게 만들어야 했다. 그런 다음, 여성이 정당하고 적절한 지위를 차지하기 전에 남성의 성질 혹은 성질처럼 되어 버린, 오랫동안 전래된 습관이 근본적으로 수정되어야 했다. 마지막으로 모든 어려움이 제거되었다 하더라도 여성은 지금보다 더 강한 변화를 한 후가 아니면, 이런 초보적인 개혁의 혜택도 누리지 못 할 것이다. 그러나 여성 자체가 변화할 때 여성의 진정한 생명이 깃들어 있는 오묘한 본질이 안개처럼 사라질지 모른다. 이런 문제들은 여자가 아무리 머리를 써도 극복

which, perhaps, the ethereal essence, wherein she has her truest life, will be found to have evaporated. A woman never overcomes these problems by any exercise of thought. They are not to be solved, or only in one way. If her heart chance to come uppermost, they vanish. Thus, Hester Prynne, whose heart had lost its regular and healthy throb, wandered without a clew in the dark labyrinth of mind: now turned aside by an insurmountable precipice; now starting back from a deep chasm. There was wild and ghastly scenery all around her, and a home and comfort nowhere. At times, a fearful doubt strove to possess her soul, whether it were not better to send Pearl at once to heaven, and go herself to such futurity as Eternal Justice should provide.

The scarlet letter had not done its office.

Now, however, her interview with the Reverend Mr. Dimmesdale, on the night of his vigil, had given her a new theme of reflection, and held up to her an object that appeared worthy of any exertion and sacrifice for its attainment. She had witnessed the intense misery beneath which the minister struggled, or, to speak more accurately, had ceased to struggle. She saw that he stood on the verge of lunacy, if he had not already stepped across it. It was

---

ethereal:가벼운(light), 영묘한 by any exercise of thought: 그 어떤 사색으로도
uppermost=foremost labyrinth:미로, 미궁 precipice:절벽, 궁지, 위기 whether
it were not better: ~하는 편이 더 좋지 않을까(의혹) futurity=life after death: 내
세 exertion:노력(effort) on the verge of=very close to lunacy:정신이상

하지 못한다. 그것들은 오직 한 가지 방법으로만 해결할 수 있을 것이다. 만일 그녀의 감정이 극에 달하면, 이 문제들은 사라질 것이다. 그래서 정을 품은 심장이 규칙적이고 건강한 박동을 하지 못하는 헤스터 프린은 마음의 어두운 미궁에서 길잡이도 없이 때로는 넘어갈 수 없는 절벽을 만나 방향을 바꾸기도 하고, 깊은 수렁을 만나 되돌아오기도 했다. 그녀의 주위에는 황량하고 무시무시한 풍경이 둘러싸여 있을 뿐 가정과 행복은 어느 곳에도 없었다. 이따금 펄을 당장 천국에 보내고 자신도 영원한 심판이 지시해 주는 저승으로 가는 것이 낫지 않을까 하는 의혹이 그녀의 영혼을 지배하려 했다.

주홍 글씨는 그 역할을 다하지 못했다.

그런데 딤즈데일 목사가 철야 기도를 하던 날에 그를 만나본 이후로 그녀에게 생각해야 할 새로운 일이 생기고 어떠한 희생과 노력을 치르고라도 달성할만한 목적이 나타났다. 그녀는 목사가 처참하게 고생하는 것을 보았다. 더 정확히 말하자면 그는 싸울 힘조차 없는 기진맥진한 모습이었다. 그녀는 그가 미치지는 않았지만 미치기 직전임을 알았다. 뉘우침이라는 남 모르는 고통의 바늘에 괴로울 것이나 효과는 있을 것이다. 그러

미궁:한번 들어가면 쉽게 빠져 나올 수 없게 되어 있는 곳

impossible to doubt, that, whatever painful efficacy there might be in the secret sting of remorse, a deadlier venom had been infused into it by the hand that proffered relief. A secret enemy had been continually by his side, under the semblance of a friend and helper, and had availed himself of the opportunities thus afforded for tampering with the delicate springs of Mr. Dimmesdale's nature. Hester could not but ask herself, whether there had not been a defect of truth, courage, and loyalty, on her own part, in allowing the minister to be thrown into a position where so much evil was to be foreboded, and nothing auspicious to be hoped. Her only justification lay in the fact, that she had been able to discern no method of rescuing him from a blacker ruin than had overwhelmed herself, except by acquiescing in Roger Chillingworth's scheme of disguise. Under that impulse, she had made her choice, and had chosen, as it now appeared, the more wretched alternative of the two. She determined to redeem her error, so far as it might yet be possible. Strengthened by years of hard and solemn trial, she felt herself no longer so inadequate to cope with Roger Chillingworth as on that night, abased by sin, and half maddened by the ignominy, that was still new, when they had talked together in the prison-chamber.

---

efficacy:효력, 효능 remorse:후회, 죄책감 venom:독, 원한 had availed himself of: ~을 이용하고 있었다 delicate:섬세한, 부서지기 쉬운 auspicious:길조의, 행운의, 순조로운 place as it now appeared:지금은 그렇게 보이지만 redeem:~을 되찾다 strengthened by: ~에 힘을 얻어

나 그것을 돕고 고쳐 주어야 할 사람에 의해서 더 치명적인 독
이 주입되고 있었다는 것은 의심할 여지가 없다. 정체를 숨긴
적이 친구이며 조력자라는 가면을 쓰고 계속 그의 옆에 붙어
있었다. 이 비밀의 적은 기회만 있으면 딤즈데일 목사의 허약
한 몸과 마음을 농락하고 있었다. 헤스터는 커다란 재앙을 예
감하면서도 좋은 일이라고는 아무 것도 기대할 수 없는 처지에
있는 목사를 방관했던 것은 처음부터 그녀에게 진실과 용기와
충성이 부족했기 때문이 아니었을까 하고 자문해 보지 않을 수
없었다. 그녀에게 유일한 변명이 있다면 칠링워드가 음모를 숨
기려는 계획에 순순히 따르는 것만이 자기가 당한 것 이상의
참혹한 파멸로부터 그를 구하는 방법이라고 생각한 것이었다.
목사를 도우려는 충동으로 그 길을 택했지만 그녀는 두 길 중
에서 훨씬 더 비참한 길이 되었다. 그녀는 될 수 있는 한 자신
의 과오를 보상하려고 결심했다. 오랜 세월 동안 엄하고 혹독
한 시련으로 단단해졌기 때문에 이제는 로저 칠링워드를 상대
로 싸울 힘이 있다고 생각했다. 전에 감옥에서 그와 얘기하던
밤에는 죄 때문에 비참해져 있었고, 치욕으로 반미치광이가 되
어 있었으나 지금은 달랐다. 그녀는 그 후로 계속 스스로를 높

방관:상관하지 않고 곁에서 보고만 있음.
과오:과실과 착오

She had climbed her way, since then, to a higher point. The old man, on the other hand, had brought himself nearer to her level, or perhaps below it, by the revenge which he had stooped for.

In fine, Hester Prynne resolved to meet her former husband, and do what might be in her power for the rescue of the victim on whom he had so evidently set his gripe. The occasion was not long to seek. One afternoon, walking with Pearl in a retired part of the peninsula, she beheld the old physician, with a basket on one arm, and a staff in the other hand, stooping along the ground, in quest of roots and herbs to concoct his medicines withal.

CHAPTER 14
Hester and the Physician

Hester bade little Pearl run down to the margin of the water, and play with the shells and tangled sea-weed, until she should have talked awhile with yonder gatherer of herbs. So the child flew away like a bird, and, making bare her small white feet, went pattering along the moist

---

stoop:허리를 굽히다 in fine=in short, finally, to sum up gripe:꽉쥐기, 붙들기, 파악 not long to seek: 찾아내는 데 오래 걸리지 않았다 tangled:뒤얽힌, 헝클어진

여 왔다. 반면에 그 늙은이는 자신의 몸을 굽혀 복수를 성취하려 나섰기 때문에 당시 그녀의 수준 정도나 그보다 낮은 수준으로 떨어졌다.

마침내 헤스터 프린은 전 남편을 만나 그가 속박하고 있는 희생자를 위해 온 힘을 기울이겠다고 결심했다. 기회는 오래지 않아 왔다. 어느 날 오후, 펄과 반도의 외딴 곳을 걷고 있었다. 그 때 늙은 의사가 한 손에 바구니를 들고, 다른 한 손으론 지팡이를 짚고 약초가 될 만한 나무 뿌리나 풀을 찾아 허리를 굽혀 걸어가고 있었다.

제 14 장
헤스터와 의사

헤스터는 펄에게 저쪽에서 약초를 캐는 사람과 얘기를 할 때까지 물가에 내려가서 조개 껍데기와 해초를 따며 놀고 있으라고 말했다. 그래서 아이는 한 마리 새처럼 날 듯이 달려가, 작고 하얀 발을 드러내 놓고 바닷가의 축축한 모래 위를 철벅거

margin of the sea. Here and there she came to a full stop, and peeped curiously into a pool, left by the retiring tide as a mirror for Pearl to see her face in. Forth peeped at her out of the pool, with dark, glistening curls around her head, and an elf-smile in her eyes, the image of a little maid, whom Pearl, having no other playmate, invited to take her hand, and run a race with her. But the visionary little maid, on her part, beckoned likewise, as if to say,— "This is a better place! Come thou into the pool!" And Pearl, stepping in, mid-leg deep, beheld her own white feet at the bottom; while, out of a still lower depth, came the gleam of a kind of fragmentary smile, floating to and fro in the agitated water.

Meanwhile her mother had accosted the physician.

"I would speak a word with you," said she,—"a word that concerns us much."

"Aha! and is it Mistress Hester that has a word for old Roger Chillingworth?" answered he, raising himself from his stooping posture. "With all my heart! Why, Mistress, I hear good tidings of you on all hands! No longer ago than yester-eve, a magistrate, a wise and godly man, was discoursing of your affairs, Mistress Hester, and whispered me that there had been question concerning you in the

---

came to a full stop: 딱 멈추어 서다   forth peeped at her=peeped forth at her
glisten: 반짝반짝 빛나다   gleam: 희미한 빛, 섬광   to and fro: 여기저기에
agitate: 뒤흔들다, ~을 휘젓다   with all my heart=by all means   on all hands=on all sides, in all directions   concerning = about

리며 뛰어다녔다. 여기저기 멈춰 서서 썰물이 남기고 간 웅덩이가 신기한 듯이 그것을 거울삼아 자기 얼굴을 비춰 보곤 했다. 웅덩이 속에는 검고 반짝이는 곱슬머리를 하고, 눈에 요정같은 미소를 띤 소녀의 모습이 나타났다. 그녀는 놀아 줄 친구가 없었으므로, 이 아이에게 손을 내밀어 달음박질을 하자고 초대했다. 그러나 물 속의 아이도 마치 "여기가 훨씬 좋아! 이 웅덩이로 들어오렴." 하고 말하는 것처럼 손짓을 했다. 펄이 장단지 깊이 만큼 물 속에 들어가서 밑바닥에 비친 자신의 하얀 다리를 보고 있노라니까 물이 좀더 깊은 곳에서 흔들리는 수면에 비친 미소가 부서져 이리저리 떠돌아 다녔다.

그러는 동안, 어머니는 의사에게 다가가 말을 건넸다.

"드릴 말씀이 있는데요, 우리들에 관한 얘기입니다."라고 그녀는 말했다.

"아니, 이 늙은 로저 칠링워드에게 할 말이 있다는 분은 헤스터 부인이 아니신가?" 그가 구부리고 있던 몸을 펴며 말했다. "기꺼이 듣겠소! 그런데 부인, 어딜 가나 당신에 대한 평판이 좋더군요. 바로 어젯밤에도 박식하고 신실한 판사 양반이 당신의 이야기를 하고 있었어요. 회의에서도 당신에 관한 문제가 논의되었다고 은근히 일러주더군요. 당신 가슴에 있는 주홍 글씨를 떼어 내도 사회의 질서를 헤치지는 않을 것이라는 얘기

박식:보고 들은 것이 넓어 아는 것이 많음
신실:믿음성이 있고 꾸밈이 없음

council. It was debated whether or no, with safety to the common weal, yonder scarlet letter might be taken off your bosom. On my life, Hester, I made my entreaty to the worshipful magistrate that it might be done forthwith!"

"It lies not in the pleasure of the magistrates to take off this badge," calmly replied Hester. "Were I worthy to be quit of it, it would fall away of its own nature or be transformed into something that should speak a different purport."

"Nay, then, wear it, if it suit you better," rejoined he. "A woman must needs follow her own fancy, touching the adornment of her person. The letter is gayly embroidered, and shows right bravely on your bosom!

All this while, Hester had been looking steadily at the old man, and was shocked, as well as wonder-smitten, to discern what a change had been wrought upon him within the past seven years. It was not so much that he had grown older; for though the traces of advancing life were visible, he wore his age well, and seemed to retain a wiry vigor and alertness. But the former aspect of an intellectual and studious man, calm and quiet, which was what she best remembered in him, had altogether vanished, and been succeeded by an eager, searching, almost fierce, yet

---

council: 상원   with safety to the common weal: 공공의 안녕을 해침이 없이
on my life: 정말이지   I made my entreaty to: ~에게 탄원했다   quit=free clear
rid of~   of its own nature: 저절로   purport: 요지, 취지, 뜻(meaning)   adornment:
장식, 장식품   wiry : 강인한 studious: 학구적인, 근면한, 사려깊은

였어요. 헤스터 부인, 나는 그 훌륭한 판사에게 곧 그렇게 되게 해 달라고 간청했소."

"이 뱃지를 떼는 것은 판사가 좋아하고 싫어하는데 달린 게 아닙니다." 헤스터가 조용히 말했다. "내가 이것을 뗄 만하다면 자연스럽게 떨어지든지, 다른 의미를 나타내는 것으로 바뀌겠죠."

"그렇다면, 그것이 어울리거든 그대로 두구려." 그가 대답했다. "여자란 몸치장에 대해서는 자기가 원하는 대로 해야지. 그 자수가 워낙 화려해서 당신 가슴에 잘 어울린단 말이야."

이러는 동안 헤스터는 노인의 얼굴을 빤히 쳐다봤다. 그리고 지난 7년 동안 변한 모습에 깜짝 놀라는 한편 기이한 느낌마저 들었다. 늙었다는 것은 그리 대단한 일이 아니다. 그는 늙은 흔적이 두드러져 보였지만, 여전히 강인한 정신력과 민첩성을 갖고 있는 듯했기 때문이다. 그러나 그녀가 기억하고 있는 지적이고, 학구적이며 조용하고 부드러운 면은 완전히 사라져 버리고 그대신 열심히 무엇인가 찾아내려는 잔인하지만 조심스러운 표정이 역력했다. 그는 이런 표정을 미소로 감추려 했으나 뜻대로 되지 않아 오히려 조소하는 듯한 웃음만 머뭇거리고 있어서 보는 이들은 한층 더 흉악함을 잘 볼 수 있었다. 때때로 그의 눈에는 빨간 핏발이 서서 마치 노인의 영혼에 불이 붙어

기이한:이상하고 괴상한
조소:비웃는 웃음

carefully guarded look. It seemed to be his wish and pur-
pose to mask this expression with a smile; but the latter
played him false, and flickered over his visage so deri-
sively, that the spectator could see his blackness all the
better for it. Ever and anon, too, there came a glare of red
light out of his eyes; as if the old man's soul were on fire,
and kept on smouldering duskily within his breast, until,
by some casual puff of passion, it was blown into a
momentary flame. This he repressed, as speedily as possi-
ble, and strove to look as if nothing of the kind had hap-
pened.

In a word, old Roger Ghillingworth was a striking evi-
dence of man's faculty of transforming himself into a
devil, if he will only, for a reasonable space of time,
undertake a devil's office. This unhappy person had
effected such a transformation, by developing himself, for
seven years, to the constant analysis of a heart full of tor-
ture, and deriving his enjoyment thence, and adding fuel
to those fiery tortures which he analyzed and gloated over.

The scarlet letter burned on Hester Prynne's bosom.
Here was another ruin, the responsibility of which came
partly home to her.

"What see you in my face," asked the physician, "that

---

flicker:(등불 따위가) 가물거리다, (생기, 희망) 깜박거리다. derisive:조소적
인, 우롱하는 Ever and anon = every now and then   smoulder :연기나다, (노여
움, 불만 따위가)마음속에 쌓이다 gloat:고소한 듯이 보다 come home to = ~
realize fully What see you=Wha do you see: 뭐가 있단 말이오

가슴속에서만 음울하게 사무치다가 우연한 열정의 바람으로 순간적인 불꽃이 되어 눈에 내비치는 것이었다. 그는 가능한 한 빨리 그러한 일이 없었던 것처럼 보이려고 태연한 척했다.

한 마디로 말해서, 늙은 로저 칠링워드는 얼마동안 악마의 역할을 수행할 뜻이 있으면 자신을 악마로 변신시킬 수도 있는 능력을 지닌 사람이라는 것이 분명하였다. 이 불행한 사람은 7년 동안 고뇌가 가득한 사람의 마음을 분석하는데 열중함으로써, 거기서 쾌락을 얻고, 자기가 분석한 사람의 불 같은 번뇌에 번뇌를 더해줌으로써 자신을 변모시켰다.

주홍 글씨는 헤스터 프린의 가슴에서 타올랐다. 여기에 또 하나의 인생의 파멸이 있고, 그 책임의 일부가 그녀 자신에게 있다는 것을 알고 있었다.

"내 얼굴에 뭐가 묻었소, 왜 그렇게 뚫어지게 쳐다보는 거요?" 의사가 물었다.

"나를 울게 만드는 무언가가 있군요. 아직도 울 수 있는 고통스러운 눈물이 남아 있다면 말예요." 그녀가 대답했다. "하지만 그만둬요! 내가 말하고 싶은 건 저 가엾은 분에 관한 거니까요."

"그래 그 사람이 어떻게 되었오?" 로저 칠링워드는 마치 그 화제가 마음에 들 뿐더러 흉금을 터놓고 얘기할 수 있는 사람

흉금:속마음

you look at it so earnestly?"

"Something that would make me weep; if there were any tears bitter enough for it," answered she. "But let it pass! It is of yonder miserable man that I would speak."

"And what of him?" cried Roger Chillingworth, eagerly, as if he loved the topic, and were glad of an opportunity to discuss it with the only person of whom he could make a confidant. "Not to hide the truth, Mistress Hester, my thoughts happen just now to be busy with the gentleman. So speak freely, and I will make answer."

"When we last spake together," said Hester, "now seven years ago, it was your pleasure to extort a promise of secrecy, as touching the former relation betwixt yourself and me. As the life and good fame of yonder man were in your hands, there seemed no choice to me, save to be silent, in accordance with your behest. Yet it was not without heavy misgivings that I thus bound myself; for, having cast off all duty towards other human beings, there remained a duty towards him; and something whispered me that I was betraying it, in pledging myself to keep your counsel. Since that day, no man is so near to him as you. You tread behind his every footstep. You are beside him, sleeping and waking. You search his thoughts. You bur-

---

let it pass: 그만 둡시다, 그대로 내버려 두세요 yonder:저쪽에, 저곳에 what of him=what is to be said of him: 그 사람이 어쨌다는 겁니까 make a confidant: 속을 터놓다 spake:speak의 과거형 extort=obtain (something) by violence behest:명령, 강요 keep one's counsel=keep one's views (plans)

과 얘기하고 싶다는 듯이 큰소리로 말했다. "헤스터 부인, 솔직히 말해서 지금 나도 그 신사 생각을 하고 있던 참이었소. 숨김없이 얘기해 보구려. 내 대답하리다."

"7년 전 우리가 만나 얘기했을 때," 헤스터가 말했다. "당신은 내게 우리의 과거에 대해 비밀을 지켜야 한다고 일방적으로 약속했죠. 그분의 생명도, 명예도 당신 손에 있었기 때문에 난 당신이 시킨 대로 비밀을 지킬 수 밖에 없었어요. 그러나 이제는 나 자신을 이렇게 얽매어 두는 일이 잘하는 일인지가 의심스럽군요. 다른 사람에 대한 의무는 모두 포기했지만, 그 사람에 대한 의무는 남아 있었어요. 당신과의 약속을 지키겠다고 다짐하면서도 그것을 배신하는 것이라고 누군가 속삭였어요. 그날 이후로 당신만큼 그 분을 가까이 한 사람은 없을 거예요. 당신은 그를 가는 곳마다 따라다니고, 자나깨나 그분 곁에 붙어서 그의 생각을 살피고, 그의 마음을 파고들어 헤치고 있었어요. 그분의 생명을 쥐고, 눈을 뜬 채 매일매일 죽어 가도록 하고 있어요. 하지만 그 분은 아무것도 몰라요. 이것을 그대로 둔다는 건 제가 잘못된 역을 한 겁니다. 그것은 나를 진실하게 만들어 줄 힘을 가진 사람에 의해 만들어 진거죠!"

"그럼 어떻게 하는 게 좋겠소?" 로저 칠링워드가 물었다.

"내 손가락이 그 사람을 지목하기만 하면 그를 강단에서 감

row and rankle in his heart! Your clutch is on his life, and you cause him to die daily a living death;and still he knows you not. In permitting this, I have surely acted a false part by the only man to whom the power was left me to be true!"

"What choice had you?" asked Roger Chillingworth.

"My finger, pointed at this man, would have hurled him from his pulpit into a dungeon,—thence, peradventure, to the gallows!"

"It had been better so!" said Hester Prynne.

"What evil have I done the man?" asked Roger Chillingworth again. "I tell thee, Hester Prynne, the richest fee that ever physician earned from monarch could not have bought such care as I have wasted on this miserable priest! But for my aid, his life would have burned away in torments, within the first two years after the perpetration of his crime and thine. For, Hester, his spirit lacked the strength that could have borne up, as thine has beneath a burden like thy scarlet letter. Oh, I could reveal a goodly secret! But enough! What art can do, I have exhausted on him. That he now breathes, and creeps about on earth, is owing all to me!"

"Better he had died at once!" said Hester Prynne.

---

rankle:(불쾌한 감정이) 가슴에 맺히다 living death=death in life: 정신적으로 죽어 있다는 의미 hurled:~을 세게 던지다(throw) pulpit:설교단 gallows:교수대 I tell thee:분명히 말하지만 bear up=not give way as thine has: as thy spirit has borne up But enough=But (it is) enough: 그건 그 정도로 해두자

옥에 넣을 수 있고, 아마 거기서 교수대로 보낼 수 있을텐데 말이오!"

"그편이 훨씬 나을 뻔했어요!" 헤스터 프린이 말했다.

"내가 그자에게 무슨 나쁜 짓을 했단 말이요?" 로저 칠링워드가 다시 물었다. "이봐요, 헤스터 프린, 왕으로부터 하사 받은 가장 값진 금은 보화로도 내가 그 가련한 목사에게 베푼 것과 같은 정성은 살 수 없었을 것이오! 나의 도움이 없었다면 그의 목숨은 당신과 죄를 범하고 나서 2년도 채 되지 않아서 고통으로 모두 타 버리고 말았을 거요. 왜냐하면, 헤스터, 당신에게는 주홍 글씨와 같은 무거운 짐을 감당할 힘이 있었지만, 그자의 정신 속에는 그럴 힘이 없었기 때문이오. 난 엄청난 비밀을 폭로하고 싶었지만 이 정도면 충분하오. 난 내가 할 수 있는 한 모든 의술을 다하여 그를 돌보았소. 지금 그자가 숨을 쉬고, 땅 위를 걸어다니는 것은 모두 내 덕인 줄이나 아시오!"

"그분에게는 당장 돌아가시는 편이 나았을 거예요!" 헤스터 프린이 말했다.

"맞아요, 부인, 당신 말이 맞소!" 늙은 로저 칠링워드는 가슴 속에서 타오르는 분노를 그녀의 눈앞에 내보이면서 소리쳤다. "당장 죽는 편이 그는 더 나았을 거요!" 그자만큼 고통받은 사람은 없으니까요. 더욱이 철천지 원수의 눈앞에서 겪는 고통이

철천지 : 하늘에 사무치는

"Yea, woman, thou sayest truly!" cried old Roger Chillingworth, letting the lurid fire of his heart blaze out before her eyes. "Better had he died at once! Never did mortal suffer what this man has suffered. And all, all, in the sight of his worst enemy! He has been conscious of me. He has felt an influence dwelling always upon him like a curse. He knew, by some spiritual sense,—for the Creator never made another being so sensitive as this,—he knew that no friendly hand was pulling at his heartstrings, and that an eye was looking curiously into him, which sought only evil, and found it. But he knew not that the eye and hand were mine! With the superstition common to his brotherhood, he fancied himself given over to a fiend, to be tortured with frightful dreams, and desperate thoughts, the sting of remorse, and despair of pardon; as a foretaste of what awaits him beyond the grave. But it was the constant shadow of my presence!—the closest propinquity of the man whom he had most vilely wronged!—and who had grown to exist only by this perpetual poison of the direst revenge! Yea, indeed! — he did not err! — there was a fiend at his elbow! A mortal man, with once a human heart, has become a fiend for his especial torment!"

---

lurid:전율적인, 무서운   the Creator: 조물주   dwelling upon=to remain the attention fixed on: 끈덕지게 달라붙다 heartstrings:심금, 깊은 감정(애정) foretaste:미리 맛보기 closest propinquity of: ~과 가장 비슷한 것   at his elbow=near by

었으니! 그자는 날 의식하고 있었오. 그는 저주와 같이 자기에게 항상 달라붙어 있는 힘을 느낀 모양이오. 뭔가 영적인 감각으로 말이오. 조물주는 그자처럼 예민한 사람을 또 만든 것 같진 않소. 그는 어떤 영감으로 눈에 보이지 않는 손이 자신의 심금을 울리고 있다는 것과 자신을 헤치려는 어떤 시선이 자기를 주시하고 있다는 것도 잘 알고 있오. 하지만 그 손과 시선이 나의 것이라는 사실은 모르고 있지! 그는 그의 형제들이 믿는 미신대로 자신이 악마에게 넘어가 무서운 꿈과 절망적인 생각, 회한의 가시 바늘, 용서받을 수 없는 절망을 벌로 받고 있는 것으로 상상하고 있소. 무덤 저 편에서 자기를 기다리고 있는 고통을 이승에서 미리 맛보는 거라고 말이오. 그러나 그것은 실상 끊임없이 따라다니는 내 그림자의 짓이었소. 그가 가장 야비하게 대한 남자, 그래서 가장 극악무도한 복수의 독으로 영원히 살아가는 사나이가 바로 그의 곁에 있었던 거요! 아니, 사실 그 사내가 틀리진 않았소. 그의 곁엔 악마가 있소. 전에는 인간적인 마음을 가졌었지만 이젠 그를 괴롭히기 위해 악마가 된 것이니까!"

불행한 의사는, 이런 말을 중얼거리며 공포에 질린 표정으로 두 손을 들었다. 마치 거울 속에 비친 자신의 모습이 변하여 자기도 알 수 없는 흉악하고 무서운 얼굴로 되는 것을 보기라

회한:뉘우치고 한탄함
극악무도:지극히 악하고 도의심이 없음

The unfortunate physician, while uttering these words, lifted his hands with a look of horror, as if he had beheld some frightful shape, which he could not recognize, usurping the place of his own image in a glass. It was one of those moments —which sometimes occur only at the interval of years when a man's moral aspect is faithfully revealed to his mind's eye. Not improbably, he had never before viewed himself as he did now.

"Hast thou not tortured him enough?" said Hester, noticing the old man's look. "Has he not paid thee all?"

"No— no! He has but increased the debt!" answered the physician; and as he proceeded, his manner lost its fiercer characteristics, and subsided into gloom. "Dost thou remember me, Hester, as I was nine years agone? Even then, I was in the autumn of my days, nor was it the early autumn. But all my life had been made up of earnest, studious, thoughtful, quiet years, bestowed faithfully for the increase of mine own knowledge, and faithfully, too, though this latter object was but casual to the other,— faithfully for the advancement of human welfare. No life had been more peaceful and innocent than mine; few lives so rich with benefits conferred. Dost thou remember me? Was I not, though you might deem me cold, nevertheless a man thoughful for others, craving little for himself,—kind,

---

usurp:(권력, 지위)를 빼앗다 (seize) only at the interval of years: 몇 년 동안에 한번 정도 밖에 as he proceeded=as he went on to say subside:가라앉다, 진정 되다 in the autumn of my days:노경에(비유) early autumn: 초로

도 한 듯하였다. 이 순간은 한 인간의 도덕적인 면이 마음의 눈에 진실되게 나타난 순간으로 몇 년에 한 번 일어날까 말까 한 일이었다. 아마도, 그가 지금처럼 자신을 바라본 일은 없을 것이다.

"아직도 그를 덜 괴롭혔나요?" 헤스터가 노인의 표정을 살피며 말했다. "그만하면 대가를 치른 셈 아닌가요?"

"천만에! 오히려 빚이 늘어났어!" 의사가 답했다. 그리고 이 말을 하는 동안 사납던 의사의 표정은 힘을 잃었고 우울하게 변해갔다. "헤스터, 당신은 9년 전의 나를 기억하고 있소? 그때에는 나의 인생에 있어 가을이었어. 그것도 늦가을이었어. 하지만 내 모든 삶은 성실했고 근면했으며 사색적이고 조용했어. 오직 지식의 축적을 위한 시간이었지. 인류의 행복을 증진시키기 위한 노력도 하고 있었소. 물론 인류의 행복 증진을 위한 것은 지식의 축적의 부산물이었지만 그 누구의 인생도 나만큼 평화롭고 순수하진 않았소. 그렇게 신의 은혜를 받은 생활도 없었을 거요. 당신은 그런 나를 기억하고 있소? 당신은 나를 차갑게 기억할지도 모르지만, 그래도 남을 생각했고, 나 자신에 대해서는 별 욕심이 없었소. 따뜻한 애정은 없었지만, 친절하고, 진실하고, 정의롭고, 변함없는 인간이었잖소? 그렇지 않았소?"

"그뿐인가요, 그 이상이었죠." 헤스터가 말했다.

부산물:어떤 일을 할 때 부수적으로 생기는 사건 따위

true, just, and of constant, if not warm affections? Was I not all this?"

"All this, and more," said Hester.

"And what am I now?" demanded he, looking into her face, and permitting the whole evil within him to be written on his features. "I have already told thee what I am! A fiend! Who made me so?"

"It was myself!" cried Hester, shuddering. "It was I, not less than he. why hast thou not avenged thyself on me?"

"I have left thee to the scarlet letter," replied Roger Chillingworth. "If that have not avenged me, I can do no more!"

He laid his finger on it, with a smile.

"It has avenged thee!" answered Hester Prynne.

"I judged no less," said the physician. "And now, what wouldst thou with me touching this man?"

"I must reveal the secret," answered Hester, firmly. "He must discern thee in thy true character. What may be the result, I know not. But this long debt of confidence, due from me to him, whose bane and ruin I have been, shall at length be paid. So far as concerns the overthrow or preservation of his fair fame and his earthly state, and perchance his life, he is in thy hands. Nor do I,—whom the scarlet let-

---

avenge oneself on: ~에게 복수하다 I judged no less: 나도 꼭 그렇게 생각했다
what wouldst thou with me: 나를 어떻게 하겠다는 건가 bane: 파멸의 원인
shall at length be paid: ~을 끝내 치르고야 말겠다

"그런데 지금의 나는 무어란 말이오?" 그는 그녀의 얼굴을 응시하고 마음 속의 모든 악을 얼굴에 드러내며 물었다. "지금의 내가 무엇이냐 하는 것은 벌써 말했지! 악마가 되었다고! 누가 나를 그렇게 만든거요?"

"내가 그랬어요!" 헤스터는 몸을 떨며 외쳤다. "그건 그분보다 내게 더 있어요. 왜 나에겐 복수를 안하는 거죠?"

"당신은 주홍 글씨에 맡겼지." 로저 칠링워드가 대답했다.

"주홍 글씨가 복수해 주지 않는다면 별 도리가 없소. 그는 미소지으며 손가락을 주홍 글씨에 갖다 댔다.

"주홍 글씨는 충분히 복수했어요!" 헤스터 프린이 대답했다.

"나도 그렇게 생각하오." 의사가 말했다. "그런데 나더러 그 사람을 어떻게 하란 말이오?"

"난 비밀을 밝혀야겠어요." 헤스터는 단호히 대답했다. "그는 당신의 본성을 알아야 해요. 그 결과가 어떻게 될지는 모르겠어요. 하지만 난 그에게 지고 있는 오랜 빚을 드디어 갚아야겠어요. 내가 그분을 파멸로 몰아넣었기 때문이예요. 그분의 확고한 명성과 사회적 신분, 어쩌면 그분의 생명까지도 포기하느냐 유지하느냐 하는 것은 당신의 손에 달려 있어요. 나는 주홍 글씨로 말미암아 드디어 진실을 되찾았어요. 그것은 나의 영혼 속으로 시뻘겋게 달구어진 무쇠가 들어오고야 깨닫게 된 진실인지는 모르지만, 나로서도 그분이 더이상 무섭도록 공허한 생

공허:아무것도 없이 텅 빔

ter has disciplined to truth, though it be the truth of red-hot iron, entering into the soul,—nor do I perceive such advantage in his living any longer a life of ghastly emptiness, that I shall stoop to implore thy mercy. Do with him as thou wilt! There is no good for him,—no good for me,—no good for thee! There is no good for little Pearl! There is no path to guide us out of this dismal maze!"

"Woman, I could well nigh pity thee!" said Roger Chillingworth, unable to restrain a thrill of admiration too; for there was a quality almost majestic in the despair which she expressed. "Thou hadst great elements. Peradventure, hadst thou met earlier with a better love than mine, this evil had not been. I pity thee, for the good that has been wasted in thy nature!"

"And I thee," answered Hester Prynne, "for the hatred that has transformed a wise and just man to a fiend! Wilt thou yet purge it out of thee, and be once more human? If not for his sake, then doubly for thine own! Forgive, and leave his further retribution to the Power that claims it! I said, but now, that there could be no good event for him, or thee, or me, who are here wandering together in this gloomy maze of evil, and stumbling, at every step, over the guilt wherewith we have strewn our path. It is not so!

---

discipline:~을 훈련하다 ghastly:유령같은 implore:탄원하다 do with him as thou wilt: 그를 당신 뜻대로 처분하시오 maze:미궁, 미로 well nigh=very entirely purge:정화하다, 제거하다. If not for his sake: 그를 위해서가 아니더라도 retribution:보복, 앙갚음

활을 하는데 그런 편의를 제공할 수 없기 때문에 무릎 꿇어 당신의 자비를 구하지는 않아요. 그분은 당신 마음대로 하세요! 그분이나 나, 또한 당신에게도 이로울 것은 없어요. 어린 펄에게도요. 이런 비참한 상황에서 우리를 인도할 길은 전혀 없다고요!"

"부인, 당신을 동정하오!" 로저 칠링워드는 그녀가 말한 절망 속에서 무언가 장엄한 것을 느끼고 감탄의 전율을 억누르며 말했다. "당신은 훌륭한 성품을 갖고 있소. 만일 나보다 훌륭한 사람을 만났더라면 이런 재난은 없었을 거요. 난 당신의 훌륭한 성품이 버려지는 것이 안타깝소!"

"저도 그래요." 헤스터 프린이 대답했다. "현명하고 정의로웠던 분이 증오 때문에 악마가 되었으니 말예요. 이제라도 당신의 증오심을 벗고서, 다시 한 번 인간적으로 되지 않을래요? 그분을 위해서가 아니라 당신 자신을 위해서예요! 용서하세요. 그분에 대한 그 이상의 보복은 그것을 주관하는 하나님께 맡기세요! 아까도 말했지만 어두운 죄악의 미궁에서 헤매고 자신이 뿌려놓은 죄에 발부리가 부딪혀 엎어지는 그분과 당신과 내게 무슨 좋은 일이 있겠습니까. 안 그래요? 당신에게 좋은 일이 있을지도 몰라요. 당신에게만 말이예요. 당신은 지금까지 억울함을 당하고, 용서를 베풀 수 있는 자유를 가졌으니까요. 그 유일한 특권을 포기하시겠어요? 이 한없이 귀중한 은혜를 거절하시겠어요?"

There might be good for thee, and thee alone, since thou hast been deeply wronged, and hast it at thy will to pardon. Wilt thou give up that only privilege? Wilt thou reject that priceless benefit?"

"Peace, Hester, peace!" replied the old man, with gloomy sternness. 'It is not granted me to pardon. I have no such power as thou tellest me of. My old faith, long forgotten, comes back to me, and explains all that we do, and all we suffer. By thy first step awry thou didst plant the germ of evil; but since that moment, it has all been a dark necessity. Ye that have wronged me are not sinful, save in a kind of typical illusion; neither am I fiend-like, who have snatched a fiend's office from his hands. It is our fate. Let the black flower blossom as it may! Now go thy ways, and deal as thou wilt with yonder man."

He waved his hand, and betook himself again to his employment of gathering herbs.

CHAPTER 15
Hester and Pearl

So Roger Chillingworth—a deformed old figure, with a

---

at thy will = according to one's volition or choice   deal as thou wilt with = do as you wish with   betake oneself to = go to apply oneself to   deformed:불구의, 몰 골사나운

"그만, 헤스터 그만해!" 노인은 우울하고도 엄격하게 대답했다. "내게는 용서할 권한이 없어요. 난 당신이 말한 그런 힘이 없소. 오랫동안 잊었던 낡은 신념이 되살아나 우리가 해야 할 모든 일과 우리가 고통받아야 할 모든 것을 설명하고 있소. 잘못된 첫 걸음이 죄악의 씨를 심었지만, 그 순간 이후로는 그것은 모두 어두운 필연적인 운명이 그렇게 한 거요. 내게 불의를 저질렀던 당신도 그것이 죄악이라는 하나의 환상일 뿐 죄가 될 것은 없소.

나도 악마 같다고들 하지만 악마에게서 그 역할을 잠시 빌렸을 뿐이오. 그게 우리의 운명이오. 검은 꽃이 피려 하면 그대로 놔두시오. 이제 당신의 길을 가시오. 그 사람은 당신이 하고 싶은 대로 하구려."

그는 손을 흔들어 인사하고 다시 약초를 캐는 일을 하기 시작했다.

제 15 장
헤스터와 펄

이리하여 한번 보면 그 인상이 좀처럼 머리에서 사라지지 않

face that haunted men's memories longer than they liked
—took leave of Hester Prynne, and went stooping away
along the earth. He gathered here and there an herb, or
grubbed up a root, and put it into the basket on his arm.
His gray beard almost touched the ground, as he crept
onward. Hester gazed after him a little while, looking with
a half-fantastic curiosity to see whether the tender grass of
early spring would not be blighted beneath him, and show
the wavering track of his footsteps, sere and brown, across
its cheerful verdure. She wondered what sort of herbs they
were, which the old man was so sedulous to gather. Would
not the earth, quickened to an evil purpose by the sympa-
thy of his eye, greet him with poisonous shrubs, of species
hitherto unknown, that would start up under his fingers?
Or might it suffice him that every wholesome growth
should be converted into something deleterious and
malignant at his touch? Did the sun, which shone so
brightly everywhere else, really fall upon him? Or was
there, as it rather seemed, a circle of ominous shadow
moving along with his deformity, whichever way he
turned himself? And whither was he now going? Would
he not suddenly sink into the earth, leaving a barren and
blasted spot, where, in due course of time, would be seen

---

stoop:허리를 굽히다 grub up = clear away: 파내다 curiosity:호기심 blight:말
라죽다, 시들다 sere = dry verdure:푸른 풀 deleterious = harmful: 유독한
malignant:악의가 있는, 유해한 ominous:불길한, 기분 나쁜 deformity: (특히
몸의) 불구가 된 곳 blasted:시든, 마른

는 이상한 얼굴을 한 기형의 노인 로저 칠링워드는 헤스터 프린과 헤어져 허리를 굽혀 땅을 보면서 멀어져 갔다. 그는 여기저기에서 약초를 뜯고 뿌리를 캐서 팔에 걸친 바구니에 담았다. 그의 회색 턱수염은 그가 엎드려 기듯 앞으로 갈 때마다 거의 땅에 닿았다. 헤스터는 한동안 그의 뒷모습을 바라보았다. 그의 발자국이 지나갈 때마다 발밑의 여린 봄풀이 시들어, 푸른 풀밭을 가로지르는 갈색 발자국이 줄줄이 생기지나 않을까 하는 호기심이 생겼다. 그녀는 저 노인이 저토록 열심히 모으는 풀은 어떤 종류의 것일까 하고 궁금해 했다. 대지도 그의 눈의 독한 정기를 받아 흉악한 목적을 품게 되어, 그의 손이 닿는 곳마다에 독초가 그를 맞는 것은 아닐까? 아니면 건강에 좋은 풀들도 그의 손이 닿으면 치명적인 유독한 물질로 바뀌어서 그를 만족시키지는 않을까? 태양은 구석구석 밝게 비추고 있지만 정작 노인에게도 빛을 던질까? 혹은 그가 발걸음을 옮길 때마다 그 둥근 그림자가 되어 그의 불구의 몸과 함께 움직이는 것은 아닐까? 그리고 그는 어디로 가는가? 그가 갑자기 땅속으로 가라앉고 그 자리에 황량하고 마른 장소만 남아 때가 되면 가마종이, 층층나무, 싸리, 기타 이런 기후에 날 수 있는 무수한 독풀이 자라 무성해지는 것은 아닐까? 아니면 그는 박

deadly nightshade, dogwood, henbane, and whatever else of vegetable wickedness the climate could produce, all flourishing with hideous luxuriance? Or would he spread bat's wings and flee away, looking so much the uglier the higher he rose towards heaven?

"Be it sin or no," said Hester Prynne, bitterly, as she still gazed after him, "I hate the man!"

She upbraided herself for the sentiment, but could not overcome or lessen it. Attempting to do so, she thought of those long-past days, in a distant land, when he used to emerge at eventide from the seclusion of his study, and sit down in the firelight of their home, and in the light of her nuptial smile. He needed to bask himself in that smile, he said, in order that the chill of so many lonely hours among his books might be taken off the scholar's heart. Such scenes had once appeared not otherwise than happy; but now, as viewed through the dismal medium of her subsequent life, they classed themselves among her ugliest remembrances. She marvelled how such scenes could have been! She marvelled how she could ever have been wrought upon to marry him! She deemed it her crime most to be repented of that she had ever endured, and reciprocated, the lukewarm grasp of his hand, and had

---

henbane:사리풀 hideous:소름끼치는, 무서운 bat's wing: 박쥐 날개 upbraid:야단 치다, 비난하다 eventide:초저녁 her nuptial smile: 아내로서의 그녀의 미소 deemed:~라고 생각하다, 간주하다(consider) reciprocate:보답하다 lukewarm:미적 지근한, 열의가 없는, 마음이 내키지 않는

쥐의 날개를 펴고 하늘 높이 날아오를수록 더 추악한 모습이 되어 가는 것은 아닐까?

"죄받을 소리인지는 몰라도 저 사람이 싫어!" 헤스터 프린은 여전히 그의 뒷모습을 보면서 씁쓸하게 말했다.

그녀는 그런 감정의 자신을 책망했지만, 그것을 극복하거나 누그러뜨릴 수도 없었다. 그렇게 애쓰면서 먼 나라에서의 그토록 오래된 과거를 생각했다. 그 시절 그는 저녁 어스름이 찾아들면 호젓한 서재에서 나와 가정의 등불과 아내로서의 그녀의 미소 앞에 앉아 있곤 했다. 홀로 책 속에 여러 시간동안 묻힘으로써 느끼는 차가움을 마음 속에서 몰아내려며 아내의 따뜻한 미소를 받아야 한다고 그는 설명했다.

그런 모습이 한때는 행복으로 느껴졌다. 그러나 지금은 그 후 그녀의 우울한 생을 통해 보면 그것은 그녀의 가장 추악한 추억으로 자리했다. 그녀는 어떻게 그런 모습이 있을 수 있었는지 알 수가 없었다. 그녀는 어떻게 그와 결혼할 생각이 들었었는지 모를 일이었다. 그녀는 자신이 그 사람의 미지근한 손을 서로 주고 받으며, 입술과 눈가에 미소를 지어 그의 미소에 호응한 일이 회개해야 할 커다란 죄로 생각되었다. 그리고 그녀가 아직 철들지 않았을 때 그가 곁에 있는 것이 가장 행복한

호젓한:외롭고 쓸쓸한, 후미져서 아주 고요한

suffered the smile of her lips and eyes to mingle and melt into his own. And it seemed a fouler offence committed by Roger Chillingworth, than any which had since been done him, that, in the time when her heart grew no better, he had persuaded her to fancy herself happy by his side.

"Yes, I hate him!" repeated Hester, more bitterly than before. "He betrayed me! He has done me worse wrong than I did him!"

Let men tremble to win the hand of woman, unless they win along with it the utmost passion of her heart! Else it may be their miserable fortune, as it was Roger Chillingworth's, when some mightier touch than their own may have awakened all her sensibilities, to be reproached even for the calm content, the marble image of happiness, which they will have imposed upon her as the warm reality. But Hester ought long ago to have done with this injustice. What did it betoken? Had seven long years, under the torture of the scarlet letter, inflicted so much of misery, and wrought out no repentance?

The emotions of that brief space, while she stood gazing after the crooked figure of old Roger Chillingworth, threw a dark light on Hester's state of mind, revealing much that she might not otherwise have acknowledged to herself.

---

suffer~to = permitted ~ to fouler:foul의 비교급, 악랄한 grew no better: 분별이 없다, 어리석다 along with: ~ 에 수반하여 crooked = deformed

것으로 믿게 한 것이 로저 칠링워드가 저지른 모든 죄 중에서 가장 악독한 범죄 같았다.

"그래, 난 그가 싫어!" 헤스터가 전보다 더 씁쓸하게 되뇌었다. "그가 나를 배반했어! 그는 내가 그에게 했던 것보다 더 몹쓸 짓을 내게 한 거야!"

만일 여자의 손을 얻고도 여자 마음의 가장 뜨거운 정열을 얻지 못한다면 남자들이여 전전긍긍하라! 그렇지 않으면 로저 칠링워드처럼 여자가 혼미한 잠에서 깨어나서 남편이 아득한 현실이라고 만들어 준 안일한 만족감과 행복이라고 부르던 돌부처의 정체를 알게 되면 비참한 운명이 찾아오게 될지도 모르기 때문이다. 그러나 헤스터는 이런 억울한 일을 청산했었어야 했다. 그것은 무얼 말하는 것일까? 주홍 글씨의 고통 속에 있던 7년의 긴 세월이 비참함만 더했을 뿐 회개가 전혀 없었단 말인가?

로저 칠링워드의 구부정한 모습을 바라보고 서 있는 그 짧은 시간에 떠오른 감정은 헤스터의 심리상태에 어두운 빛을 던졌다. 그녀 자신도 깨닫지 못했을 일들조차 깨우쳐 주었다.

그가 사라지자 그녀는 아이를 불렀다.

"펄! 펄! 어디 있니?"

회개:잘못을 뉘우치고 고침

He being gone, she summoned back her child.

"Pearl! Little Pearl! Where are you?"

Pearl, whose activity of spirit never flagged, had been at no loss for amusement while her mother talked with the old gatherer of herbs. At first, as already told, she had flirted fancifully with her own image in a pool of water, beckoning the phantom forth, and — as it declined to venture-seeking a passage for herself into its sphere of impalpable earth and unattainable sky. Soon finding, however, that either she or the image was unreal, she turned elsewhere for better pastime. She made little boats out of birch-bark, and freighted them with snail-shells, and sent out more ventures on the mighty deep than any merchant in New England; but the larger part of them foundered near the shore. She seized a live horseshoe by the tail, and made prize of several five-fingers, and laid out a jelly-fish to melt in the warm sun. Then, she took up the white foam, that streaked the line of the advancing tide, and threw it upon the breeze, scampering after it, with winged footsteps, to catch the great snow-flakes ere they fell. Perceiving a flock of beach-birds, that fed and fluttered along the shore, the naughty child picked up her apron full of pebbles, and, creeping from rock to rock after these

---

flag:약해지다 impalpable:만져서 알 수 없는 unattainable:이루기 힘든 birch: 자작나무 freighted:짐을 실었다 the mighty deep = the deep = the sea foundered:침수하여 가라앉다 make prize of = seiwe : 붙잡다 scamper:뛰어다 니다 winged:(날개가 돋힌것처럼)민첩한 flutter:(새가)푸드덕거리다

성격이 활동적이어서 결코 지치지 않으므로 펄은 어머니가 약초 캐는 노인과 얘기하는 동안에도 즐거움을 잃지 않고 있었다. 앞에서도 말했지만 먼저 펄은 물웅덩이에 비친 자기 그림자와 장난을 치며 놀았다. 펄은 그림자에 손짓하며 불렀으나 그것은 손짓만 할 뿐 나오지 않았다. 그래서 이번에는 붙잡을 수 없는 자신과 닿을 수 없는 하늘이 어울려 있는 그 물웅덩이 속으로 들어갔던 것이다. 그러나 펄은 곧 자기와 그림자 중 어느 한 쪽이 실체가 아니라는 것을 알았고, 웅덩이를 버리고 좀더 재미있는 장난을 찾아갔다.

그녀는 자작나무 껍질로 작은 배를 만들어서 배에 달팽이집을 가득 실었다. 그리고 뉴질랜드의 어느 상인보다 더 큰 모험을 위해 배를 띄워 보냈다. 그러나 대부분의 배들이 해안 근처에서 침몰했다. 펄은 살아 있는 게의 꽁무니를 붙잡고 불가사리 몇 마리를 잡았으며 해파리를 따뜻한 햇볕에 놓아 두어 녹아 버리게 했다. 그리고 나서 펄은 파도가 밀려왔다 밀려가면서 모래 위에 줄을 남긴 하얀 거품을 집어서 바람에 던지고는 가벼운 걸음으로 재빨리 쫓아가 눈처럼 흩어지는 그 커다란 조각들을 떨어지기 전에 잡으려고 했다. 바닷가에 내려앉아 먹이를 쪼려고 푸드덕거리는 바다새들을 보자 장난꾸러기는 앞치

small sea-fowl, displayed remarkable dexterity in pelting them. one little gray bird, with a white breast, Pearl was almost sure, had been hit by a pebble, and fluttered away with a broken wing. But then the elf-child sighed, and gave up her sport; because it grieved her to have done harm to a little being that was as wild as the sea-breeze, or as wild as Pearl herself.

Her final employment was to gather sea-weed, of various kinds, and make herself a scarf, or mantle, and a headdress, and thus assume the aspect of a little mermaid. She inherited her mother's gift for devising drapery and costume. As the last touch to her mermaid's garb, Pearl took some eel-grass, and imitated, as best as she could, on her own bosom, the decoration with which she was so familiar on her mother's. A letter,—the letter A,—but freshly green, instead of scarlet! The child bent her chin upon her breast, and contemplated this device with strange interest; even as if the one only thing for which she had been sent into the world was to make out its hidden import.

"I wonder if mother will ask me what it means!" thought Pearl.

Just then, she heard her mother's voice, and flitting along as lightly as one of the little sea-birds, appeared

---

dexterity:손재주가 있음 pelt(돌 따위를)던지다   But then = on the other hand
elf-child: 요정아이   headdress: 머리장식   drapery:옷, 의복   garb=dress,
costume eel-grass: 거머리말(북태평양에 많은 해초) contemplate:~을 눈여겨
보다, 가만히 보다 flit:경쾌하게 날다, 휙휙날다

마에 조약돌을 가득히 주워 들고 그 작은 새를 뒤쫓아 바위 사이에 몸을 숨기고 몰래 다가가 놀라운 솜씨로 돌을 던졌는데 흰 가슴을 한 회색빛 작은 새 중 한 마리가 분명히 돌에 맞아 다친 날개를 퍼덕이며 날아가 버렸다. 그러나 그때 이 꼬마 요정은 한숨을 쉬면서 그 장난을 그만두었다. 바닷바람이나 펄 자신처럼 자유 분방하게 자라 온 작은 새에게 상처를 입힌 것이 펄을 몹시 슬프게 했기 때문이다.

펄은 마지막으로 갖가지 해초를 모으며 놀았다. 그것으로 스카프나 망토, 머리 장식 따위를 만들고 아기 인어 같은 모습을 꾸미려고 했다. 펄은 옷과 커튼을 재단하는 재능을 어머니에게서 물려받고 있었다. 인어 의상의 마무리 손질로 거머리 말을 따서 어머니의 가슴에서 보아 익숙해진 장식을 자기 가슴에 멋지게 만들어 달았다. 하나의 글씨, A라는 글씨, 그러나 주홍빛이 아닌 산뜻한 초록빛이었다. 아이는 고개를 숙여 가슴의 이 멋진 장식품을 바라보면서 자기가 이 세상에 보내진 것은 마치 글씨에 숨어 있는 의미를 풀어내는 일인 것처럼 진한 흥미를 느꼈다.

"엄마가 이 뜻을 물어 보실지도 몰라!" 펄은 생각했다.

바로 그때 어머니의 목소리를 들었다. 펄은 작은 바다새 한

before Hester Prynne, dancing, laughing, and pointing her finger to the ornament upon her bosom.

"My little Pearl," said Hester, after a moment's silence, "the green letter, and on thy childish bosom, has no purport. But dost thou know, my child, what this letter means which thy mother is doomed to wear?"

"Yes, mother," said the child. "It is the great letter A. Thou hast taught me in the horn-book."

Hester looked steadily into her little face; but, though there was that singular expression which she had so often remarked in her black eyes, she could not satisfy herself whether Pearl really attached any meaning to the symbol. She felt a morbid desire to ascertain the point.

"Dost thou know, child, wherefore thy mother wears this letter?"

"Truly do I!" answered Pearl, looking brightly into her mother's face. "It is for the same reason that the minister keeps his hand over his heart!"

"And what reason is that?" asked Hester, half smiling at the absurd incongruity of the child's observation; but, on second thoughts, turning pale. "What has the letter to do with any heart, save mine?"

"Nay, mother, I have told all I know," said Pearl, more

---

horn-book: 읽힘 책 (영국의 초등 교육용 교재로 George 2세경까지 사용)
satisfy oneself : 확신하다 ascertain:~을 확인하다 incongruity:불일치, 부조화
on second thoughts: 다시 생각해 보고

마리처럼 가볍게 뛰어 헤스터 프린 앞에 나타나 춤을 추고, 웃으며 손가락으로 가슴의 장식을 가르쳤다.

"펄." 한참의 침묵 후에 헤스터가 말했다. "네 가슴에 단 초록 글씨는 아무 의미도 없단다. 그런데 얘야, 엄마가 가슴에 달고 다녀야 하는 이 글씨의 뜻이 뭔지 아니?"

"네, 엄마." 아이가 말했다. "그건 대문자 A잖아. 엄마가 글씨책에서 가르쳐 줬잖아."

헤스터는 펄의 조그만 얼굴을 똑바로 쳐다봤다. 그러나 펄의 까만 눈 속에서 자주 볼 수 있는 그 불가사의한 표정을 볼 수는 있었지만 펄이 정말로 이 글씨의 뜻을 알고 있는지는 알 수 없었다. 그녀는 그 점을 확신하고자 하는 강한 욕망을 느꼈다.

"펄, 엄마가 왜 이 글씨를 달고 다니는지 아니?"

"정말 알아요!" 펄은 어머니의 얼굴을 반짝이는 눈동자로 바라보며 말했다. "그건 목사님이 늘 가슴에 손을 얹고 있는 것과 같은 이유겠죠!"

"그래 그 이유가 뭐니?" 헤스터는 앞뒤가 맞지 않는 관찰을 한 것을 생각하고 빙그레 웃으면서 물었으나, 다음 순간 안색이 창백해졌다.

"이 글씨가 다른 사람의 가슴과 무슨 관계가 있니?"

불가사의:보통 생각으로는 도저히 미루어 알 수가 없음

seriously than she was wont to speak. "Ask yonder old man whom thou hast been talking with! It may be he can tell. But in good earnest now, mother dear, what does this scarlet letter mean? — and why dost thou wear it on thy bosom? — and why does the minister keep his hand over his heart?"

She took her mother's hand in both her own, and gazed into her eyes with an earnestness that was seldom seen in her wild and capricious character. The thought occurred to Hester that the child might really be seeking to approach her with childlike confidence, and doing what she could, and as intelligently as she knew how, to establish a meeting-point of sympathy. It showed Pearl in an unwonted aspect. Heretofore, the mother, while loving her child with the intensity of a sole affection, had schooled herself to hope for little other return than the waywardness of an April breeze; which spends its time in airy sport, and has its gusts of inexplicable passion, and is petulant in its best of moods, and chills oftener than caresses you, when you take it to your bosom; in requital of which misdemeanors, it will sometimes, of its own vague purpose, kiss your cheek with a kind of doubtful tenderness, and play gently with your hair, and then be gone about its other idle busi-

---

It may be = Perhaps   in good earnest = really, trully   capricious:변덕스러운 unwonted:보통이 아닌, 드문   heretofore = formerly   schooled herself: 몸을 삼 갔다 discipline: 훈련하다   petulant= easily angered : 화를 잘내는   caress:~을 귀여워하다   misdemeanor:죄, 비행   go about= set to work at

"몰라, 엄마, 내가 아는 건 다 말했어요." 펄은 평소에 솔직하게 말하기를 좋아하던 것과는 달리 진지하게 말했다. "엄마와 말하던 그 노인에게 물어 보지 그래요? 그 노인은 알 것 같은데. 그런데 엄마, 정말 이 주홍 글씨는 무슨 뜻이야? 왜 가슴에 늘 달고 다녀요? 그리고 목사님은 왜 손을 가슴에 올려 놓고 있죠?"

그녀는 어머니의 손을 두 손으로 꼭 잡으며, 평소 무분별하고 변덕스런 성격으로서는 좀처럼 보기 드문 진지한 눈으로 바라보았다. 이 아이가 진정 확신을 갖고 어머니에게 접근하려는 것인지도 모른다는 생각이, 그리고 어머니와의 공통점을 발견하기 위해서 아이가 할 수 있는데까지 해보려는 시도인지도 모른다는 생각이 헤스터에게 문득 떠올렸다.

펄은 평소와 다른 면을 보여주었다. 지금까지 어머니는 누구보다도 따뜻한 애정을 딸에게 쏟아 왔으며 4월의 봄바람 같은 변덕스러움 이상의 것을 바라지 않으리라고 스스로를 다짐했던 것이다. 그것은 장난에 골똘하다가도 별안간 종잡을 수 없는 정열에 싸이고, 기분이 좋다가도 화를 벌컥내는 등 기분 변화가 심했고; 어루만져 주어도 쌀쌀맞게 대하기도 했다. 이따금 아무 이유 없이 어머니의 뺨에 다정하게 입맞추기도 하고, 머

ness, leaving a dreamy pleasure at your heart. And this, moreover, was a mother's estimate of the child's disposition. Any other observer might have seen few but unamiable traits, and have given them a far darker coloring. But now the idea came strongly into Hester's mind, that Pearl, with her remarkable precocity and acuteness, might already have approached the age when she could be made a friend, and intrusted with as much of her mother's sorrows as could be imparted, without irreverence either to the parent or the child. In the little chaos of Pearl's character there might be seen emerging— and could have been, from the very first— the steadfast principles of an unflinching courage,— an uncontrollable will,— a sturdy pride, which might be disciplined into self-respect,— and a bitter scorn of many things, which, when examined, might be found to have the taint of falsehood in them.

She possessed affections, too, though hitherto acrid and disagreeable, as are the richest flavors of unripe fruit. With all these sterling attributes, thought Hester, the evil which she inherited from her mother must be great indeed, if a noble woman do not grow out of this elfish child.

Pearl's inevitable tendency to hover about the enigma of the scarlet letter seemed an innate quality of her being.

---

disposition:기질, 성향 unamiable:무뚝뚝한 precocity:조숙 imparted= told, made known irreverence:불손, 무례한 행위 could have been: could have existed unflinching:굴하지 않은 sturdy:겉과 다른 뜻을 가진 말(그림) hover about=to keep hanging or lingering about:방황하다

리카락을 그 귀여운 손으로 만져 주기도 했다. 그리고 나서는 어머니의 가슴에 꿈 같은 기쁨을 남겨 둔 채 다른 놀거리를 찾아 가버리는 것이었다. 이것은 아이의 성격에 대한 어머니의 평가였다. 다른 사람은 붙임성 없는 성질 이외에는 아무것도 발견하지 못했을 것이다. 오히려 더 나쁜 인상만 주었을지도 모른다. 그러나 이제 펄은 눈에 띄게 조숙하고 영리해서 벌써 어머니의 친구가 될 수 있는 나이가 되었고, 어머니의 슬픔을 딸에게 얘기해도 모녀 사이가 상하지 않을 만큼 자랐다는 생각이 헤스터의 마음속에 강하게 다가왔다. 아직 혼란스런 펄의 성격 중에서도 굽힐 줄 모르는 용기의 확고한 모습이 있다. 어쩌면 태어날 때부터 그랬는지도 모른다. 걷잡을 수 없는 의지이다. 거짓을 철저히 파헤쳐 가차없이 경멸하는 성질도 있었다.

그녀는 애정도 가지고 있었다. 비록 아직까지는 씁쓸하고 맛이 없기는 하더라도 그것은 설익은 과일의 강렬한 맛을 지녔다. 이 모든 놀라운 성질을 가지고도 만약 이 요정 같은 아이가 우아한 귀부인으로 성장하지 못한다면, 그 애가 어머니로부터 물려받은 악의 속성이 실로 지대한 까닭일 수밖에 없다고 헤스터는 생각했다.

주홍 글씨의 수수께끼 주변을 맴돌려 하는 펄의 피할 수 없

조숙:나이보다 일찍 성숙하게 됨

From the earliest epoch of her conscious life, she had entered upon this as her appointed mission.

Hester had often fancied that Providence had a design of justice and retribution, in endowing the child with this marked propensity; but never, until now, had she bethought herself to ask, whether, linked with that design, there might not likewise be a purpose of mercy and benef-icence. If little Pearl were entertained with faith and trust, as a spirit messenger no less than an earthly child, might it not be her errand to soothe away the sorrow that lay cold in her mother's heart, and converted it into a tomb? -and to help her to overcome the passion, once so wild, and even yet neither dead nor asleep, but only imprisoned within the same tomblike heart?

Such were some of the thoughts that now stirred in Hester's mind, with as much vivacity of impression as if they had actually been whispered into her ear. And there was little Pearl, all this while holding her mother's hand in both her own, and turning her face upward, while she put these searching questions, once, and again, and still a third time.

"What does the letter mean, mother?— and why dost thou wear it?— and why does the minister keep his hand

---

epoch:시대, 획기적인 사건 enter upon=make a start upon propensity:dispo-sition bethink:생각나게하다 ikewise=also entertain:~을 즐겁게 해주다, ~을 대접하다 no less than=as well as sooth:가라앉히다 once so wild:한때는 그처럼 격렬했던 vivacity:활발, 명랑 still a third time:다시 또 한번

는 경향은 그 애의 타고난 속성처럼 여겨졌다. 철들기 시작하면서부터 그녀는 마치 자기에게 주어진 임무이기라도 하듯 이 일을 시작했다.

하늘이 이와 같이 뚜렷한 성격의 아이를 줄 때에는 정의와 처벌의 계획이 있어서 그랬던 것이 아니냐는 생각이 헤스터에게 종종 들었다. 그러나 지금까지 자비와 은혜의 목적이 연관되어 있을지도 모른다는 데 생각은 한 번도 한 적이 없다. 만약 어린 펄이 세상의 한 어린아이인 동시에 신의 사자로서 신념과 신의를 부여받았다면, 그녀의 사명은, 어머니의 마음을 차게 식혀 무덤으로 바꾸어 버린 슬픔을 달래어 주는 것이 아닐까. 한때 원기왕성했지만 지금은 죽지는 않았지만 무덤같은 가슴 속에 갇혀버린 열정을 되찾도록 어머니를 돕는 것이 또한 펄의 사명이 아닐까?

이런 것들이 헤스터의 마음을 휘젓는 생각들이었고 마치 실제로 그녀의 귀에 속삭이듯 생생하기 그지없는 인상이었다. 그리고 그 동안 죽 펄은 어머니의 양손을 잡고 그 얼굴을 올려다보며 세 번이나 거푸 이렇게 날카로운 질문을 해댔다.

"그 글자가 무슨 뜻이야, 엄마? 엄마는 왜 그 옷을 입고 있어? 그리고 왜 목사님은 늘 가슴에 손을 얹고 있어?"

사자 : 심부름꾼

over his heart?"

"What shall I say?" thought Hester to herself. "No! If this be the price of the child's sympathy, I cannot pay it."

Then she spoke aloud.

"Silly Pearl," said she, "what questions are these? There are many things in this world that a child must not ask about. What know I of the minister's heart? And as for the scarlet letter, I wear it for the sake of its gold-thread."

In all the seven bygone years, Hester Prynne had never before been false to the symbol on her bosom. It may be that it was the talisman of a stern and severe, but yet a guardian spirit, who now forsook her; as recognizing that, in spite of his strict watch over her heart, some new evil had crept into it, or some old one had never been expelled. As for little Pearl, the earnestness soon passed out of her face.

But the child did not see fit to let the matter drop. Two or three times, as her mother and she went homeward, and as often at supper-time, and while Hester was putting her to bed, and once after she seemed to be fairly asleep, Pearl looked up, with mischief gleaming in her black eyes.

"Mother," said she, "what does the scarlet letter mean?"

And the next morning, the first indication the child gave

---

talisman:부적   forsook:forsake의 과거 버리다(abandon)   as recognizing that:~라는 것을 알고   drop=to come to an end, cease to be of concern   as often=two or three times(돌아오는 도중에도 두세 번의 뜻)   indication:징후, 표시(sign)

"어떻게 말해야 할까?" 헤스터는 생각했다. '안돼! 비록 대답이 아이의 공감을 사기 위한 대가라 하여도 난 그 대가를 치를 수 없어.'

그리고 나서 그녀는 외쳤다.

"바보 같으니라고, 왜 그런 쓸데없는 것을 묻니? 세상엔 아이들이 물어선 안되는 것들이 많이 있단 말이야. 목사님 가슴의 것을 내가 어떻게 아니! 그리고 이 주홍 글씨는 금색 실이 좋아서 달고 있는 거야."

지난 7년의 세월이 흐르는 동안 헤스터 프린은 한 번도 그녀 가슴 위의 상징에 대해 거짓을 꾸며낸 일이 없었다. 그건 아마 그것이 준엄하고 가혹하기는 했지만, 동시에 수호자이기도 한 정령의 부적이었던 탓인지도 몰랐다. 정령이 엄격하게 그녀의 마음을 감시했음에도 불구하고, 어떤 새로운 악마가 그 안으로 기어들어 갔거나 미처 쫓아내지 못한 옛 것이 남았거나 한 탓에, 이제는 그 정령이 그녀를 저버리리는 것 같다. 펄의 얼굴에선 진지함이 사라졌다.

그러나 아이는 그 일을 그치려고 하지 않았다. 어머니와 함께 집으로 돌아가는 길에 두세 번, 저녁을 먹으며 여러 번, 헤스터가 펄을 재우려고 침대에 눕혀 놓은 동안, 그 애가 완전히 잠들었다고 생각되었을 때 한 번, 펄은 장난기 어린 눈빛으로 올려다보며 물었다.

정령:죽은 뒤의 혼백

of being awake was by popping up her head from the pillow, and making that other inquiry, which she had so unaccountably connected with her investigations about the scarlet letter,

"Mother! Mother! Why does the minister keep his hand over his heart?"

"Hold thy tongue, naughty child!" answered her mother, with an asperity that she had never permitted to herself before. "Do not tease me, else I shall shut thee into the dark closet!"

CHAPTER 16
A Forest Walk

Hester Prynne remained constant in her resolve to make known to Mr. Dimmesdale, at whatever risk of present pain or ulterior consequences, the true character of the man who had crept into his intimacy. For several days, however, she vainly sought an opportunity of addressing him in some of the meditative walks which she knew him to be in the habit of taking, along the shores of the penin-

---

hold one's tongue=be quiet   asperity: 거칠음, 가혹, 무뚝뚝한   ulterior=lying in the future, not immediate: 장래의

"엄마, 그 주홍 글씨가 무슨 뜻이야?"

그 다음 날 아침, 아이가 깨자마자 처음으로 한 것은 주홍 글씨에 대한 추궁과 아주 많이 관련된 또다른 질문이었다.

"엄마, 엄마, 왜 목사님은 자기 손을 가슴에 늘 올려놓고 계셔?"

"그만하지 못하겠니, 못된 것아!" 그녀의 어머니는 전에 없이 사나운 말투로 대답했다.

"엄마를 귀찮게 하지 마라, 안 그러면 캄캄한 벽장 속에 가두어 버릴 테야."

제 16 장
숲속의 산책

헤스터 프린은 현재의 고통과 앞으로의 결과를 무릅쓰고라도 딤즈데일 씨에게 은밀하게 접근하여 가까워진 사람의 본성을 알게 하기로 한 결심은 한결 같았다. 그러나 며칠 동안 그녀는 미리 알고 있던 길목에서, 그가 습관처럼 반도의 해변을 따라 걷거나 이웃 지역의 수풀 언덕을 명상에 잠겨 산책할 때 말을 걸 기회를 엿보았으나 실패하고 말았다. 사실, 그녀가 그의 서

sula, or on the wooded hills of the neighboring country. There would have been no scandal, indeed, nor peril to the holy whiteness of the clergyman's good fame, had she visited him in his own study, where many a penitent, ere now, had confessed sins of perhaps as deep a dye as the one betokened by the scarlet letter.

But, partly that she dreaded the secret or undisguised interference of old Roger Chillingworth, and partly that her conscious heart imputed suspicion where none could have been felt, and partly that both the minister and she would need the whole wide world to breathe in while they talked together,—for all these reasons. Hester never thought of meeting him in any narrower privacy than beneath the open sky.

At last, while attending in a sick-chamber, whither the Reverend Mr. Dimmesdale had been summoned to make a prayer, she learnt that he had gone, the day before, to visit the Apostle Eliot, among his Indian converts. He would probably return, by a certain hour, in the afternoon of the morrow. Betimes, therefore, the next day, Hester took little Pearl,—who was necessarily the companion of all her mother's expeditions, however inconvenient her presence, —and set forth.

---

had she~=if she had~   penitent: 참회자, 회개자   partly that=partly because
impute:~의 탓으로 여기다, ~에게 돌리다   to breathe in=where(in which) they could breathe   Apostle: 사도   converts: 개종자   morrow=tomorrow

재를 방문한다고 해도 훌륭한 명성을 얻고 있는 신성하고 결백한 그 사제에게 이상한 소문이 날 리도 없었고 위험이 생길 리도 없었다. 그 서재는 지금까지 수많은 참회자들이 아마도 주홍 글씨로 표시된 만큼이나 심한 죄를 고백해 온 곳이었다.

그러나 그녀가 두려워한 것 중 일부는, 늙은 로저 칠링워드의 은밀한 혹은 공공연한 방해였고 또한 그녀의 심약한 마음이, 아무도 그럴 리 없겠지만, 혹시 의심받을지도 모른다 여겼기 때문이며 다른 한편으론 목사와 그녀 두 사람이 이야기를 나누는 동안 숨 쉴 넓은 세상을 필요로 했기 때문이다. 헤스터는 이 모든 이유로 열린 하늘 아래 보다 더 좁은 사적인 공간에서 그를 만나는 것을 생각해 보지 않았다.

목사 딤즈데일 씨는 기도를 하기 위해 한 병자의 방으로 불려졌고, 그녀는 드디어, 그가 하루 전 날 개종한 인디안 마을에 사는 엘리엇 사도를 방문하러 갔다는 사실을 알게 되었다. 그는 아마 내일 오후 어느 시간까지 돌아올 것이었다. 그래서 헤스터는 그 이튿날, 시간에 늦지 않도록 어린 펄 — 어머니가 가는 곳이라면 어디든지 따라갔으나 그녀가 있는 것이 반드시 편하지만은 않았던 — 을 데리고 집을 나섰다. 두 명의 도보 여행자가 반도에서 본토 쪽으로 들어가자 길은 오솔길이나 다

참회자 : 잘못을 깨닫고 깊이 뉘우치는 사람
심약한 : 마음이 약한

The road, after the two wayfarers had crossed from the peninsula to the mainland, was no other than a footpath. It straggled onward into the mystery of the primeval forest. This hemmed it in so narrowly, and stood so black and dense on either side, and disclosed such imperfect glimpses of the sky above, that, to Hester's mind, it imaged not amiss the moral wilderness in which she had so long been wandering. The day was chill and sombre. Overhead was a gray expanse of cloud, slightly stirred, however, by a breeze; so that a gleam of flickering sunshine might now and then be seen at its solitary play along the path. This flitting cheerfulness was always at the farther extremity of some long vista through the forest. The sportive sunlight — feebly sportive, at best, in the predominant pensiveness of the day and scene— withdrew itself as they came nigh, and left the spots where it had danced the drearier, because they had hoped to find them bright.

"Mother," said little Pearl, "the sunshine does not love you. It runs away and hides itself, because it is afraid of something on your bosom. Now see! There it is, playing, a good way off. Stand you here, and let me run and catch it. I am but a child. It will not flee from me, for I wear nothing on my bosom yet!"

---

wayfarers:도보여행자 straggle onward:꾸불꾸불 뻗어 나가다 hem in=enclose confine primeval:원시의 glimpses:(빛의)희미한 번쩍임, 섬광 wilderness:도 덕의 황야(Hester의 마음을 상징) solitary:외로운, 인적이 드문 vista:전망, 경치(prospect) a good way off:저쪽으로 멀리 떨어져서 way=distance

름없었다.

그 길은 신비스러운 원시림 속으로 꼬불꼬불 휘어들고 있었다. 숲은 길 양편으로 검고 빽빽하게 에워싸고 있어 하늘조차 가리었기 때문에 헤스터에게는 그것이 바로 그녀가 오랫동안 방황해 온 정신의 황야를 상징하는 것처럼 여겨졌다. 날은 춥고 음산했다. 머리 위엔 잿빛 구름이 가득했는데 그래도 미풍에 조금씩 움직이고 있었고 그로 인해 흔들리는 한줄기 빛이 가끔 길을 따라 걸어가는 고독한 여정에 비추는 것 같았다. 이 활발하게 움직이는 기쁨의 빛줄기는 항상, 숲 속의 가로수 길 저 멀리 맨끝에서만 머물렀다. 장난스런 빛줄기는 압도적으로 음산한 날씨와 장소에서 고작해야 풀 죽은 장난이었을 뿐이었지만 그들이 가까이 가면 이내 멀어져 버려 그것이 원래 뛰놀던 그 자리는 더욱 우울하게 느껴졌는데, 그것은 그들이 밝은 곳에 닿기를 바라며 걸어온 탓이었다.

어린 펄이 말했다.

"엄마, 햇빛은 엄마를 싫어하나봐. 그게 도망가 버리고 숨는 건 엄마 가슴에 달린 것을 무서워하기 때문이야. 자, 봐! 저기 멀리서 놀고 있지. 엄마는 여기 서 있어 봐요, 내가 달려가서 잡아 볼게. 나는 단지 어린이고 아직까지는 가슴에 아무것도

"Nor ever will, my child, I hope," said Hester.

"And why not, mother?" asked Pearl, stopping short, just at the beginning of her race. "Will not it come of its own accord, when I am a woman grown?"

"Run away, child," answered her mother, "and catch the sunshine! It will soon be gone."

Pearl set forth, at a great pace, and, as Hester smiled to perceive, did actually catch the sunshine, and stood laughing in the midst of it, all brightened by its splendor, and scintillating with the vivacity excited by rapid motion. The light lingered about the lonely child, as if glad of such a playmate, until her mother had drawn almost nigh enough to step into the magic circle too.

"It will go now," said Pearl, shaking her head.

"See!" answered Hester, smiling. "Now I can stretch out my hand, and grasp some of it."

As she attempted to do so, the sunshine vanished; or, to judge from the bright expression that was dancing on Pearl's features, her mother could have fancied that the child had absorbed it into herself, and would give it forth again, with a gleam about her path, as they should plunge into some gloomier shade. There was no other attribute that so much impressed her with a sense of new and

---

of its own accord=without being asked or forced, willingly scintillate:반짝 반짝 빛나다 magiz circle:원을 그리고 있는 빛을 말한다

달지 않았으니까 나한테서 도망치지는 않을 거야."

"나중에도 달지 않기를 바란다, 얘야." 헤스터가 말했다.

"왜 안돼, 엄마?" 달리려다 말고 갑자기 서서 펄이 물었다.

"자라서 어른이 되면 저절로 달게 되는 것 아니야?"

"뛰어라, 얘야." 어머니가 대답했다. "저 햇살을 잡는 거야! 곧 사라져 버리고 말 거야."

펄은 큰 걸음으로 달려나갔고, 헤스터가 그걸 보고 미소짓고 있는 동안에 아이는 정말 햇빛을 붙잡고 그 가운데 서서 웃었다. 아이는 찬란하게 빛나는 것과 빠른 달음질로 인해 고조된 활기가 넘쳐 흘렀다.

그 애의 어머니가 그 마술의 원 안으로 발을 들여놓기 직전까지, 빛은 놀이 친구가 생겨 기쁘다는 듯이 그 외로운 아이의 주변을 떠나지 않고 있었다.

"이제 곧 없어져 버릴거야." 펄이 고개를 저으며 말했다.

"보려무나," 헤스터가 대꾸했다. "자, 엄마도 손을 뻗어 조금은 빛을 잡을 수 있단다."

헤스터가 그렇게 하려 하자 빛은 사라져 버렸다. 어쩌면, 펄의 얼굴의 밝은 표정으로 미루어 보아 그 애가 빛을 다 흡수하여 어두운 곳을 지날때 다시 발하여 길을 밝힐 셈인가 보다 하

untransmitted vigor in Pearl's nature, as this never-failing vivacity of spirits; she had not the disease of sadness, which almost all children, in these latter days inherit, from the troubles of their ancestors. Perhaps this too was a disease, and but the reflex of the wild energy with which Hester had fought against her sorrows before Pearl's birth. It was certainly a doubtful charm, imparting a hard, metallic lustre to the child's character. She wanted—what some people want throughout life—a grief that should deeply touch her, and thus humanize and make her capable of sympathy. But there was time enough yet for little Pearl.

"Come, my child!" said Hester, looking about her from the spot where Pearl had stood still in the sunshine. "We will sit down a little way within the wood, and rest ourselves."

"I am not aweary, mother," replied the little girl. "But you may sit down, if you will tell me a story meanwhile."

"A story, child!" said Hester. "And about what?"

"Oh, a story about the Black Man," answered Pearl, taking hold of her mother's gown, and looking up, half earnestly, half mischievously, into her face. "How he haunts this forest, and carries a book with him, a big, heavy book, with iron clasps; and how this ugly Black

---

never-failing = unfailing (=never coming to an end)   in these latter days:근래에는   lustre:광택, 광채, 빛   deeply toucth her:그녀를 크게 감동케 하다   aweary=tired, weary (서술적으로만 쓰인다)   clasp:고리, 버클(buckle)

는 생각이 헤스터에게 들었다. 펄의 성격 중에 헤스터에게 크게 인상적이었던 것은, 그녀로부터 유전되지 않은 새로운 밝음과 지칠 줄 모르는 활기였다. 그 애에게는 슬픔의 병이 없었다. 그 슬픔은 당시의 거의 모든 아이들이 선조들의 고뇌로부터 물려받은 것이었다. 아마 이런 점 역시 병일지도 몰랐다. 그러나 펄을 낳기 전 헤스터가 슬픔과 싸우며 지녔던 격렬한 힘의 반영이었을 것이다. 아이의 성격에서 강한 금속성 광채가 나게 만드는 것은 확실히 묘한 매력을 느끼게 하는 일이었다. 이 애에게 부족한 것은 — 어떤 사람들은 평생을 결여된 채로 살아가긴 하지만 — 그녀를 깊이 감동시키고 그런 식으로 인간화하여 동정심을 갖게 만드는 슬픔이었다.

그러나 어린 펄에겐 아직 충분한 시간이 남아 있다.

"이리 온, 애야." 헤스터는, 펄이 여전히 햇살 가운데 서 있는 곳에서 주위를 둘러보며 말했다.

"숲속으로 조금만 더 들어가서 쉬도록 하자."

"엄마, 난 피곤하지 않은데." 아이가 대꾸했다.

"하지만 쉬는 동안 이야기를 해주면 그럴게."

"이야기라니, 애야." 헤스터가 말했다. "무슨 이야기?"

"악마 이야기!" 펄은 어머니의 옷자락을 잡고서 반쯤은 진지

결여:갖추어지지 않아 모자람

Man offers his book and an iron pen to everybody that meets him here among the trees; and they are to write their names with their own blood. And then he sets his mark on their bosoms! Didst thou ever meet the Black Man, mother?"

"And who told you this story, Pearl?" asked her mother, recognizing a common superstition of the period.

"It was the old dame in the chimney-corner, at the house where you watched last night," said the child. "But she fancied me asleep while she was talking of it. she said that a thousand and a thousand people had met him here, and had written in his book, and have his mark on them. And that ugly-tempered lady, old Mistress Hibbins, was one. And, mother, the old dame said that this scarlet letter was the Black Man's mark on thee, and that it glows like a red flame when thou meetest him at midnight, here in the dark wood. Is it true, mother? And dost thou go to meet him in the night-time?"

"Didst thou ever awake, and find thy mother gone?" asked Hester.

"Not that I remember," said the child. "If thou fearest to leave me in our cottage, thou mightest take me along with thee. I would very gladly go! But mother, tell me now! Is

---

dame: 귀부인(lady), 부인(mistress) ugly-tempered=ill-tempered: 심술궂은 Not that I remember: 제가 기억하는 한 그런 일은 없었어요

하게 반쯤은 장난스러운 표정으로 어머니의 얼굴을 올려다 보며 말했다.

"그 악마가 숲 속에 어떻게 나타나고 쇠붙이로 꿰맨 크고 무거운 책을 어떻게 가지고 다니지? 그리고 이 밉게 생긴 악마가 숲 속에서 만나는 사람에게 그 책과 펜을 어떻게 주고, 그러면 그들은 자기들의 이름을 자기 피로 찍어 쓴다는 이야기 말이야. 그러면 악마는 그들의 가슴에다 표시를 해두지. 엄마! 악마를 만난 적 있어?"

"누가 그런 이야기를 해주었지, 펄?" 이야기가 당시에 퍼져 있던 미신과 같음을 알아차리고 아이의 어머니가 물었다.

"지난 밤 엄마가 간병하러 갔던 그 집 할머니가 난로가에서 이야기해 주었어." 아이가 말했다.

"하지만 할머닌 내가 잠든 줄 아시고 얘기하신 거야. 수천 명의 사람들이 여기서 악마를 만나 책에 이름을 쓰고 가슴에 표시를 받았대. 그 성질 고약한 미스트레스 히빈스 부인도 그 중 하나래. 그리고 엄마 가슴의 주홍 글씨도 할머니는 악마의 표시라고 하셨고 한밤중에 이런 어두운 숲에서 악마를 만나면 글자에서 붉은 빛이 난다고 그러셨어. 엄마, 진짜야? 한밤중에 악마를 만나러 가?"

간병 : 환자를 간호함

there such a Black Man? And didst thou ever meet him? And is this his mark?"

"Wilt thou let me be at peace, if I once tell thee?" asked her mother.

"Yes, if thou tellest me all," answered Pearl.

"Once in my life I met the Black Man!" said her mother. "This scarlet letter is his mark!"

Thus conversing, they entered sufficiently deep into the wood to secure themselves from the observation of any casual passenger along the forest track. Here they sat down on a luxuriant heap of moss, which, at some epoch of the preceding century, had been a gigantic pine, with its roots and trunk in the darksome shade, and its head aloft in the upper atmosphere. It was a little dell where they had seated themselves, with a leaf-strewn bank rising gently on either side, and a brook flowing through the midst, over a bed of fallen and drowned leaves. The trees impending over it had flung down great branches, from time to time, which choked up the current and compelled it to form eddies and black depths at some points; while, in its swifter and livelier passages, there appeared a chan-nelway of pebbles, and brown sparkling sand. Letting the eyes follow along the course of the stream, they could

---

casual:우연한, 뜻하지 않는, 이따금의   forest-track:숲속의 오솔길   luxuriant heap of moss:무성한 이끼   aloft:위로 높이(high up)   choke up=fill, pactly or completely, a passage:(통로, 흐름 따위를)막다   compelled it to from:그것(흐름)을 ~이 되게 했다.   eddy:소용돌이

헤스터가 물었다. "네가 눈을 떴을 때 엄마가 없는 것 본 적 있니?"

"그런 적 없어." 아이가 말했다.

"오두막에 나 혼자 두고 가는 게 싫으면 날 데려 가도 좋아. 굉장히 가고 싶어. 하지만, 이것만은 말해 줘요! 악마가 진짜 있어? 그리고 그 사람 만난 적 있어? 이게 악마의 표시야?"

"한 번만 이야기해 주면 다시는 엄마를 귀찮게 하지 않겠니?" 어머니가 물었다.

"응, 다 말해 주면." 펄이 대답했다.

"지금까지 살아오면서 딱 한 번 악마를 만났단다!" 어머니가 말했다.

"이 주홍 글씨는 그의 표시고."

이런 대화를 하면서 모녀는 숲 속으로 깊숙히 들어갔다. 우연히 오솔길을 가던 사람의 시선을 피하기 위해서였다. 거기서 그들은 무성한 이끼 위에 앉았는데 그곳은 이전 세기의 한때, 어두운 그늘에 뿌리와 줄기를 박고 하늘 높이 뻗은 거대한 나무가 있었던 곳이었다. 그들이 자리잡은 곳엔 나뭇잎으로 덮인 둑이 양쪽으로 완만히 솟아 있고 그 사이로 바닥에 나뭇잎이 잔뜩 깔린 개울이 흐르고 있었다. 개울물에 닿을 듯한 나무들

catch the reflected light from its water, at some short distance within the forest, but soon lost all traces of it amid the bewilderment of treetrunks and underbrush, and here and there a huge rock covered over with gray lichens. All these giant trees and bowlders of granite seemed intent on making a mystery of the course of this small brook; fearing, perhaps, that, with its never-ceasing loquacity, it should whisper tales out of the heart of the old forest whence it flowed, or mirror its revelations on the smooth surface of a pool. Continually, indeed, as it stole onward, the streamlet kept up a babble, kind, quiet, soothing, but melancholy, like the voice of a young child that was spending Its infancy without playfulness, and knew not how to be merry among sad acquaintance and events of sombre hue.

"O brook! O foolish and tiresome little brook!" cried Pearl, after listening awhile to its talk. "Why art thou so sad? Pluck up a spirit, and do not be all the time sighing and murmuring!"

But the brook, in the course of its little lifetime among the forest-trees, had gone through so solemn an experience that it could not help talking about it, and seemed to have nothing else to say. Pearl resembled the brook, inas-

---

lichen: 지의류   bowlder: 둥근돌   granite: 화강암   with its never-ceasing loquacity: 끊임없이 재잘거리면서   pluck up a spirit: 힘을 내라

이 큰 가지를 떨어뜨려 그 바람에 가지가, 군데군데 소용돌이와 깊은 웅덩이를 만들곤 했다. 한편, 빠른 물살을 들여다보면 조약돌과 누렇게 빛나는 모래가 보였다. 개울물의 흐름을 눈으로 따라가다 보면 잠깐씩 숲속 저만치서 빛이 수면에 반사되는 것을 볼 수 있었으나 이내 나무줄기와 덤불, 불쑥불쑥 보이는 이끼 덮인 바위들 사이로 황급히 사라져 버렸다.

이 거대한 나무와 화강암들은 작은 시내의 흐름을 신비롭게 하는데 열중인 것 같았다. 그리고 그것들은 개울이 끊임없이 지껄이다가 혹시라도, 물의 흐름이 시작된 태고의 숲 이야기를 털어놓아 버리거나 잔잔한 수면에 비춰 버릴까 두려워하는 것 같았다. 실제로 시냇물은 흘러가면서 끊임없이 부드럽고 조용하게 마음을 달래어 주듯, 그러나 우울하게 지껄이고 있었고, 그것은 마치 유년 시절에 한 번도 놀아 보지 못하여 즐거움을 알지 못하는 어린아이가 슬픈 주변 사람들과 음울한 일들에 둘러싸여 내는 슬픈 울음소리 같았다.

"오, 이런 어리석고 지루한 작은 시냇물 같으니!" 잠시 시냇물 소리를 듣고 난 펄이 외쳤다. "왜 그렇게 슬퍼하지? 힘을 내야지, 줄곧 한숨짓고 중얼거리기만 하지 말라고!"

그러나 냇물은 수풀 사이로 흐르는 짧은 인생을 살아오면서

유년 시절:어린 시절

much as the current of her life gushed from a well-spring as mysterious, and had flowed through scenes shadowed as heavily with gloom. But, unlike the little stream, she danced and sparkled, and prattled airily along her course.

'What does this sad little brook say, mother?" inquired she.

"If thou hadst a sorrow of thine own, the brook might tell thee of it," answered her mother, "even as it is telling me of mine! But now, Pearl, I hear a footstep along the path, and the noise of one putting aside the branches. I would have thee betake thyself to play, and leave me to speak with him that comes yonder."

"Is it the Black Man?" asked Pearl.

"Wilt thou go and play, child?" repeated her mother. "But do not stray far into the wood. And take heed that thou come at my first call."

"Yes, mother," answered Pearl. "But if it be the Black Man, wilt thou not let me stay a moment, and look at him, with his big book under his arm?"

"Go, silly child!" said her mother, impatiently. "It is no Black Man! Thou canst see him now, through the trees. It is the minister!"

"And so it is!" said the child. "And, mother, he has his

---

inasmuch as=since, because   gush:분출하다   prattle:재잘재잘 지껄이다 betake oneself to=apply oneself to:~에 전념하다   leave me to speak:이야기 좀 하게 해다오   take heed=take care   at my first call:내가 부르는 소리가 들리면 당장

겪은 장엄한 경험을 말할 수밖에 없으며 또 그 외엔 말할 것이 없는 것 같았다. 개울은 펄과 닮았다. 신비로운 원천으로부터 흘러나온 그녀의 인생이나 음울하기 짝이 없는 그늘을 여러 번 지나왔다는 점에서 그러했다. 그러나 펄은, 그 작은 시내와는 달리 반짝이며 춤을 추었고 내내 쾌활하게 재잘거리며 살아가고 있었다.

"이 슬픈 개울은 뭐라고 말하고 있는 거지, 엄마?" 아이가 물었다. "네가 슬픈 일을 겪게 되면, 냇물은 너에게 그걸 이야기해 준단다." 아이의 어머니가 대답하였다. "마치 냇물이 내게 나의 이야기를 들려주듯이. 그런데 펄, 지금 길에서 발소리와 나뭇가지를 옮겨 놓는 소리가 들리는구나. 저기 오는 사람과 엄마가 이야기 할 수 있게 좀 놀고 있거라."

"저 사람이 악마야?" 펄이 물었다.

"얘야, 가서 놀지 않겠니?"

어머니가 다시 말했다. "하지만 먼 숲속까지 들어가서는 안 된다. 엄마가 부르는 소리에 돌아올 수 있도록 해야 한다."

"응, 엄마." 펄이 대답했다.

"그런데, 저 사람이 악마라면, 잠깐 여기 서서 큰 책을 팔에 낀 그 악마를 보면 안되나요?"

―――――――――――――――――

hand over his heart! Is it because, when the minister wrote his name in the book, the Black Man set his mark in that place? But why does he not wear it outside his bosom, as thou dost, mother?"

"Go now, child, and thou shalt tease me as thou wilt another time," cried Hester Prynne. "But do no stray far. Keep where thou canst hear the babble of the brook."

The child went singing away, following up the current of the brook, and striving to mingle a more lightsome cadence with its melancholy voice. But the little stream would not be comforted, and still kept telling its unintelligible secret of some very mournful mystery that had happened— or making a prophetic lamentation about something that was yet to happen— within the verge of the dismal forest. So Pearl, who had enough of shadow in her own little life, chose to break off all acquaintance with this repining brook. She set herself, therefore, to gathering violets and wood-anemones, and some scarlet columbines that she found growing in the crevices of a high rock.

When her elf-child had departed, Hester Prynne made a step or two towards the track that led through the forest, but still remained under the deep shadow of the trees. She beheld the minister advancing along the path, entirely

---

as thou wilt:as you please   cadence:(말의)리듬 억양   unintelligible:이해할 수 없는, 난해한 break off=stop, put an end:그만두다 repine:투덜거리다, 불평하다 set herself (to)=applied herself(to)   wood-anemone:아네모네의 일종 columbine:매발톱꽃속의 식물 crevice:좁고 깊게 갈라진 틈

"가라니까, 이 바보 같으니라고!" 어머니가 참지 못하고 말했다. "악마가 아니야! 나무 사이로 보이지 않니? 목사님이잖아!"

"그렇네."

아이는 말했다. "엄마, 목사님은 손을 가슴에 대고 있잖아! 그건 목사님이 그 책에 이름을 쓰셨을 때 악마가 거기 표시를 해주어서야? 그런데 왜 엄마처럼 바깥에 표시를 해주지 않았어?"

"어서 가거라, 애야. 날 놀리려면 나중에 놀려라." 헤스터 프린이 외쳤다. "하지만 너무 멀리 가선 안돼. 냇물 소리를 들을 수 있는 곳에 있어야 해."

아이는 노래를 부르며 냇물의 우울한 목소리와 자기의 명랑한 음성을 조화시키면서 냇물을 따라 걸어갔다. 하지만 개울물은 음산한 숲의 한 구석에서 좀처럼 밝아지려 하지 않고 여전히, 이미 일어났거나 아니면 앞으로 일어날 일들에 대하여 미리 슬퍼하며, 이해 못할 슬픔의 신비만을 말하고 있을 뿐이었다.

자기가 살아온 짧은 동안에 이미 충분한 그늘을 겪어 온 펄은 이 불평투성이의 시냇물과는 친해지지 않기로 했다.

alone, and leaning on a staff which he had cut by the way-side. He looked haggard and feeble, and betrayed a nerve-less despondency in his air, which had never so remark-ably characterized him in his walks about the settlement, nor in any other situation where he deemed himself liable to notice. Here it was woefully visible, in the intense seclusion of the forest, which, of itself, would have been a heavy trial to the spirits. There was a listlessness in his gait; as if he saw no reason for taking one step farther, nor felt any desire to do so, but would have been glad, could he be glad of anything, to fling himself down at the root of the nearest tree, and lie there passive, for evermore. The leaves might bestrew him, and the soil gradually accumulate and form a little hillock over his frame, no matter whether there were life in it or no. Death was too definite an Object to be wished for or avoided.

To Hester's eye, the Reverend Mr. Dimmesdale exhibit-ed no symptom of positive and vivacious suffering, except that, as little Pearl had remarked, he kept his hand over his heart.

---

haggard:초췌한 (be) liable to=be subject to:불리 손실 등 좋지 않은 의미에 사용 in the intense seclusion of the forest:아주 외떨어진 이 숲속에서 listlessness:마음내키지 않음, 귀찮음, 무관심함 for evermore=for all future time hillock:작은 언덕, 흙더미

그래서 펄은 오랑캐꽃과 야생 아네모네, 높은 바위 틈에서 자라는 매발톱꽃을 꺾기 시작했다. 헤스터 프린은 요정 같은 딸이 가 버리자, 나무의 어두운 그늘 속에 몸을 가린 채 숲속에 나 있는 길쪽으로 발을 한두 걸음 옮겼다. 그녀는 목사가 혼자서 길에서 꺾어 만든 지팡이를 짚고 길을 따라 걸어오고 있는 것을 보았다. 그는 수척하고 약하게 보였고 낙담하여 기운이 없는 듯한 모습을 하고 있었는데, 마을에서 걸을 때라든가 남들 눈에 띄기 쉽다고 여겨지는 곳에서는 결코 두드러지게 드러나지 않는 모습이었다. 그런 모습이, 세상에서 멀리 떨어진 이 숲 속에서는 딱할 정도로 드러나 보인다는 것은, 숲에 있다는 사실 자체가 그의 영혼에는 큰 시련임을 뜻하는지도 모른다. 그의 내키지 않는 듯한 걸음걸이는, 마치 더 걸을 이유도 욕구도 없는 듯했고 그럴 수만 있다면 근처 나무 밑동에 몸을 던져 꼼짝 않고 영원히 누워 있기를 바라는 것 같았다. 그러면 나뭇잎들이 그의 문을 덮고 그 위에 흙이 점점 쌓여 흙더미가 이루어 질 것이다. 죽음이란 어쩔 수 없는 것으로 바랄 수도 피할 수도 없는 것이다.

헤스터의 눈에는 딤즈데일 목사가, 어린 펄이 이야기대로 그의 가슴 위에 손을 얹고 있는 것 이외엔 아무런 적극적이고 생생한 고뇌의 기미도 가지고 있지 않은 것으로 보였다.

수척:몸이 야위어 깡마름

CHAPTER 17
The Pastor and His Parishioner

Slowly as the minister walked he had almost gone by, before Hester Prynne could gather voice enough to attract his observation. At length, she succeeded.

"Arthur Dimmesdale!" she said, faintly at first; then louder, but hoarsely. "Arthur Dimmesdale!"

"Who speaks?" answered the minister.

Gathering himself quickly up, he stood more erect, like a man taken by surprise in a mood to which he was reluctant to have witnesses. Throwing his eyes anxiously in the direction of the voice, he indistinctly beheld a form under the trees, clad in garments so sombre, and so little relieved from the gray twilight into which the clouded sky and the heavy foliage had darkened the noontide, that he knew not whether it were a woman or a shadow. It may be, that his pathway through life was haunted thus, by a spectre that had stolen out from among his thoughts.

He made a step nigher, and discovered the scarlet letter.

"Hester! Hester Prynne!" said he. "Is it thou? Art thou in life?"

Parishioner:소교구민, 신도 slowly as the minister walked=though the minister walked slowly gather voice:소리에 힘을 넣다 gathering himself quickly up:당장 정신을 차리고 take(somebody) by surprise=catch him unprepared foliage:무성한 나뭇잎 art thou in life?:are you alive?

제 17 장
목사와 신도.

목사는 천천히 걷고 있었으나, 헤스터 프린이 주의를 끌기 위해 목소리를 가다듬기 전에 목사는 거기를 지날 뻔했다.

마침내 목소리가 흘러 나왔다. "아더 딤즈데일." 처음에는 작은 소리로 불렀으나 다음에는 더 큰 목소리로 불렀다. "아더 딤즈데일."

"누구요?" 목사가 대답했다.

마치 남들에게 보여지기를 꺼려하고 있다가 갑자기 발견된 사람처럼, 그는 얼른 정신을 가다듬고 곧게 섰다. 불안한 기색으로 소리가 난 곳에 시선을 던졌을 때, 그는 나무 밑에서 어두운 빛깔의 옷을 입은 듯한 뚜렷치 않은 한 형상을 보았다. 옷 색깔은 너무 어두웠고, 정오임에도 흐린 하늘과 무성한 나뭇잎으로 인한 잿빛 어스름에선 잘 분간되지 않아 그는 그 형상이 여자인지 아니면 그늘인지도 구별할 수 없었다. 그가 살아온 인생길에서도 자신의 생각에서 빠져나온 허깨비 같은 것이 이토록 자주 자기를 찾아오는지도 모른다.

그는 가까이 다가갔고 이어 주홍색 글자를 발견했다.

"헤스터! 헤스터 프린!" 그가 말했다. "당신이요? 당신, 살아 있는 거요?"

"Even so!" she answered. "In such life as has been mine these seven years past! And thou, Arthur Dimmesdale, dost thou yet live?"

It was no wonder that they thus questioned one another's actual and bodily existence, and even doubted of their own. So strangely did they meet, in the dim wood, that it was like the first encounter, in the world beyond the grave, of two spirits who had been intimately connected in their former life, but now stood coldly shuddering, in mutual dread;as not yet familiar with their state, nor wonted to the companionship of disembodied beings. Each a ghost, and awe-stricken at the other ghost! They were awe-stricken likewise at themselves; because the crisis flung back to them their consciousness, and revealed to each heart its history and experience, as life never does, except at such breathless epochs. The soul beheld its features in the mirror of the passing moment. It was with fear, and tremulously, and, as it were, by a slow, reluctant necessity, that Arthur Dimmesdale put forth his hand, chill as death, and touched the chill hand of Hester Prynne. The grasp, cold as it was, took away what was dreariest in the interview. They now felt themselves, at least, inhabitants of the same sphere.

---

their former life:이승(에서의) 삶 in mutual dread:서로를 두려워하여 disembodied beings:영혼이 된 사람들 disembody=separate from the body breathless epochs:숨 막히는 순간 epoch = period of time in history(life)

"그럼요!" 그녀가 대답했다. "지난 칠 년간 살아온 것처럼요. 그리고 아더 딤즈데일, 당신도 아직 살아 있는 건가요?"

그들이 이런 식으로 서로의 현실적인 존재를 묻고 심지어 스스로의 존재 여부까지 묻는 것은 놀랄 일도 아니었다.

그들이 어두운 숲속에서 이렇게 만난 것은 기묘한 일이었다. 마치 이승에서는 한때 친밀했던 두 영혼이 저승에서 처음으로 만나 서로를 두려워하여 덜덜 떨고 있는 것 같았는데, 이것은 아직 그들이 현 상황에도 익숙해지지 않은 상태이고 육체에서 이탈되어 유령으로 만나는 데에도 익숙치 않아 서로를 두려워하는 탓이었다!

그들은 마찬가지로 스스로에 대해서도 두려워했다. 이 상황이 그들을 일깨워 각자의 마음에 그 과거와 경험을 드러냈기 때문이었고 이런 일은 이만큼 긴박한 순간이 아니면 인생에 일어나는 적이 없다. 그들의 영혼이 순간이란 거울에 그들 자체의 얼굴을 비추어 본 것이었다. 아서 딤즈데일은 두려움에 떨면서 마지못해 하는 태도로 송장같이 찬 손을 내밀어 헤스터 프린의 찬 손에 대었다. 비록 차가웠지만, 손을 잡자 처음 만났을 때의 황량함은 사라졌다. 이제 최소한, 그들을 자신들을 같은 세계 속에 살고 있는 사람으로 느끼게 되었다.

두 사람 중 어느 누구도 그렇게 하라고 말하지 않았으나 두 사람의 마음이 일치하여 그들은 헤스터가 나타났던 숲 그늘 속

Without a word-more spoken,— neither he nor she assuming the guidance, but with an unexpressed consent,— they glided back into the shadow of the woods, whence Hester had emerged, and sat down on the heap of moss where she and Pearl had before been sitting. When they found voice to speak, it was, at first, only to utter remarks and inquiries such as any two acquaintances might have made, about the gloomy sky, the threatening storm. and, next, the health of each. Thus they went onward, not boldly, but step by step, into the themes that were brooding deepest in their hearts. So long estranged by fate and circumstances, they needed something slight and casual to run before, and throw open the doors of intercourse, so that their real thoughts might be led across the threshold.

After a while, the rninister fixed his eyes on Hester Prynne's.

"Hester," said he, "hast thou found peace?"

She smiled drearily, looking down upon her bosom.

"Hast thou?" she asked.

'None! —nothing but despair!" he answered. "What else could I look for, being what I am, and leading such a life as mine? Were I an atheist,—a man devoid of conscience,

---

found voice to speak:소리내어 말할 수 있게 되었을 때 threatening storm:당장에라도 폭풍을 몰고 올 것 같은 날씨 estrange:~에서 멀어지다 atheist:무신론자

으로 미끄러져 들어가 좀 전에 펄과 헤스터가 앉아 있었던 그 이끼 더미 위에 앉았다. 그들의 말문이 열리자, 우선 그들이 말한 것은 아는 사람들끼리 만나 나누었을 법한, 하늘이 흐리다거나 폭풍이 올 것 같다는 이야기에 이어 서로의 건강에 대한 안부 등의 얘기를 나누며 이런 식으로 그들은 급하지 않게 한 걸음 한걸음 마음 깊은 곳에 품은 화제를 향해 나아갔다. 운명과 환경에 의해 서로로부터 멀어진 그들에게는 그들의 진정한 생각들이 오갈 수 있도록 교제의 문을 활짝 열어 줄 가볍고 일상적인 무언가가 필요했다.

잠시 후 목사는 헤스터 프린의 눈을 물끄러미 바라보았다.

"헤스터," 그는 말했다. "당신은 마음의 평화를 얻었나요?"

그녀는 쓸쓸히 웃으며 자기 가슴을 내려다보았다.

"당신은요?" 그녀가 물었다.

"아니! 전혀 아니오, 단지 절망뿐이라오!" 그가 대답했다.

"나 같은 사람이 나 같은 인생을 추구하는 것밖에 또 뭐가 있겠오. 내가 무신론자이거나 양심이 없는 자라면, 혹은 짐승처럼 추잡한 본능으로 사는 철면피라면 아마 오래 전에 마음의 평화를 찾았겠지. 아니, 안정을 잃었을 리가 없을 거요. 하지만 이렇게 마음에 문제를 안고서는, 아무리 타고난 훌륭한 능력을 가졌고 선택받은 자로서의 천부적인 재능을 지녔다 해도 그 모든 것은 나의 영혼을 괴롭히는 것이 될 뿐이오. 헤스터, 세상에

철면피:부끄러움을 모르는 뻔뻔한 사람

—a wretch with coarse and brutal instincts,—I might have found peace, long ere now. Nay, I never should have lost it! But, as matters stand with my soul, whatever of good capacity there originally was in me, all of God's gifts that were the choicest have become the ministers of spiritual torment. Hester, I am most miserable!"

"The people reverence thee," said Hester. "And surely thou workest good among them! Doth this bring thee no comfort?"

"More misery, Hester! —only the more misery!" answered the clergyman, with a bitter smile. "As concerns the good which I may appear to do, I have no faith in it. It must needs be a delusion. What can a ruined soul, like mine, effect towards the redemption of other souls? —or a polluted soul towards their purification? And as for the people's reverence, would that it were turned to scorn and hatred! Canst thou deem it, Hester, a consolation, that I must stand up in my pulpit, and meet so many eyes turned upward to my face, as if the light of heaven were beaming from it! —must see my flock hungry for the truth, and listening to my words as if a tongue of Pentecost were speaking! — and then look inward, and discern the black reality of what they idolize? I have laughed, in bitterness

---

as matters stand with:~이 현재와 같은 상태이니 workest good:축복을 가져다 주다 'work' =bring about, effect have no faith in:~을 믿지 않다 would that it were=I wish it would be flock=christian congregation pentecost:유대인의 축일, 오순절 in bitterness and agony of heart:비통한 심사를 느끼면서

나만큼 비참한 사람은 없소!"

"사람들은 당신을 존경하고 있어요." 헤스터가 말했다. "그리고 그 사람들 사이에서 정말 훌륭히 일하고 계시잖아요. 이런 사실이 당신께 위안을 주지 않나요?"

"더욱 비참해질 뿐이라오. 헤스터! 단지 비침해질 뿐이라오." 목사는 쓴웃음을 지으며 대답했다. "내가 한 것으로 보이는 선행에 대해서는 내가 확신이 없어요. 분명 남들을 기만하는 게지. 나처럼 황폐한 영혼이 다른 영혼들을 구제할 수 있겠소? 혹은 나처럼 더러운 영혼이 어떻게 남의 영혼을 깨끗하게 할 수 있겠오. 또한 사람들의 존경은, 차라리 경멸과 증오로 바뀌었으면 좋겠소! 헤스터, 설교단에 섰을 때, 내 얼굴에서 천국의 빛이 난다고 생각하며 올려다보는 수많은 눈들과 마주치며 내가 어떻게 위안을 받는다고 여길 수 있소! 나는 진리를 갈구하며 내 말을 마치 오순절의 하나님 말씀처럼 듣고 있는 신도들을 봐야만 하오! 그리고 나서 내 속을 보면, 그들이 동경하는 나의 검은 실체를 깨닫게 되지. 남의 눈에 비치는 나와 진정한 내가 너무나도 대조적임을 보고 나는 쓴 웃음을 웃었오. 그리고 사탄도 그걸 보고 웃었다오!"

"그 점에 대해서 당신은 잘못 생각하고 있어요." 헤스터가 부드럽게 말했다.

"당신은 뼈저리게 참회하고 있어요. 이미 오래 전에 당신은

기만 : 남을 속임

and agony of heart, at the contrast between what I seem and what I am! And Satan laughs at it!"

"You wrong yourself in this," said Hester, gently. "You have deeply and sorely repented. Your sin is left behind you, in the days long past. Your present life is not less holy in very truth, than it seems in people's eyes. Is there no reality in the penitence thus sealed and witnessed by good works? And wherefore should it not bring you peace?"

"No, Hester, no!" replied the clergyman. "There is no substance in it! It is cold and dead, and can do nothing for me! Of penance, I have had enough! Of penitence, there has been none! Else, I should long ago have thrown off these garments of mock holiness, and have shown myself to mankind as they will see me at the judgment-seat. Happy are you, Hester, that wear the scarlet letter openly upon your bosom! Mine burns in secret! Thou little knowest what a relief it is, after the torment of a seven years' cheat, to look into an eye that recognizes me for what I am! Had I one friend — or were it my worst enemy! — to whom, when sickened with the praises of all other men, I could daily betake myself, and be known as the vilest of all sinners, methinks my soul might keep itself alive there-

---

seal:확증하다, 승인하다 recognize me for what I am:나를 있는 그대로의 모습으로 인정해주다 sickened with=grown weary, or tired of   methinks=it seems to me that~

죄를 벗었습니다. 당신의 현재 생활은 사람들이 보는 그대로 진실합니다. 그토록 훌륭한 일들로 승인되고 입증된 참회에 아무런 실체가 없는 것일까요? 그리고 어째서 그것이 당신에게 평화를 가져다 주지 않지요?"

"아니오, 헤스터, 그게 아니오!" 목사가 대답했다.

"거기엔 아무런 실체가 없어요! 단지 차디차게 죽은 것일 뿐이어서 내겐 아무런 소용이 없다오! 벌은 충분히 있었소! 그러나 참회는 없었소! 참회를 했다면, 나는 오래 전에 이 위선적인 목사의 옷을 벗어버리고 사람들에게 내 자신을 심판대에 오른 듯 보여 주어야 했을거요. 그렇게 주홍 글씨를 가슴에 드러내어 달고 있으니, 헤스터, 당신은 마음이 편한 거요. 나의 주홍 글씨는 아무도 모르게 불타고 있다오! 7년간의 거짓으로 인한 고뇌 이후에 실제의 내 모습을 알아보는 사람의 눈을 들여다보는 것이 얼마나 위안을 받게 되는지 당신을 모를 거요! 내게 한 친구가 있어, 아니면 극악한 원수라도 있어서 내가 남들의 칭송에 괴로워할 때마다 내가 가장 비열한 죄인임을 고백할 친구가 있다면 내 영혼은 살아갈 수 있을 거요. 그 정도의 진실만 있었더라도 나는 구원을 받았을건데! 그러나 지금은 모든 거짓이오! 공허요! 죽음뿐이란 말이오!"

헤스터 프린은 그의 얼굴을 바라보았으나 입을 열 수가 없었다. 그러나 오랫동안 억제했던 감정을 이렇게 열렬하게 토로하

by. Even thus much of truth would save me! But, now, it is all falsehood! —all emptiness!—all death!"

Hester Prynne looked into his face, but hesitated to speak. Yet, uttering his long-restrained emotions so vehemently as he did, his words here offered her the very point of circumstances in which to interpose what she came to say. she conquered her fears, and spoke.

"Such a friend as thou hast even now wished for," said she, "with whom to weep over thy sin, thou hast in me, the partner of it!"— Again she hesitated, but brought out the words with an effort. "Thou hast long had such an enemy, and dwellest with him, under the same roof!"

The minister started to his feet, gasping for breath, and clutching at his heart, as if he would have torn it out of his bosom.

"Ha! What sayest thou!" cried he. "An enemy! And under mine own roof! What mean you?"

Hester Prynne was now fully sensible of the deep injury for which she was responsible to this unhappy man, in permitting him to lie for so many years, or, indeed, for a single moment, at the mercy of one whose purposes could not be other than malevolent. The very contiguity of his enemy, beneath whatever mask the latter might conceal

---

vehemently:열정적으로, 열렬하게 bring out=utter   start to one's feet:벌떡 일어서다   what sayest thou? = what do you say? malevolent:악의있는 contiguity 근접, 인접, 접촉

는 목사의 말은 헤스터가 하려고 마음먹고 온 얘기를 할 수 있
는 상황을 제공한 셈이었다. 그녀는 불안한 마음을 억누르며
말을 꺼냈다.

"당신이 바란다고 말씀하신 친구는," 그녀가 말했다. "당신의
죄를 함께 울어 줄 친구로서, 또한 그 죄의 공범자이기도 한
제가 있습니다." 그녀는 또다시 주저했으나 애써 이야기를 했
다. "당신은 오랫동안 한 지붕 아래 그러한 적과 함께 살고 계
십니다."

목사는 숨을 몰아쉬며 벌떡 일어서더니 마치 심장을 뜯어내
려는 듯 가슴을 움켜쥐었다.

"아니! 무슨 소리요, 당신!" 그가 외쳤다.

"적이라니! 그것도 한 집에 살고 있다니! 그게 무슨 뜻이
오?"

헤스터 프린은 이제야 그녀가 이 불행한 사나이를 긴 세월
동안, 아니 단 한순간 동안이라도 악의라고 볼 수밖에 없는 목
적을 지닌 사람의 수중에 내맡겨 그에게 깊은 상처를 입혔다는
책임을 통감하게 되었다.

적이 아무리 가면으로 자기를 가렸다 해도 그 원수가 바로
자기 가까이에 있다는 것은 아더 딤즈데일과 같이 감수성이 예
민한 사람의 지력을 흐트러뜨리기에 충분했다.

헤스터는 이런 것들에 대해 지금처럼 깊이 생각지 않았던 적

지력:지식의 힘

himself, was enough to disturb the magnetic sphere of a being so sensitive as Arthur Dimmesdale. There had been a period when Hester was less alive to this consideration; or, perhaps, in the misanthropy of her own trouble, she left the minister to bear what she might picture to herself as a more tolerable doom. But of late, since the night of his vigil, all her sympathies towards him had been both softened and invigorated. She now read his heart more accurately. She doubted not, that the continual presence of Roger Chillingworth, — the secret poison of his malignity, infecting all the air about him,— and his authorized inter-ference, as a physician, with the minister's physical and spiritual infirmities,— that these bad opportunities had been turned to a cruel purpose. By means of them, the suf-ferer's conscience had been kept in an irritated state, the tendency of which was, not to cure by wholesome pain, but to disorganize and corrupt his spiritual being. Its result, on earth, could hardly fail to be insanity, and, here-after, that eternal alienation from the Good and True, of which madness is perhaps the earthly type.

Such was the ruin to which she had brought the man, once,— nay, why should we not speak of it?— still so pas-sionately loved; Hester felt that the sacrifice of the clergy-

---

misanthropy:염세, 인간혐오 infirmity:허약, 병, 약점 wholesome pain:건전한 역할을 지닌 고통 (좋은 약은 입에 쓰다는 의미) on earth:현세에서는 (hereafter 의 반대되는 의미) nay, why should~speak it:아니 그렇게 말하지 못하는 이유 가 무엇인가

도 있었다, 아마, 그녀 자신이 겪은 고통으로 인해 다른 일은 생각할 겨를도 없었고 목사의 운명은 자신이 당한 운명보다는 견디기 쉬울 거라는 생각에 그에게 무관심했었던 것인지도 모른다. 그러나 최근, 그의 고통을 목격했던 이후로, 그를 동정하는 마음이 유화되었으며 동시에 강하게 일어나기 시작했다. 이제 그녀는 그의 마음을 보다 정확히 읽을 수 있었다. 그녀는 로저 칠링워드라는 존재가 그의 주변의 공기를 더럽히는 은밀한 악의의 독을 뿌리고, 의사로서 목사의 심신의 병에 공공연하게 간섭하는 등의 기회들이 잔혹한 목적에서 비롯되었음을 의심치 않았다. 그런 것들 때문에, 고통받는 자의 양심은 줄곧 초조한 상태로 있었으며, 건전한 고통을 통해 치료되는 게 아니라 영혼을 혼란시키고 타락시키는 경향이 있었던 것이다. 그 결과 현세에서 정신 이상과, 내세에서 선과 진리로부터 영원히 소외될 뿐이다. 이와 같은 선과 진리로부터의 소외가 아마도 이승에서는 정신 이상의 형태로 나타나는 모양이다.

그녀는 한때 사랑했던—아니, 말하지 못할 이유가 무엇인가? 여전히 열렬히 사랑하고 있는 사람을 이토록 파멸시키고 말았다. 헤스터는 목사의 명성을 희생하는 것과 로저 칠링워드가 언급했듯 그를 죽게 내버려두는 것이 자기가 선택했던 것보다 오히려 훨씬 더 나은 방법이었는지도 모른다는 생각이 들었다.

그리고 지금은, 이 슬픈 실수를 고백하느니 차라리 아더 딤

유화:성질의 부드럽고 온화함

man's good name, and death itself, as she had already told Roger Chillingworth, would have been infinitely preferable to the alternative which she had taken upon herself to choose. And now, rather than have had this grievous wrong to confess, she would gladly have lain down on the forest-leaves, and died, there, at Arthur Dimmesdale's feet.

"O Arthur," cried she, "forgive me! In all things else, I have striven to be true! Truth was the one virtue which I might have held fast, and did hold fast, through all extremity; save when thy good,— thy life,— thy fame,— were put in question! Then I consented to a deception. But a lie is never good, even though death threaten! Dost thou not see what I would say? That old man!—the physician!— he whom they call Roger Chillingworthl—he was my husband!"

The minister looked at her for an instant, with all that violence of passion, which — intermixed, in more shapes than one, with his higher, purer, softer qualities — was, in fact, the portion of him which the Devil claimed, and through which he sought to win the rest. Never was there a blacker or a fiercer frown than Hester now encountered. For the brief space that it lasted, it was a dark transfigura-

---

alternative = choice   take upon oneself=to undertake, to assume the right(to do something)   grievous:슬프게하는, 대단한, 심한   hold fast:굳게 지키다   in question=under consideration   deception:속임, 기만   in more shapes than one: 여러가지 형태로   transfiguration:모습을 바꿈

즈데일의 발밑에 있는 낙엽 위에 몸을 던져 죽어버리고 싶을 지경이었다.

"오, 아더!" 그녀가 소리쳤다. "용서해 주세요! 다른 모든 일에는 진실하려고 애써 왔습니다! 온갖 어려움 속에서도 진실은 제가 굳게 지키려고 했고 또한 실제로 굳게 지켰던 유일한 미덕이었어요. 단 한 순간, 당신의 행복, 당신의 생명, 당신의 명성이 문제되었을 때만 제외하고 말이예요! 그 때 저는 거짓을 응락하고 말았습니다. 하지만 거짓이란 생명이 위태로울 때라 하더라도 옳지 않은 것이예요! 제가 말하려는 걸 아시겠어요? 그 노인! 의사! 로저 칠링워드라 불리우는 그 사람은 제 남편이었어요!"

목사는 한순간 극도의 격정으로 그녀를 바라보았다. 그 격정은, 고귀하고 순박하고 온후한 성질과 섞여 있기는 했으나 실은 악마가 그 속에서 차지하려고 주장하는 부분이었고 동시에 그것을 통하여 다른 부분을 제압하려고 생각하고 있는 것이었다. 지금 그의 얼굴처럼 험악하고 분노에 찬 표정은 그녀는 일찍이 본 적이 없었다. 짧은 순간에 지나지 않았지만 그의 표정은 갑자기 무섭게 변했다. 그러나 그의 정신은 고통으로 인해 극도로 약화되어 그러한 것조차도 오래 지속할 수 없었다. 그는 바닥에 털썩 주저앉아 두 손으로 얼굴을 가렸다.

"알아차릴 수도 있었건만." 그가 중얼거렸다.

---

tion. But his character had been so much enfeebled by suffering, that even its lower energies were incapable of more than a temporary struggle. He sank down on the ground, and buried his face in his hands.

"I might have known it," murmured he. "I did know it! Was not the secret told me, in the natural recoil of my heart, at the first sight of him, and as often as I have seen him? Why did I not understand? O Hester Prynne, thou little, little knowest all the horror of this thing! And the shame!— the indelicacy!— the horrible ugliness of this exposure of a sick and guilty heart to the very eye that would gloat over it! Woman, woman, thou art accountable for this! I cannot forgive thee!"

"With sudden and desperate tenderness, she threw her arms around him, and pressed his head against her bosom; little caring though his cheek rested on the scarlet letter. He would have released himself, but strove in vain to do so. Hester would not set him free, lest he should look her sternly in the face. All the world had frowned on her, —for seven long years had it frowned upon this lonely woman, —and still she bore it all, nor ever once turned away her firm, sad eyes. Heaven, likewise, had frowned upon her, and she had not died. But the frown of this pale, weak,

---

as often as I have seen him:그 후로 그를 만날 때마다 indelicacy:야비, 상스러움 gloat over= look at with selfish delight   it=sick and guilty heart   little caring: 거의 개의치 않고

"실은 알고 있었던 거야! 그를 처음 보았을 때와 줄곧 그를 만날 때마다 나도 모르게 떨렸던 것이 비밀을 내게 알려주었던 바로 그것이 아니었을까? 어째서 알지 못했을까? 오, 헤스터 프린, 당신은 이 일이 얼마나 무서운 것인지 조금도, 조금도 모르오! 죄로 인하여 병든 마음을 속으로 쾌재를 부르고 있는 그 사람 앞에 드러내다니! 너무나 참혹스럽고 추악한 일이오! 이건 당신, 당신의 탓이오! 당신을 용서할 수가 없어!"

갑작스런 격정으로 그녀는 그의 볼이 주홍 글씨 위에 닿는 것도 아랑곳 않고 목사의 머리를 끌어 안았다. 목사는 뿌리치려 애썼으나 소용없었다. 헤스터는 그가 무서운 얼굴로 자기를 바라보지 못하도록, 좀처럼 놓아주려 하지 않았다.

온 세상이 칠년간 이 고독한 여인에게 얼굴을 찌푸렸으나 그래도 모든 것을 견디며, 냉혹하고 슬픈 시선을 한번도 외면해 본 적이 없었다. 하늘도 이와 같이 그녀를 향해 찌푸렸으나 그녀는 살아남았다. 그러나 헤스터도 이토록 창백하고 약하며 죄에 짓눌려 슬퍼하는 사나이의 찡그린 얼굴만은 견딜 수도 살아갈 수도 없었다!

"저를 용서해 주시겠지요!" 같은 말을 몇 번이고 되풀이했다. "무서운 표정을 짓지 않으시겠지요? 용서해 주실 거지요?"

"당신을 용서하겠소, 헤스터."

슬픔의 심연에서 울려나오는 낮은 목소리였으나 노기는 없이

심연:깊은 못

sinful, and sorrow-stricken man was what Hester could not bear and live!

"Wilt thou yet forgive me!" she repeated, over and over again. "Wilt thou not frown? Wilt thou forgive?"

"I do forgive you, Hester," replied the minister, at length, with a deep utterance, out of an abyss of sadness, but no anger. "I freely forgive you now. May God forgive us both! We are not, Hester, the worst sinners in the world. There is one worse than even the polluted priest! That old man's revenge has been blacker than my sin. He has violated, in cold blood, the sanctity of a human heart. Thou and I, Hester, never did so!"

"Never, never!" whispered she. "What we did had a consecration of its own. we felt it so! We said so to each other! Hast thou—forgotten it?"

"Hush, Hester!" said Arthur Dimmesdale, rising from the ground. "No; I have not forgotten!"

They sat down again, side by side, and hand clasped in hand, on the mossy trunk of the fallen tree. Life had never brought them a gloomier hour; it was the point whither their pathway had so long been tending, and darkening ever, as it stole along;and yet it enclosed a charm that made them linger upon it, and claim another, and another,

---

with a deep utterance:낮은 목소리로 abyss:심연, 지옥(hell) freely=willingly
sanctity:고결함, 거룩함. consecration of its own:그 자체의 정화기능 as it
stole along:그들의 인생행로가 소리없이 이어져 나감에 가까스로 대답했다.

"이젠 기꺼이 당신을 용서하지요. 하나님이 우리 둘을 용서해 주셨으면 좋겠소! 헤스터, 우리는 세상에서 가장 나쁜 죄인은 아니오. 타락한 목사보다 더 나쁜 사람이 하나 있으니 말이오! 그 늙은이의 복수는 내 죄보다 더욱 사악한 것이오. 그 사람은 인간의 마음의 신성함을 냉혹하게 짓밟았소. 당신과 나는 그렇지 않았소, 헤스터!"

"절대 그렇지 않아요, 절대로!" 그녀가 속삭였다. "우리가 했던 일은 그 나름대로 신성한 것이었고 우리는 그렇게 느꼈어요! 서로에게 그렇게 이야기 했었잖아요! 잊었나요?"

"쉿, 헤스터!" 땅바닥에서 일어나며 아더 딤즈데일이 말했다.

"아니, 잊지 않았소!"

그들은 서로의 손을 꼭 잡고 쓰러진 나무줄기 위의 이끼가 깔린 곳에 나란히 다시 앉았다. 그들의 인생에 이토록 우울한 때가 있었던 적은 없었다. 이 순간은 그들이 걸어온 길의 끝이었으며 그들이 앞으로 나아갈 지점도, 점점 더 암담해지고 있었다. 그래도 두 사람은 이 순간의 매력에 끌려 좀더 오래 계속되기를 바라는 것이었다.

그들을 둘러싼 숲은 어두웠고, 숲을 통과하는 바람이 삐걱거리는 소리를 냈다. 큰 나뭇가지가 그들의 머리 위로 무섭게 흔들리고 있었다. 장엄한 노목 하나가, 그 아래 앉은 두 사람의

─────────────

사악:간사하고 악독함

and, after all, another moment. The forest was obscure around them, and creaked with a blast that was passing through it. The boughs were tossing heavily above their heads; while one solemn old tree groaned dolefully to another, as if telling the sad story of the pair that sat beneath, or constrained to forebode evil to come.

And yet they lingered. How dreary looked the forest-track that led backward to the settlement, where Hester Pryrnne must take up again the burden of her ignominy, and the minister the hollow mockery of his good name! So they lingered an instant longer. No golden light had ever been so precious as the gloom of this dark forest. Here, seen only by his eyes, the scarlet letter need not burn into the bosom of the fallen woman! Here, seen only by her eyes, Arthur Dimmesdale, false to God and man, might be, for one moment, true!

He started at a thought that suddenly occurred to him.

"Hester," cried he, "here is a new horror! Roger Chillingworth knows your purpose to reveal his true character. Will he continue, then, to keep our secret? What will now be the course of his revenge?"

"There is a strange secrecy in his nature," replied Hester, thoughtfully; "and it has grown upon him by the

---

doleful=sorrowful   constrain=compel force:강요하다 take up:(무거운 짐을) 짚어들다 alse (to):~를 배신한 false=unfaithful

슬픈 사연을 이야기하거나 다가올 불행을 예언하듯 고통스럽게 신음하고 있었다. 그들은 아직도 떠나기를 망설이고 있었다.

마을로 돌아가는 숲길은 얼마나 쓸쓸해 보이는지 몰랐다. 거기서 헤스터 프린은 또다시 치욕의 짐을 짊어져야만 했고, 목사는 자신의 명성이라는 공허한 모조품을 받아야 했다! 그래서 그들은 한순간이라도 더 머무르고자 지체했다. 어떤 황금빛도 이 음산한 숲의 어두움보다 값지지 못했다. 여기서는, 단지 목사만이 바라보고 있으므로 주홍 글씨는 이 타락한 여인의 가슴에서 불탈 필요가 없었다! 여기서는, 오직 헤스터만이 보고 있으므로 아더 딤즈데일은 신과 인간을 속이지 않고 잠시만이라도 진실할 수 있었다!

그는 갑작스럽게 든 생각에 놀랐다.

"헤스터." 그가 외쳤다. "두려운 일이 또 있소! 로저 칠링워드는 당신이 자신의 정체를 드러내려 한다는 것을 알고 있을 텐데. 그렇다면 그가 우리 비밀을 계속 숨겨 둘까요?"

"그의 성격에는 이상하게 비밀을 좋아하는 데가 있어요." 헤스터가 생각에 잠겨 대답했다. "그리고 그 비밀주의는 그가 복수를 계속해 오는 동안 더욱 심해졌어요. 제 생각에 그는 비밀을 폭로하지 않을 겁니다. 분명 그의 흉측한 정열을 만족시킬 다른 방법을 찾을 거예요!"

"그러면 나는! 내가 어떻게 그 무서운 적과 같은 공기를 호

hidden practices of his revenge. I deem it not likely that he will betray the secret. He will doubtless seek other means of satiating his dark passion."

"And I! — how am I to live longer, breathing the same air with this deadly enemy?" exclaimed Arthur Dimmesdale, shrinking within himself, and pressing his hand nervously against his heart,—a gesture that had grown involuntarily with him. "Think for me, Hester! Thou art strong. Resolve for me!"

"Thou must dwell no longer with this man," said Hester, slowly and firmly. "Thy heart must be no longer under his evil eye!"

"It were far worse than death!" replied the minister. "But how to avoid it? What choice remains to me? Shall I lie down again on these withered leaves, where I cast myself when thou didst tell me what he was? Must I sink down there, and die at once?"

"Alas, what a ruin has befallen thee!" said Hester, with the tears gushing into her eyes. "Wilt thou die for very weakness? There is no other cause!"

"The judgment of God is on me," answered the conscience-stricken priest. "It is too mighty for me to struggle with!"

---

satiate=fully satisfy, supply with too much:싫증나게 하다　involuntary=done without intention 본의가 아닌　under his evil eyes:사악한 감시의 눈초리를 받으며 conscience-stricken:양심의 가책에 시달리는

흡하며 살아갈 수 있겠소?"

아더 딤즈데일은 몸을 움츠리면서 외치더니 무심결에 버릇이 된 행동으로, 신경질적으로 가슴에 손을 댔다.

"나 대신 생각 좀 해보오, 헤스터! 당신은 강해요. 대신 결정을 내려 줘요!"

"당신은 더 이상 그 사람과 같이 살아선 안돼요." 느리게, 그러나 단호하게 헤스터는 말했다.

"당신의 마음을 더이상 그 사악한 눈에 드러내 보여선 안됩니다."

"그렇게 하느니 차라리 죽겠소!" 목사가 대답했다.

"하지만 그것을 어떻게 피하겠소? 어떤 방법이 내게 남아 있겠소? 그가 어떤 자인지를 당신에게 들었을 때 그랬던 것과 같이, 다시 이 시든 낙엽 위에 몸을 던져 쓰러지란 말이오? 이곳에 묻혀 죽어야만 한단 말이오?"

"슬프군요, 대체 무엇이 이토록 당신을 약하게 만들었나요!" 헤스터는 눈물이 왈칵 솟아 말했다.

"약해졌다는 이유로 죽는단 말인가요? 바로 그 이유 한가지로!"

"하나님의 심판을 받은 것이오." 양심의 가책으로 짓눌린 목사의 대답이었다.

"대항하기에 내겐 너무나 힘에 겹소!"

"Heaven would show mercy," rejoined Hester; "hadst thou but the strength to take advantage of it."

"Be thou strong for me!" answered he. "Advise me what to do."

"Is the world, then, so narrow?" exclaimed Hester Plynne, fixing her deep eyes on the minister's, and instinctively exercising a magnetic power over a spirit so shattered and subdued that it could hardly hold itself erect. "Doth the universe lie within the compass of yonder town, which only a little time ago was but a leaf-strewn desert, as lonely as this around us? Whither leads yonder forest-track? Backward to the settlement, thou sayest! Yes; but onward, too. Deeper it goes, and deeper, into the wilderness, less plainly to be seen at every step, until, some few miles hence, the yellow leaves will show no vestige of the white man's tread. There thou art free! So brief a journey would bring thee from a world where thou hast been most wretched, to one where thou mayest still be happy! Is there not shade enough in all this boundless forest to hide thy heart from the gaze of Roger Chillingworth?"

"Yes, Hester; but only under the fallen leaves!" replied the minister, with a sad smile.

"Then there is the broad pathway of the sea!" continued

---

hadst thou:if you had   hold itself erect:굳건하게 서다   itself=spirit   within the compass of:~의 범위 내에   whither=to what place or point   vestige=trace or sign:흔적

"하늘이 자비를 보이실 겁니다." 헤스터가 대답했다. "다만 당신이 그 자비에 매달릴 기운이 있다면 말입니다."

"대신 당신이 강한 사람이 되어 주시오!" 그가 대답했다. "어떻게 하면 좋을지 알려주오."

"세상이란 그렇게 좁은 것인가요?" 헤스터 프린은 이렇게 외치며 목사의 눈을 빤히 바라보았다. 그녀는 본능적으로, 억눌려 초주검이 된 남자의 정신에 본능적으로 자력의 역할을 하고 있었다.

"세상은 저 마을 쪽에만 있는 것일까요, 저곳도 불과 얼마 전까지만 해도 나뭇잎이 쌓인 황야였고 우리가 있는 이곳만큼 적막했었지 않나요? 이 숲길은 어디로 향하는 것일까요? 마을로 돌아가는 길이라고 당신은 말하시겠지요! 하지만 길은 계속된답니다. 황야 쪽으로 숲길이 깊어질수록 인적은 완전히 사라지고, 여기서 몇 마일만 가면 백인의 발자국이 찍힌 낙엽은 없을 거예요. 거기서 당신은 자유로운 몸이 됩니다! 짧은 여행으로도 당신은 가장 비참한 세상으로부터 계속 행복할 수 있는 세상으로 옮겨가실 수가 있어요! 이 드넓은 숲속에 로저 칠링워드의 눈을 피해 당신의 마음을 숨길 그늘 하나 없단 말인가요?"

"그렇소, 헤스터 낙엽 밑만 빼고 말이오!" 슬픈 미소를 띤 목사의 대답이었다.

초주검:거의 주검이 다된 상태

Hester. "It brought thee hither. If thou so choose, it will bear thee back again. In our native land, whether in some remote rural village or in vast London, or, surely, in Germany, in France, in pleasant Italy, — thou wouldst be beyond his power and knowledge! And what hast thou to do with all these iron men, and their opinions? They have kept thy better part in bondage too long already!"

"It cannot be!" answered the minister, listening as if he were called upon to realize a dream. "I am powerless to go! Wretched and sinful as I am, I have had no other thought than to drag on my earthly existence in the sphere where Providence hath placed me. Lost as my own soul is, I would still do what I may for other human souls! I dare not quit my post, though an unfaithful sentinel, whose sure reward is death and dishonor, when his dreary watch shall come to an end!"

"Thou art crushed under this seven years' weight of misery," replied Hester, fervently resolved to buoy him up with her own energy. "But thou shalt leave it all behind thee! It shall not cumber thy steps, as thou treadest along the forest-path; neither shalt thou freight the ship with it, if thou prefer to cross the sea. Leave this wreck and ruin here where it hath happened. Meddle no more with it!

---

keep~in bondage:~을 묶어두다, 사로잡히다, 노예가 되다   drag on=continue tediously:질질 끌고 나가다   do what I may:할 수 있는 일을 하다   my post: 나의 직무(post:목사의 역할을 군대에 비유)   sentinel:감시인, 보초   fervently: 열렬하게, 강렬하게   buoy up=encourage   wreck and ruin:파멸

"그렇다면 바다라는 넓은 길도 있습니다!" 헤스터는 계속 말했다. "당신을 이곳에 데려다 준 그 길 말입니다. 당신이 선택하신다면 다시 데려다 주기도 할겁니다. 우리들의 고향이나, 먼 시골 마을이든 넓은 런던이든, 아니면 물론 독일이나 프랑스, 즐거운 이탈리아에도요. 당신은 그의 힘과 지력으로부터 벗어날 수 있어요! 그리고 냉혹한 이곳 사람들과 그 사람들의 의견이 대체 당신과 무슨 상관이 있지요? 그들은 이미 너무나 오랫동안 당신에게 충분히 굴레를 씌워 왔습니다!"

"그럴 수 없소!" 꿈이라도 실현하듯 듣고 있던 목사가 대답했다.

"내겐 갈 힘이 없어요! 비록 비참하고 죄진 몸이지만 신이 내게 지정해 준 이곳에서 살아 있는 동안 그럭저럭 생을 마치는 것 외엔 아무런 다른 생각도 없소. 내 영혼은 이미 타락했지만 나는 계속해서 다른 영혼들을 위해 할 수 있는 일들을 할 거요! 내 비록 불성실한 파수꾼이며, 이 황량한 파수의 역할이 끝났을 때 받게 될 대가라곤 죽음과 불명예뿐이지만 감히 내 직책을 버릴 생각은 없소!"

"당신은 칠 년간 이어져 온 비참함에 짓눌려 있어요." 자신의 힘으로 그를 북돋으려고 열정적으로 마음먹은 헤스터가 대답했다.

"그러나 당신은 그 모든 것을 벗어 던져야 해요! 숲길을 걸어가는 동안 그것들이 당신께 짐이 되어선 안 되요 바다를 건

Begin all anew! Hast thou exhausted possibility in the failure of this one trial? Not so! The future is yet full of trial and success. There is happiness to be enjoyed! There is good to be done! Exchange this false life of thine for a true one. Be, if thy spirit summon thee to such a mission, the teacher and apostle of the red men. Or,—as is more thy nature,—be a scholar and a sage among the wisest and most renowned of the cultivated world. Preach! Write! Act! Do anything, save to lie down and die! Give up this name of Arthur Dimmesdale, and make thyself another, and a high one, such as thou canst wear without fear or shame. Why shouldst thou tarry so much as one other day in the torments that have so gnawed into thy life!—that have made thee feeble to will and to do!—that will leave thee powerless even to repent! Up, and away!"

"O Hester!" cried Arthur Dimmesdale in whose eyes a fitful light, kindled by her enthusiasm, flashed up and died away, "thou tellest of running a race to a man whose knees are tottering beneath him! I must die here! There is not the strength or courage left me to venture into the wide, strange, difficult world, alone!"

It was the last expression of the despondency of a broken spirit. He lacked energy to grasp the better fortune

---

sage:현인 why shouldst thou~in the torments=I see no reason why you should~ torment:고통, 고뇌 whose kness~beneath him:(무거운 짐으로 해서) 다리가 비틀거리는 사람 despondency=loss of hope, melancholy

너는 것이 더 좋으시다면 그 짐들을 배에 실어서도 안돼요. 비참함과 파멸은 그것이 생겨난 여기에 버리고 가세요. 더이상 간섭 받으셔선 안 되요! 다시 한번 시작하세요! 시험에 들어 한번 실패했다고 해서 가망이 없는 것인가요? 그렇지 않아요! 미래는 분명 기회와 성공으로 기다리고 있습니다. 기뻐할 행복도 있어요! 선을 행할 수도 있습니다! 당신의 거짓된 인생을 진실한 인생으로 바꾸세요. 당신의 마음이 그러한 사명을 느낀다면 선생님이 되거나 인디안들의 전도사가 되세요. 아니면, 문명 세계의 현자와 명사들 사이에서, 당신 성격에 더욱 어울리는, 학자나 현인이 되세요. 설교를 하세요! 글을 쓰세요! 마음 내키는 대로 행동을 하세요! 쓰러져 죽는 것만 제외하고 무엇이든 하세요! 아더 딤즈데일이라는 이 이름은 포기하고 다른, 두려움도 공포도 없이 가질 수 있는 고귀한 이름을 붙이세요. 왜 당신이 생명을 갉아먹는 고통 속에서 단 하루라도 더 머물러야 하나요? 당신의 의지와 행동을 이렇게 무기력하게 만들고 있는데도 말이예요! 심지어 참회할 기력조차 남겨 주지 안잖아요! 일어나 떠나세요!"

"오, 헤스터!" 라고 외치는 아더 딤즈데일의 눈에는 열정에 의해 약하디 약한 빛이 순간적으로 반짝였다가 이내 사라지고 말았다. "당신은 무릎이 휘청거리는 사람에게 뛰라고 말하고 있군요! 나는 여기서 죽고 말 거요! 광대하고 낯설고 어려운 세상에서 모험할 힘도 용기도 없소, 더구나 혼자서는 더더욱!"

무기력:기력이 없음

that seemed within his reach

He repeated the word.

"Alone, Hester!"

"Thou shalt not go alone!" answered she, in a deep whisper. Then, all was spoken!

CHAPTER 18
A Flood of Sunshine

Arthur Dimmesdale gazed into Hester's face with a look in which hope and joy shone out, indeed, but with fear betwixt them, and a kind of horror at her boldness, who had spoken what he vaguely hinted at but dared not speak.

But Hester Prynne, with a mind of native courage and activity, and for so long a period not merely estranged, but outlawed, from society, had habituated herself to such latitude of speculation as was altogther foreign to the clergyman. She had wandered, without rule or guidance, in a moral wilderness; as vast, as intricate and shadowy, as the untamed forest, amid the gloom of which they were now holding a colloquy that was to decide their fate. Her intel-

---

mind of~and actirity:타고난 용기와 활기로 넘치는 마음 latitude=freedom in action or openion foreign to=not natural to:낯선, 익숙치 않은 intricate:뒤얽힌, 복잡한 colloquy:conversation

이는 절망에 빠진 영혼이 입에 담는 마지막 말이었다. 그에게는 손에 닿을 듯한 더 나은 행운을 붙잡을 힘이 없었다.

그는 다시 말했다. "혼자서는 못하오, 헤스터!"

"당신 혼자 가시라는 게 아닙니다!" 그녀는 나직하게 속삭이며 답했다. 이것으로 모든 것을 다 이야기했다.

제 18 장
빛의 홍수

아더 딤즈데일은 희망과 기쁨으로 빛나는 표정으로 헤스터의 얼굴을 바라보았다. 그러나 실지로 그들은 두려웠고 자신이 막연하게 암시한 것을 딱 잘라 말해 버린 그녀의 대담함에 일종의 공포를 느꼈다.

그러나 타고난 용기와 행동성을 지녔으며, 오랜 기간 동안 소외되고 사회로부터 격리당했던 헤스터 프린은, 목사에겐 아주 낯선 범주의 생각에 익숙해져 있었다. 그녀는 길잡이도 안내도 없이 도덕의 황무지를 방황해 왔다. 그곳은, 그들이 운명을 결정짓기 위해 이야기하고 있는 이 음산하고 인적 없는 숲과 같이 광대하고 복잡하고 그늘진 곳이었다. 그녀의 지성과 감정은, 말하자면 사막과 같은 곳을 고향으로 삼고 있었고, 그

격리:사이를 떼어놓음, 떨어져 있음

lect and heart had their home, as it were, in desert places, where she roamed as freely as the wild Indian in his woods. For years past she looked from this estranged point of view at human institutions, and whatever priests or legislators have established; criticizing all with hardly more reverence than the Indian would feel for the clerical band, the judicial robe, the pillory, the gallows, the fire-side, or the church. The tendency of her fate and fortunes had been to set her free. The scarlet letter was her passport into regions where other women dared not tread. Shame, Despair, Solitude! These had been her teachers,—stern and wild ones, -and they had made her strong, but taught her much amiss.

The minister, on the other hand, had never gone through an experience calculated to lead him beyond the scope of generally received laws; although, in a single instance, he had so fearfully transgressed one of the most sacred of them. But this had been a sin of passion, not of principle, nor even purpose. Since that wretched epoch, he had watched, with morbid zeal and minuteness, not his acts, — for those it was easy to arrange,—but each breath of emotion, and his every thought. At the head of the social system, as the clergymen of that day stood, he was only the

---

institutions:관례, 관습 judicial robe:법복 tread:걷다, 지나가다. transgress:위반하다, 어기다(violate, break) in a single instance:헤스터와의 간통을 가리키는 말 ·each breath of emotion:모든 정서의 움직임 breath=suggestion trammel = to hinder the free action of, to put restraint upon:속박당하다

곳은 그가 숲의 인디안처럼 자유롭게 헤매다닌 곳이었다. 지난 세월 동안 그녀는 인간 세상의 관습이라든가 목사나 당국자들이 정한 것들에 대해 소외당한 입장에서 바라보고 있었다. 그리고 그녀는, 인디안들이 성직자의 무리와 법관의 의복, 칼과 같은 형틀, 교수대, 난로가, 교회 등에 대해 느끼는 정도의 존경심만을 가지고 그것들을 비판하고 관찰해왔다. 운명의 흐름은 그녀를 자유롭게 했다. 주홍 글씨는 그녀가 다른 여자들이 감히 발들일 수 없는 곳을 출입할 수 있게 해주는 통행증과 같았다.

수치와 절망, 고독! 이런 것들이 그녀의 엄하고도 거친 선생이 되어 왔고 그녀를 강하게 해주었으나 한편 그릇된 일도 꽤 많이 가르쳐 주었다.

그와 달리, 목사는 일반적으로 받아들여지는 법칙의 범주 밖이라고 여겨지는 일이라곤 겪어 본 적이 없었다. 비록 한순간 그들이 가장 신성시하는 것 중 한가지를 두려움에 떨며 어겨 본 일은 있지만 말이다. 그러나 이것은 정열로 인한 죄였지 신조 때문이 아니었다. 그 불행한 시기 이래로 그가 끔찍스런 집착과 세심함으로 자신의 행동을 감시했던 것은 그의 행동이 아니라—행동으로는 세상과 타협을 보기가 쉬웠다—감정의 움직임이었고 그의 모든 사고였다. 당시의 목사들이 그러했듯 사회 제도의 상층부에 서서, 그는 규제나 원칙, 심지어는 편견으로부

편견:한쪽으로 치우친 생객

more trammelled by its regulations, its principles, and even its prejudices. As a priest, the framework of his order inevitably hemmed him in. As a man who had once sinned, but who kept his conscience all alive and painfully sensitive by the fretting of an unhealed wound, he might have been supposed safer within the line of virtue than if he had never sinned at all.

Thus, we seem to see that, as regarded Hester Prynne, the whole seven years of outlaw and ignominy had been little other than a preparation for this very hour. But Arthur Dirnmesdale! Were such a man once more to fall, what plea could be urged in extenuation of his crime?

None; unless it avail him somewhat, that he was broken down by long and exquisite suffering; that his mind was darkened and confused by the very remorse which harrowed it that between fleeing as an avowed criminal, and remaining as a hypocrite, conscience might find it hard to strike the balance; that it was human to avoid the peril of death and infamy, and the inscrutable machinations of an enemy; that, finally, to this poor pilgrim, on his dreary desert path, faint, sick, miserable, there appeared a glimpse of human affection and sympathy, a new life, and a true one, in exchange for the heavy doom which he was

---

fret:부식하다, 침식하다   little other than:다름아닌   in extenuation of:~을 가볍
게 하기 위해서   extenuation:(죄의)경감   exquisite:격심한, 날카로운(acute)
harrow = hurt, torment   machinations:간계, 음모   in exchange for= for; instead
of; ~대신에   heavy doom: 가혹한 판결   expiate:~을 보상하다, 속죄하다

터 심한 구속을 받았다. 목사로서 필연적으로 사회질서의 구조에 에워싸였다. 한번 죄를 지은 후에도 양심은 완전하게 살아 있고 상처는 아물지 않아, 예민한 양심에 고통을 받는 사람이었으므로, 죄를 한번도 짓지 않았던 때보다 오히려 도덕적으로 신실해 보였는지 모른다.

이렇게 헤스터 프린에 한해서는, 고립과 치욕의 칠 년은 다름 아닌 바로 이 순간을 위한 준비였다고 생각할 수도 있을 것이다. 그러나 아더 딤즈데일로서는! 이 사나이가 한번 더 죄를 짓게 된다면, 정상 참작을 위하여 어떤 구실을 내세울 수 있었을 것인가?

아무 것도 없었다. 기껏해야 그가 오랫동안의 극심한 고통으로 녹초가 되었다든가, 스스로 죄인이란 것을 자인하고 도망치는 것과 그대로 남아 위선자가 되는 것 중에서 결정을 하지 못하는 양심상의 가책으로 인해 참담하고 혼란스러운 마음이 되었다거나, 죽음이나 치욕의 위험을 피하고 알 수 없는 적의 계략을 모면하려는 것이 인지상정이라거나, 병들고 약한, 비참한 모습으로 쓸쓸한 사막과 같은 길을 방황하고 있는 이 불쌍한 순례자에게 지금 치르고 있는 힘든 숙명 대신에 인간적인 애정과 동정, 새로운 생활, 참된 생활의 모습이 번득였다는 것들일 것이다. 또한 엄격하고도 슬픈 진리일지는 몰라도, 죄(罪)가 인간의 영혼속에 만들어 놓은 갈래는 인간 세상에서는 결코 회복

신실:믿음성이 있고 꾸밈이 없음
인지상정:사람이 보통 가질 수 있는 인정

now expiating. And be the stern and sad truth spoken, that
the breach which guilt has once made into the human soul
is never, in this mortal state, repaired. It may be watched
and guarded; so that the enemy shall not force his way
again into the citadel.

The struggle, if it were one, need not be described. Let it
suffice, that the clergyman resolved to flee, and not alone.

"If, in all these past seven years," thought he, "I could
recall one instant of peace or hope, I would yet endure for
the sake of that earnest of Heaven's mercy. But now,_
since I am irrevocably doomed,-wherefore should I not
snatch the solace allowed to the condemned culprit before
his execution? Or, if this be the path to a better life, as
Hester would persuade me, I surely give up no fairer
prospect by pursuing it! Neither can I any longer live
without her companionship; so powerful is she to
sustain,-so tender to soothe! O Thou to whom I dare not
lift mine eyes, wilt Thou yet pardon me!"

"Thou wilt go!" said Hester, calmly, as he met her
glance.

The decision once made, a glow of strange enjoyment
threw its flickering brightness over the trouble of his
breast. It was the exhilarating effect-upon a prisoner just

---

citadel:요새, 성 Let it suffice that: ~라고 하면 충분할 것이다 suffice= be
enough solace:위로, 위안=consolation decision once made: 일단 결심이 서버
리자 exhilarating:기운을 북돋우는, 명랑하게 하는

될 수가 없는 것이다. 그것은, 영혼의 요새 안으로 적이 재차 밀고 들어오지 못하도록, 감시와 보호를 받을 수는 있을 것이다. 이것이 하나의 갈등이라 해도 상세히 늘어놓을 필요는 없을 것이다. 목사가 도망갈 결심을 했다는 것, 그리고 혼자가 아니라는 것만으로도 충분하기 때문이다.

"지난 칠 년 동안 잠시라도 평화롭고 행복했던 순간을 기억할 수만 있다면 하늘의 은혜를 증거하기 위해서라도 더 참아낼 수 있을 것이다. 그러나 돌이킬 수 없는 운명에 처한 내가, 처형을 앞둔 사형수에게도 주어지는 위안을 붙잡아서 안될 것은 없지 않은가? 아니면 헤스터가 설득하는 것처럼 이것이 보다 나은 생활로 가기 위한 과정이라면 틀림없이 이 길을 택했다 해서 보다 더 나은 장래를 포기하는 것은 아닐 것이다! 더군다나 헤스터 없이는 이제 살아 나갈 수도 없다. 이렇듯 힘차게 나를 지탱해 주고 이렇듯 부드럽게 나를 위로해 주고 있지 않는가! 오 하느님, 당신에게 눈을 들어올릴 용기조차 없는 저를 용서하소서!" 하고 목사는 생각했다.

"가세요!" 두 사람의 눈이 마주쳤을 때 헤스터는 조용히 말했다.

일단 결심하고 나니 기묘한 한 줄기의 기쁨이 목사의 괴로운 가슴에 반짝이는 빛을 던져 주었다. 마음의 감옥으로부터 방금 도망쳐 나온 죄수가 상환(償還)되지 않고 교화(敎化)되지 않았

교화:가르쳐 감화시킴

escaped from the dungeon of his own heart-of breathing the wild, free atmosphere of an unredeemed, unchristianized, lawless region. His spirit rose, as it were, with a bound, and attained a nearer prospect of the sky, than throughout all the misery which had kept him grovelling on the earth. Of a deeply religious temperament, there was inevitably a tinge of the devotional in his mood.

"Do I feel joy again?" cried he, wondering at himself. "Methought the germ of it was dead in me! O Hester, thou are my better angel! I seem to have flung myself-sick, sin-stained, and sorrow —blackened —down upon these forestleaves, and to have risen up all made anew, and with new powers to glorify. Him that hath been merciful! This is already the better life! Why did we not find it sooner?"

"Let us not look back," answered Hester Prynne. "The past is gone! Wherefore should we linger upon it now? See! With this symbol, I undo it all, and make it as it had never been!"

So speaking, she undid the clasp that fastened the scarlet letter, and, taking it from her bosom, threw it to a distance among the withered leaves. The mystic token alighted on the hither verge of the stream. With a hand's-breath farther flight it would have fallen into the water, and have

---

ting:기미, 한 듯한 점(데)   a tinge of pride:거만한데   methought= it seems to me   germ of it: 기쁨의 씨 sin-stained:죄로 더럽혀진   all made anew: 완전히 새 사람이 되어 undo it all: 과거를 모두 쓸어 없애다

으며 무법의 상태로 남아 있는 지역의 거칠고 자유로운 공기를 마시는 것과 같은 들뜬 기분이었다.

다시 말해 땅바닥을 기어다니는 것 같은 비참함을 느낄 때와는 달리 기분이 껑충 뛰어올라 하늘 나라를 보다 가깝게 볼 수 있게 된 것 같았다. 종교심이 강한 성격으로 인해 목사의 기분에는 경건함의 색조가 있게 마련인 것이다.

"다시 한번 기쁨을 맛볼 수 있을까? 기쁨의 싹은 다 죽어 버렸다고 생각했다오! 오! 헤스터, 당신은 나의 천사요! 병들고, 죄로 더럽혀졌으며 슬픔으로 암울해진 이 몸을 숲속의 낙엽 위에 내던졌다가, 모든 것이 새로워지고 자비로운 하느님의 영광을 찬미하는 새로운 힘으로 가득 차 다시 일어선 듯한 기분이오! 이것만으로도 벌써 더 좋아진 것 같소! 왜 이런 것을 좀 더 일찍 발견하지 못했을까?" 목사는 자기 자신을 의아하게 생각하며 큰소리로 외쳤다.

"되돌아보지 않기로 해요." 헤스터 프린은 대답했다. "과거는 가 버린 거예요! 과거에 머물러 있어 봐야 무슨 소용이 있겠어요? 보세요! 나는, 이 가슴의 표시와 함께, 과거를 모두다 버리고 지난 일은 없었던 것으로 하겠어요!"

이렇게 말하면서 헤스터는 고리를 풀어 주홍 글씨를 가슴에서 떼어 내 멀리 시들어진 낙엽 속으로 던져 버렸다. 그 신비스러운 징표는 시냇가의 이쪽 편에 떨어졌는데, 한 뼘만 더 멀

징표:일정한 사물이 공동으로 지니는 필연적인 성질

given the little brook another woe to carry onward, besides the unintelligible tale which it still kept murmuring about. But there lay the embroidered letter, glittering like a lost jewel, which some ill-fated wanderer might pick up, and thenceforth be haunted by strange phantoms of guilt, sinkings of the heart, and unaccountable misfortune.

The stigma gone, Hester heaved a long, deep sigh, in which the burden of shame and anguish departed from her spirit. Oh, exquisite relief! She had not known the weight, until she felt the freedom! By another impulse, she took off the formal cap that confined her hair; and down it fell upon her shoulders, dark and rich, with at once a shadow and a light in its abundance, and imparting the charm of softness to her features. There played around her mouth, and beamed out of her eyes, a radiant and tender smile, that seemed gushing from the very heart of womanhood. A crimson flush was glowing on her check, that had been long so pale.

And, as if the gloom of the earth and sky had been but the effluence of these two mortal hearts, it vanished with their sorrow. All at once, as with a sudden smile of heaven, forth burst the sunshine, pouring a very flood into the

---

thenceforth=from that time onwards   stigma (having) gone: 죄의 표시가 없어졌으므로   radiant:빛나는, 기쁨에 빛나는   crimson:진홍색의   effluence=flowing forth, pouring out: 유출, 방출   forth burst=burst forth or out   transmute = transform :변형시키다

리 날아갔더라면 시냇물 위로 떨어져, 그 작은 시냇물이 계속해서 속삭이고 있는 알 수 없는 사연에다 또 하나의 슬픈 이야기가 보태어져 흘러가게 되었을 것이다. 그러나 수놓은 주홍 글씨는 시냇가에 떨어져 마치 잃어버린 보석처럼 반짝이고 있었고 어떤 비운의 방랑자가 지나가다 줍기라도 한다면 그때부터 이상한 죄악의 환영과 의기소침, 그리고 까닭 모를 불행으로 시달리게 될 것 같았다.

낙인이 없어지자 헤스터는 치욕과 고뇌의 무거운 짐이 그녀의 정신으로부터 사라져 버린 것과 같이 길고 깊은 한숨을 내쉬었다. 아아! 이 더할 나위없는 해방감! 자유를 느끼고 나니 비로소 이제까지의 심적 부담의 무게를 알게 되었다! 헤스터는, 다시금 충동적으로, 머리를 가두어 두고 있던 형식적인 그 모자를 벗어버리고 명암이 두드러져 보이는 짙은 검은 색의 머리를 어깨까지 늘어뜨려, 그녀의 모습은 부드러운 매력을 띠게 되었다. 그녀의 입과 눈가에는 여성스러운 마음에서 쏟아져 나오는 듯한 밝고 따뜻한 미소가 빛나고 있었고 오랫동안 창백하기만 했던 볼에는 홍조가 빛나고 있었다.

그리고 하늘과 땅의 어두움은 마치 이 두 사람의 마음속에서 흘러나오기라도 했던 것처럼 그들의 슬픔과 함께 사라져 버렸다. 하늘이 갑자기 미소를 지으며 햇빛을 내리 비추고 따라서 희미한 숲속에는 빛의 폭포수가 쏟아져 내려와 나뭇잎 하나 하

obscure forest, gladdening each green leaf, transmuting the yellow fallen ones to gold, and gleaming adown the gray trunks of the solemn trees. The objects that had made a shadow hitherto, embodied the brightness now.

Such was the sympathy of Nature —that wild, heathen Nature of the forest, never subjugated by human law, nor illumined by higher truth —with the bliss of these two spirits! Love, whether newly born, or aroused from a deathlike slumber, must always create a sunshine, filling the heart so full of radiance, that it overflows upon the outward world. Had the forest still kept its gloom, it would have been bright in Hester's eyes, and bright in Arthur Dimmesdale's!

Hester looked at him with the thrill of another joy.

"Thou must know Pearl!" said she. "Our little Pearl! Thou hast seen her, —yes, I know it! —but thou wilt see her now with other eyes. she is a strange child! I hardly comprehend her! But thou wilt love her dearly, as I do, and wilt advise me how to deal with her."

"Dost thou think the child will be glad to know me?" asked the minister, somewhat uneasily. "I have long shrunk from children, because they often show a distrust,- backwardness to be familiar with me. I have even been

---

solemn: 여기서는 'gloomy, dark, sombre'의 의미로 쓰임 such was the sympathy of Nature: 대자연의 공명이 이럴 정도였다 subjugate=conquer:~을 정복하다, 복종시키다. another joy: pearl을 염두에 둔 말 backwardness to ~ with me: 나와 친해지기를 꺼려하는 마음

나를 생기 있게 했고 누런 낙엽들은 황금빛으로 변했으며 빛은 장엄한 나무들의 회색 줄기들을 번쩍거리게 했다. 여태까지 그늘을 이루고 있던 모든 것들이 이제는 환히 빛나고 있었다.

인간의 법에 의해 정복된 적도 없고 보다 높은 진리를 통하여 설명된 적도 없는, 거칠고 이교도적인 숲속의 대자연은 이와 같이 두 영혼의 환회에 대해 공감을 표시하고 있는 것이다!

사랑은, 새로이 생겨난 것이든 죽음과 같은 깊은 잠에서 깨어난 것이든, 항상 햇빛과 같이 밝은 빛을 만들어 내 그것으로 마음속을 가득 채우고 바깥 세상으로 흘러 넘치게 하는 것이다. 설령 숲이 전과 다름없이 그늘을 이루고 있다 하더라도 헤스터와 아더 딤즈데일의 눈에는 밝게 보였을 것이다!

헤스터는 또다른 기쁨으로 몸을 떨며 그를 바라보았다.

"펄을 만나야 해요! 우리들의 펄이예요! 당신은 그 아이를 보고 있었어요. 네 알고 있어요! 하지만 이젠 다른 눈으로 펄을 보셔야 해요. 그 애는 이상한 아이예요! 저도 그 아이를 잘 모를 지경이라니까요! 그러나 저 못지 않게 그 아이를 사랑해 주세요. 그리고 그 아이를 어떻게 대해야 할지 말해 주세요."

"그 애가 날 알고 싶어할까?" 목사는 불안한 듯이 물었다.

"나는 오래 전부터 그 아이를 피해 왔소. 아이들이 종종 나를 믿지 못하고 나와 친해지는 것을 꺼려하기 때문이오. 펄이 두렵기까지 하오!"

afraid of little Pearl!"

"Ah, that was sad!" answered the mother. "But she will love thee dearly, and thou her. She is not far off. I will call her! Pearl! Pearl!"

"I see the child," observed the minister. "Yonder she is, standing in a streak of sunshine, a good way off, on the other side of the brook. So thou thinkest the child will love me?"

Hester smiled, and again called to Pearl, who was visible, at some distance, as the minister had described her, like a bright-apparelled vision, in a sunbeam, which fell down upon her through an arch of boughs. The ray quivered to and fro, making her figure dim or distinct,–now like a real child, now like a child's spirit, —as the splendor went and came again. She heard her mother's voice, and approached slowly through the forest.

Pearl had not found the hour pass wearisomely, while her mother sat talking with the clergyman. The great black forest–stern as it showed itself to those who brought the guilt and troubles of the world into its bosom —became the playmate of the lonely infant, as well as it knew how. Sombre as it was, it put on the kindest of its moods to welcome her. It offered her the partridge-berries, the

---

good way off: 상당히 멀리 떨어진 곳에서 good=considerable arch of boughs: 활 모양을 한 큰 가지들 as well as it know how: 될 수 있는 대로 put on= assume, pretend to have partridge-berry: 덩굴식물

"어머, 가엾게시리!" 헤스터는 대답했다. "하지만 그 애는 당신을 아주 좋아하게 될 거예요. 당신도 그렇고요. 어딘가 가까운 곳에 있을 거예요. 내가 불러 보죠! 펄! 펄!"

"그 애가 보이는 군." 목사는 말했다.

"저기 멀리 시냇물 건너편 햇빛이 비치고 있는 곳에 서 있소. 그래 당신은 저 애가 나를 좋아할 수 있을 거라 생각하오?"

헤스터는 생긋 웃고 또 펄을 불렀다. 펄은 목사가 말한 대로 좀 떨어진 곳에 서 있었고 아치 모양의 큰 가지 사이로 비치는 햇빛을 받아 마치 빛으로 옷을 입은 환영과 같은 모습이었다. 빛이 흔들거려, 펄의 모습은 때로는 흐리게 때로는 또렷하게 보였고 광채가 아롱거림에 따라 현실 세계의 어린아이로 보이기도 했고 또 어린아이의 정령같이 보이기도 했다. 엄마의 목소리가 들려 왔으므로 펄은 천천히 숲속을 가로질러 다가왔다.

펄은 헤스터와 목사가 얘기하고 있는 동안 심심하지 않았다. 크고 어두운 이 숲속은 속세의 죄악과 고통을 끌어들이는 사람에게는 엄격하게 보일지 모르지만 이 외로운 아이에게는 놀이 상대가 되어 주었고 같이 놀아 주는 방법을 알고 있었다. 숲속은 어두컴컴하기는 했지만 더 없이 친절한 분위기로 펄을 맞이해 주었다. 지난 가을부터 자라기 시작해 봄이 되어야 무르익는 호자덩굴은 시들어진 잎사귀 위로 핏방울 같이 빨간 모습을

환영:사실이 아닌 것을 사실처럼 인정하는 형상, 환상

growth of the preceding autumn, but ripening only in the spring, and now red as drops of blood upon the withered leaves. These Pearl gathered, and was pleased with their wild flavor. The small denizens of the wilderness hardly took pains to move out of her path. A partridge, indeed, with a brood of ten behind her, ran forward threateningly, but soon repented of her fierceness, and clucked to her young ones not to be afraid.

A pigeon, alone on a low branch, allowed Pearl to come beneath, and uttered a sound as much of greeting as alarm. A squirrel from the lofty depths of his domestic tree, chattered either in anger or merriment, — for a squirrel is such a choleric and humorous little personage, that it is hard to distinguish between his moods, — so he chattered at the child, and flung down a nut upon her head. It was a last year's nut, and already gnawed by his sharp tooth. A fox, startled from his sleep by her light footstep on the leaves, looked inquisitively at Pearl, as doubting whether it were better to steal off, or renew his nap on the same spot. A wolf, it is said, —but here the tale has surely lapsed into the improbable, — came up, and smelt of Pearl's robe, and offered his savage head to be patted by her hand. The truth seems to be, however, that the mother-forest, and

---

denizen=an inhabitant   cluck~ not to ~: ~하지 않도록 소리내어 일러주다
pigeon:비둘기   choleric:화를 잘 내는   as doubting:~(할까 말까) 망설이듯이
as=as if   lapse:~한 상태가 되다, 빠지다 lapse into silence:침묵하다 impr-
obable:사실같지 않은 kindred:동족의, 유사한

하고 있었다. 이런 것들을 모으며 펄은 자연의 정취에 즐거워하고 있었다. 야생의 작은 거주자들도 펄 때문에 일부러 길을 비키지는 않았다. 열 마리 가량의 새끼를 거느린 뇌조가 펄을 위협하듯 달려나왔다가 자기의 난폭한 행동을 뉘우치고는 새끼들에게 무서워하지 말라는 듯 꾸꾸하는 소리를 내었다. 나지막한 나뭇가지에 앉아 있던 비둘기 한 마리는 펄이 가까이 가니 환영인지 경고인지 알 수 없는 소리를 내었다. 높은 나무 위에 둥지를 틀고 있는 다람쥐 한 마리는 화를 내는지 즐거워하는지 분간하기 힘든 소리를 내고 — 다람쥐는 성을 잘 내면서도 재미있는 짐승이므로 기분을 알아맞히기란 어려운 노릇이다.— 펄에게 뭐라고 재잘대더니 호도 하나를 펄의 머리 위로 떨어뜨렸다. 그것은 지난 해의 호도로 벌써 다람쥐가 날카로운 이빨로 갉아먹은 것이었다. 낙엽 위를 걷는 가벼운 발자국 소리에 잠이 깬 여우 한 마리가 펄을 수상쩍은 듯이 바라보더니 어디로 도망갈 것인지 아니면 그 자리에서 한잠을 더 잘 것인지 망설이고 있는 것 같았다. 늑대도 한 마리 나타나 펄의 옷 냄새를 맡고는 거친 머리를 내밀어서 펄이 쓰다듬어 주었다는 말도 있지만 이것은 분명히 꾸며낸 얘기일 것이다. 그러나 대자연의 숲과 그곳에서 자라고 있는 야생 동물들이 모두 이 아이에게서 공통된 야생미를 발견했다는 것은 사실인 것 같다.

뇌조:들꿩과에 딸린 새

these wild things which it nourished, all recognized a kindred wildness in the human child.

And she was gentler here than in the grassy-margined streets of the settlement, or in her mother's cottage. The flowers appeared to know it; and one and another whispered as she passed, "Adorn thyself with me, thou beautiful child, adorn thyself with me!" —and, to please them, Pearl gathered the violets, and anemones, and columbines, and some twigs of the freshest green, which the old trees held down before her eyes. With these she decorated her hair, and her young waist, and became a nymph-child, or an infant dryad, or whatever else was in closest sympathy with the antique wood. In such guise had Pearl adorned herself, when she heard her mother's voice, and came slowly back.

Slowly; for she saw the clergyman.

CHAPTER 19
The Child at the Brook-Side

"Thou wilt love her dearly," repeated Hester Prynne, as

---

one and another=more than one, two or more in succession   dryad:(그리스신화) 나무, 숲의 요정   sympathy =agreement, harmony, concord

　게다가 펄은 자기가 살고 있는, 양쪽에 푸른 잔디가 깔려 있는 거리에 있을 때나 엄마의 오두막집에 있을 때보다도 이 숲속에서 더욱 얌전해져 있었다. 꽃들은 그것을 알고 있는지 펄이 지나가자 "예쁜 아이야, 나를 꺾어 단장해 보렴!" 하고 속삭였고 펄도 꽃들을 기쁘게 해주기 위해 제비꽃, 아네모네, 컬럼바인과 고목들이 자기의 눈앞에 떨어뜨려 놓은 파릇파릇한 가지들을 주웠다. 펄은 이것으로 머리와 허리를 장식하여 님프와 같은 소녀라고 할까, 숲속의 어린 요정이라고 할까, 하여간 태고적 숲과 아주 잘 어울리는 모습이 되었다. 이런 모습으로 몸치장을 하고 있을 때 엄마의 목소리가 들려왔으므로 펄은 천천히 되돌아 왔다. 목사의 모습이 보였기에 천천히 돌아왔던 것이다.

제 19 장
시냇가의 아이

　"저 애를 몹시 사랑하게 될 거예요." 헤스터 프린은 목사와

she and the minister sat watching little Pearl. "Dost thou not think her beautiful? And see with what natural skill she has made those simple flowers adorn her! Had she gathered pearls, and diamonds, and rubies, in the wood, they could not have become her better. She is a splendid child! But I know whose brow she has!"

"Dost thou know, Hester," said Arthur Dirnmesdale, with an unquiet smile, "that this dear child, tripping about always at thy side, hath caused me many an alarm? Methought—O Hester, what a thought is that, and how terrible to dread it! –that my own features were partly repeated in her face, and so strikingly that the world might see them! But she is mostly thine!"

"No, no! Not mostly!" answered the mother, with a tender smile. "A little longer, and thou needest not to be afraid to trace whose child she is. But how strangely beautiful she looks, with those wild-flowers in her hair! It is as if one of the fairies, whom we left in our dear old England, had decked her out to meet us."

It was with a feeling which neither of them had ever before experienced that they sat and watched Pearl's slow advance. In her was visible the tie that united them. she had been offered to the world, these seven years past, as

---

become=suit   cause~an alarm: 몇번이고 놀라게 하다 thine: '당신을 닮은 아이' 라는 뜻   A little longer, and~: 조금만 더 기다리면

나란히 앉아 펄을 쳐다보며 되풀이했다. "예쁜 아이라고 생각지 않으세요? 평범한 꽃들로 저렇게 멋지게 치장한 걸 보세요! 숲속에서 진주나 다이아몬드, 루비를 모았다 해도 저렇게 어울리진 않을 거예요. 참 아름다운 아이죠! 그런데 저 아이의 이마가 누구와 닮았는지 나는 잘 알고 있어요!"

"그런데 말이오, 헤스터." 아서 딤즈데일은 불안한 듯한 미소를 띠며 말했다. "항상 당신 곁을 따라다니는 저 귀여운 아이가 얼마나 나를 놀라게 했는지 당신은 모를 거요. 나는 생각했었소. 아아 헤스터, 지금 생각하면 얼마나 무서운 생각이었으며 그 일을 얼마나 두려워했는지! 세상 사람들이 알아볼 정도로 저 애가 나를 꼭 빼 닮았다고 말이오. 하지만 저 아이는 당신을 더 닮았소!"

"그렇지 않아요! 모두 다는 아니죠!" 헤스터는 부드러운 미소를 띠며 대답했다. "조금 더 시간이 지나면 저 아이가 누구 아이라는 것이 알려져도 두려워하실 필요가 없을 테니까요. 어쨌든 저 아이는 이상할 정도로 아름답군요. 저렇게 머리에다 꽃을 꽂고! 마치 영국에 두고 온 요정이 곱게 치장하고 우리를 마중 나온 것 같군요."

두 사람은 여태껏 느껴 보지 못했던 기분으로 펄이 천천히 다가오는 것을 바라보았다. 펄에게서는 두 사람을 하나가 되게

the living hieroglyphic, in which was revealed the secret they so darkly sought to hide, —all written in this symbol, —all plainly manifest, —had there been a prophet or magician skilled to read the character of flame! And Pearl was the oneness of their being.

"Let her see nothing strange —no passion nor eagerness —in thy way of accosting her," whispered Hester. "Our Pearl is a fitful and fantastic little elf, sometimes. Especially she is seldom tolerant of emotion, when she does not fully comprehend the why and wherefore. But the child hath strong affections! She loves me, and will love thee!"

"Thou canst not think," said the minister, glancing aside at Hester Prynne, "how my heart dreads this interview, and yearns for it! But, in truth, as I already told thee, children are not readily won to be familiar with me. They will not climb my knee, nor prattle in my ear, nor answer to my smile; but stand apart, and eye me strangely. Even little babes, when I take them in my arms, weep bitterly. Yet Pearl, twice in her little lifetime, hath been kind to me! The first time, —thou knowest it well! The last was when thou ledst her with thee to the house of yonder stern old Governor."

---

hieroglyphic:상형문자 darkly=in secrecy, secretly oneness:일체성 prattle: 재잘재잘거리다 character of flame: 불길의 문자 (Pearl)을 가리킨다

하는 결속감이 느껴졌던 것이다. 칠 년 전에 이 아이는 그들이 그렇게도 숨기려고 애쓰던 비밀을 간직한, 살아 있는 상형 문자로서 세상에 태어났고 그 비밀은 불꽃과 같은 문자들을 읽을 수 있는 예언가나 마술사가 있었다면 아주 명백해졌을 것이다. 더구나 펄은 두 사람의 존재가 하나로 융합되어 있는 모습이기도 했다.

"저 아이에게 말을 걸 때는 정열이나 열성과 같은, 보통과 다른 태도를 보여서는 안돼요" 헤스터는 속삭였다. "우리들의 펄은 가끔 변덕스럽고 환상적인 작은 요정이 된답니다. 특히 감정을 참아야 할 충분한 이유를 알기 전에는 그러지 못하지요. 하지만 저 아이에게는 강한 애정이 있어요! 나를 사랑하듯이 당신도 사랑하게 될 거예요!"

"당신은 모를 거요. 두려워하면서도 이렇게 만나기를 내가 얼마나 기다렸는지를! 하지만 사실 조금 전에도 말했듯이 아이들은 여간해서 나와 잘 친해지지 않소. 내 무릎에 기어오르거나 귀에 대고 조잘거리거나 하지도 않고 나의 미소에도 응답해 주지 않아요. 먼발치에 서서 이상한 눈초리로 나를 쳐다볼 뿐이오. 심지어는 갓난아이들까지도 내가 안으면 몹시 울어댄다오. 그러나 펄은 아직 어린데도 두 번씩이나 나에게 친절히 대해 주었소. 첫 번째 일은 당신도 잘 알고 있을 거요. 두 번째는

융합:여럿이 녹아서 하나가 됨

"And thou didst plead so bravely in her behalf and mine!" answered the mother. "I remember it; and so shall little Pearl. Fear nothing! She may be strange and shy at first, but will soon learn to love thee!"

By this time Pearl had reached the margin of the brook, and stood on the farther side, gazing silently at Hester and the clergyman, who still sat together on the mossy treetrunk, waiting to receive her. Just where she had paused, the brook chanced to form a pool, so smooth and quiet that it reflected a perfect image of her little figure, with, all the brilliant picturesqueness of her beauty, in its adornment of flowers and wreathed foliage, but more refined and spiritualized than the reality. This image, so nearly identical with the living Pearl, seemed to communicate somewhat of its own shadowy and intangible quality to the child herself. It was strange, the way in which Pearl stood, looking so steadfastly at them through the dim medium of the forest-gloom; herself, meanwhile, all glorified with a ray of sunshine that was attracted thitherward as by a certain sympathy. In the brook beneath stood another child, —another and the same,-with likewise its ray of golden light. Hester felt herself, in some indistinct and tantalizing manner, estranged from Pearl; as if the

---

in her behalf and mine: 그녀와 나를 위해   so shall little pearl=little pearl shall also remember it   somewhat (of~)=some part (portion,amount)   as by a certain sympathy:그 어떤 친화력에 의한 것처럼   tantalizing manner:안타까운(애타는) 기분

당신이 저 애를 데리고 그 엄격한 총독의 집에 왔을 때요." 목사는 옆에 있는 헤스터 프린을 쳐다보면서 말했다.

"그때는 당신이 저 애와 나를 위해 참으로 용기 있게 변호를 해주셨지요!" 헤스터는 대답했다. "저는 잊지 않고 있답니다. 아마 펄도 그럴 거예요. 조금도 걱정하지 마세요! 처음에는 저 아이도 낯설어하고 수줍어 하겠지만 곧 당신을 좋아하게 될 거예요!"

이때 펄은 건너편 시냇가에 와서 선 채로, 이끼 긴 나무 둥걸 사이에 앉아 펄을 기다리고 있는 헤스터와 목사를 바라보고 있었다. 펄이 서 있는 곳은 마침 시냇물이 깊은 웅덩이를 이룬 곳이라, 잔잔한 수면에는 작은 아이의 모습이 그대로 비치고 있었고 꽃과 풀을 엮어 치장한 펄의 그림 같은 아름다움은 실물보다도 훨씬 세련되고 정화된 모습이었다. 수면에 비친 모습은 실물과 너무도 똑같아서 그림자가 갖고 있는 그 자체의 특질을 아이 자신에게 전달하고 있는 것처럼 보였다. 펄은 이상하게 선 채로 어두컴컴한 숲속을 통해 꼼짝도 않고 두 사람을 쳐다보고 있었는데 마치 어떤 동정심에 이끌리는 듯한 햇볕에 의해 빛나고 있었다. 시냇물 속에서도 또 하나의 아이가 —또 하나의, 동시에 같은 아이가—같은 황금 빛을 받으며 서 있었다. 헤스터는 알 수 없는 초조감에 빠져 펄과 멀어진 듯한 느

child, in her lonely ramble through the forest, had strayed out of the sphere in which she and her mother dwelt together, and was now vainly seeking to return to it.

There was both truth and error in the impression; the child and mother were estranged, but through Hester's fault, not Pearl's. Since the latter rambled from her side, another inmate had been admitted within the circle of the mother's feeings, and so modified the aspect of them all, that Pearl, the returning wanderer, could not find her wonted place, and hardly knew where she was. "I have a strange fancy," observed the sensitive minister, "that this brook is the boundary between two worlds, and that thou canst never meet thy Pearl again. Or is she an elfish spirit, who, as the legends of our childhood taught us, is forbidden to cross a running stream? Pray hasten her; for this delay has already imparted a tremor to my nerves."

"Come, dearest child," said Hester, encouragingly, and stretching out both her arms. "How slow thou art! When hast thou been so sluggish before now? Here is a friend of mine, who must be thy friend also. Thou wilt have twice as much love, henceforward, as thy mother alone could give thee! Leap across the brook, and come to us. Thou canst leap like a young deer!"

---

ramble:산책하다(roam) estrange:사이가 멀어지게하다, 멀리하다 another inmate: 또 한사람의 동거인 (Dimmesdale을 가리킴) pray=I beg you to tremor:떨림, 전율 sluggish:느린, 나태한 thy:그대의

낌을 받았다. 마치 아이가 혼자서 숲속을 헤매는 동안 엄마와 함께 살고 있던 영역으로부터 벗어나 버리고는 이제 돌아가려고 애를 쓰고는 있으나 영 돌아올 수 없을 것 같이.

그것은 사실과 허위가 동시에 포함되어 있는 느낌이었다. 그들 모녀 사이가 멀어진 것은 헤스터의 탓이지 펄의 잘못은 아니었다. 펄이 엄마의 곁을 떠나 돌아다니는 동안 헤스터의 애정의 품속으로 다른 사람이 들어와 헤스터의 모든 감정을 새로운 모습으로 변모시켰기 때문에 돌아오는 펄은 자기에게 낯익은 곳을 찾지 못하고 자기가 어디에 서 있는지도 알지 못하게 된 것이다. "이상한 망상인지는 모르지만," 민감한 목사는 말했다. "저 시냇물이 두 세계의 경계가 되어 당신과 펄은 다시는 만날 수 없을 것 같은 기분이 드는구려. 아니면 저 아이가 어릴적 전설 속에 나오는 요정과도 같아서 냇물을 건너지 못하도록 금지되어 있는 것인가? 저 아이를 빨리 오라고 해요. 이렇게 시간을 끌게 되면 신경이 불안해진단 말이오."

"어서 와, 애야!" 헤스터는 설득하듯 말하며 두 팔을 벌렸다. "꾸물거리는구나! 그렇게 늑장을 부린 적은 없지 않니? 여기 계신 분은 엄마의 친구이고 네게도 친구가 되어 주실 거야. 앞으로는 엄마 혼자일 때보다 두 배의 사랑을 받게 되는 거야! 어서 냇물을 뛰어넘어 오렴. 넌 어린 사슴처럼 뛰어넘을 수 있

망상:잘못인데도 자기가 옳다고 확신하고 고집하는 증세
늑장:볼 일이 있는데도 딴 일을 하고 있는 느린 짓

Pearl, without responding in any manner to these honeysweet expressions, remained on the other side of the brook. Now she fixed her bright, wild eyes on her mother, now on the minister, and now included them both in the same glance; as if to detect and explain to herself the relation which they bore to one another. For some unaccountable reason, as Arthur Dimmesdale felt the child's eyes upon himself, his hand —with that gesture so habitual as to have become involuntary —stole over his heart. At length, assuming a singular air of authority, Pearl stretched out her hand, with the small forefinger extended, and pointing evidently toward her mother's breast. And beneath, in the mirror of the brook, there was the flower-girdled and sunny image of little Pearl, pointing her small forefinger too.

"Thou strange child, why dost thou not come to me?" exclaimed Hester.

Pearl still pointed with her forefinger; and a frown gathered on her brow; the more impressive from the childish, the almost baby-like aspect of the features that conveyed it. As her mother still kept beckoning to her, and arraying her face in a holiday suit of unaccustomed smiles, the child stamped her foot with a yet more imperious look and

---

assuming ~ authority:이상스럽게 위엄 있는 태도로   girdle:~을 띠로 매다, 감다   array:옷을 화려하게 차려입히다   imperious:오만한, 거만한

잖니!"

펄은 이런 달콤한 말에는 대답할 생각도 않고 냇물 건너편에 버티고 서 있었다. 맑고 초롱초롱한 눈으로 어머니와 목사를 번갈아 바라다보기도 하고 두 사람을 함께 쳐다보기도 하며 마치 그들의 관계를 알아내어 자기 자신에게 납득시키려고 하는 것 같았다. 아더 딤즈데일은 아이의 시선을 느끼자 까닭도 없이—어쩔 줄 모를 경우에 습관이 되다시피한 몸짓으로—자기도 모르게 손을 가슴 위에 얹었다. 마침내 펄은 기묘하고도 위엄 있는 태도로 손을 내밀더니 조그만 손가락으로 엄마의 가슴을 가리켰다. 발밑의 시냇물 위에서도 작은 손가락을 내밀고 있는 펄의 모습이 꽃에 치장되어 햇빛을 받은 채 비치고 있었다.

"참 이상하구나. 왜 엄마한테 오지 않지?" 헤스터는 외쳤다.

펄은 미간에 주름을 지으며 계속 손가락질을 하고 있었다. 그 모습이 마치 갓난아기와 같은 얼굴이었으므로 한층 더 인상적이었다. 헤스터가 손짓을 계속하며 만면에 미소를 띠고 있자, 아이는 조금 더 건방진 표정과 몸짓으로 발을 쿵쿵 내딛었다. 냇물 속에도 주름잡힌 이마에 손가락을 내밀고 건방진 몸짓을 하고 있는 환상적인 아름다움에 넘친 모습이 비쳐 펄의 모습을

미간:두 눈썹 사이

gesture. In the brook, again, was the fantastic beauty of the image, with its reflected frown, its pointed finger, and imperious gesture, giving emphasis to the aspect of little Pearl.

"Hasten, Pearl; or I shall be angry with thee!" cried Hester Prynne, who, however inured to such behavior on the elf-child's part at other seasons, was naturally anxious for a more seemly deportment now. "Leap across the brook, naughty child, and run hither! Else I must come to thee!"

But Pearl, not a whit startled at her mother's threats any more than mollified by her entreaties, now suddenly burst into a fit of passion, gesticulating violently and throwing her small figure into the most extravagant contortions. She accompanied this wild outbreak with piercing shrieks, which the woods reverberated on all sides; so that, alone as she was in her childish and unreasonable wrath, it seemed as if a hidden multitude were lending her their sympathy and encouragement. Seen in the brook, once more, was the shadowy wrath of Pearl's image, crowned and girdled with flowers, but stamping its foot, wildly gesticulating, and, in the midst of all, still pointing its small forefinger at Hester's bosom!

---

however inured to: 아무리 ~에 익숙해져 있다 하더라도   seemly= decent, becoming deportment=behavior, manner not a whit=not at all   burst into a fit of passion:갑자기 노여움을 터뜨리다   gesticulate:몸짓(손짓)을 하다 contortions:비틀기, 뒤틀림, 찡그림 reverberate:반향하다, 울려퍼지다

한층 돋보이게 했다.

"빨리 오너라, 펄. 안 그러면 엄마가 화낼 테야!" 헤스터는 고함을 질렀다. 다른 때 같으면 이 아이의 이런 행동에는 익숙해져 있었지만 지금은 좀 더 얌전해 줬으면 하고 바라고 있는 것이다. "속썩이는구나, 냇물을 건너 이리 뛰어온! 안 그러면 엄마가 가야 하잖니!"

그러나 펄은 엄마가 윽박질러도 놀라지도 않았고 애원을 하여도 차분해지지 않더니 갑자기 울화통을 터뜨린 듯 손발을 마구 휘저으며 몸부림쳤다. 펄은 이렇게 거칠게 몸부림을 치며 찢어질 듯한 비명을 질렀고 그것은 숲 전체에 울려 퍼졌는데 그것은 마치 까닭 모를 어린아이의 분노에 대하여 어딘가에 숨어 있는 수많은 사람들이 이 아이에게 동정과 격려를 보내고 있는 것 같았다. 냇물 속에는 다시 한번 화관을 쓰고 꽃으로 장식한 채 발을 구르며 거친 몸짓을 하면서도 작은 손가락으로는 여전히 헤스터의 가슴을 가리키고 있는 펄의 성난 모습이 비치고 있었다.

"저 애가 괴로워하는 이유를 알겠어요." 헤스터는 목사에게 속삭이면서 괴로움과 당혹감을 감추려고 무척 애를 썼으나 얼굴은 새파랗게 질려 있었다.

"아이들이란 매일 눈앞에 익히 보아 오던 것이 조금 달라지

당혹:어떤일에 부딪쳐 정신이 헷갈리고 생각이 막혀 어찌 할 바를 모름

"I see what ails the child." whispered Hester to the clergyman, and turning pale in spite of a strong effort to conceal her trouble and annoyance. "Children will not abide any, the sightest, change in the accustomed aspect of things that are daily before their eyes. Pearl misses something which she has always seen me wear."

"I pray you," answered the minister, "if thou hast any means of pacifying the child, do it forthwith! Save it were the cankered wrath of an old witch, like Mistress Hibbins," added he, attempting to smile, "I know nothing that I would not sooner encounter than this passion in a child. In Pearl's young beauty, as in the wrinkled witch, it has a preternatural effect. Pacify her, if thou lovest me!"

Hester turned again towards Pearl, with a crimson blush upon her cheek, a conscious glance aside at the clergyman, and then a heavy sigh; while, even before she had time to speak, the blush yielded to a deadly pallor.

"Pearl," said she, sadly, "look down at thy feet! There! —before thee! —on the hither side of the brook!"

The child turned her eyes to the point indicated; and there lay the scarlet letter, so close upon the margin of the stream, that the gold embroidery was reflected in it.

"Bring it hither!" said Hester.

---

ail:괴롭히다, 고통을 주다   misses:~이 없는 것을 알아차리고 있다   I pray you:의문 또는 의뢰를 공손하게 하기위해 삽입되는 구   pacify:달래다 진정시키다   forthwith= immediately, at once : 곧, 즉시   I know nothing ~ this passion in a child: 어린애가 이렇게 화를 내는 것처럼 싫은 게 없다   pallor:창백

기만 해도 가만히 있지 않는 법이예요. 펄은 내가 늘 달고 있던 것을 떼어버렸다고 저러는 거예요!"

"제발," 목사가 말했다. "저 애를 달랠 수 있다면 빨리 달래줘요. 히빈스 부인처럼 늙은 마녀가 심술궂게 성내는 거라면 할 수 없지만." 애써 웃는 얼굴을 지으면서 덧붙였다. "아이들이 이렇게 성을 내는 것은 딱 질색이오. 펄처럼 예쁜 아이도 주름투성이의 마녀와 다름없는 초자연적인 힘이 있으니 말이오. 나를 사랑한다면 저 아이를 빨리 달래줘요!"

헤스터는 볼을 빨갛게 붉히고 옆에 있는 목사를 의식하듯 흘끔 쳐다보더니 깊은 한숨을 쉬며 펄 쪽으로 얼굴을 돌렸다. 그러나 입을 열기도 전에 볼의 홍조는 사라지고 죽은 사람처럼 창백해졌다.

"펄!" 그녀는 슬프게 말했다. "네 발 밑을 좀 봐! 그래 거기야! 네 바로 앞! 냇물 이쪽 말이야!"

아이는 말하는 쪽으로 눈을 돌렸다. 주홍 글씨는 까딱하면 물 속으로 빠질 것 같은 아슬아슬한 곳에 떨어져 있었으므로 금빛 장식이 물 속에 비치고 있었다.

"그걸 이리 가져온!" 헤스터는 말했다.

"엄마가 와서 가져가요!" 펄은 대답했다.

"무슨 애가 저렇죠?" 헤스터는 옆에 있는 목사에게 말했다.

"Come thou and take it up!" answered Pearl.

"Was ever such a child!" —observed Hester, aside to the minister. "Oh, I have much to tell thee about her! But, in very truth, she is right as regards this hateful token. I must bear its torture yet a little longer, —only a few days longer, —until we shall have left this region and look back hither as to a land which we have dreamed of. The forest cannot hide it! The mid-ocean shall take it from my hand, and swallow it up forever!"

With these words, she advanced to the margin of the brook, took up the scarlet letter, and fastened it again into her bosom. Hopefully, but a moment ago, as Hester had spoken of drowning it in the deep sea, there was a sense of inevitable doom upon her, as she thus received back this deadly symbol from the hand of fate. she had flung it into infinite space! —She had drawn an hour's free breath! —and here again was the scarlet misery, glittering on the old spot! Hester next gathered up the heavy tresses of her hair, and confined them beneath her cap. As if there were a withering spell in the sad letter, her beauty, the warmth and richness of her womanhood, departed, like fading sunshine; and a gray shadow seemed to fall across her.

When the dreary change was frought, she extended her

---

tresses:(특히) 여자의 머리카락   withering spell: 힘을 잃어가는 마력

"저 애에 대해서 말씀드리고 싶은 얘기가 한두 가지가 아니랍니다. 하지만 사실상 저 지겨운 징표에 대해서는 저 아이의 말이 옳아요. 이 곳을 떠나 꿈처럼 되돌아 볼 수 있을 때까지, 앞으로 당분간—몇 일만 더—저 고통을 참아야만 해요. 숲은 그것을 감춰 주지 못하죠. 넓은 바다라면 저 징표를 내 손에서 빼앗아 영원히 삼켜 버릴 수 있을 거예요!"

이렇게 말하면서 헤스터는 냇가로 걸어가서 주홍 글씨를 집어들고는 다시 가슴에 달았다. 조금 전까지만 해도 헤스터는 주홍 글씨를 깊은 바다 속에 버려야겠다고 희망에 찬 말을 하고 있었으나 운명의 손으로부터 이 죽음의 징표를 받아 든 현재로선 피할 수 없는 숙명감에 사로잡혀 있었다. 자신을 무한한 공간 속에 내던져 잠시 동안 자유로운 공기를 호흡했건만 이제 또 주홍 글씨의 비참함이 본래의 그 자리에서 번쩍이고 있는 것이다! 그리고 헤스터는 긴 머리를 틀어올려 모자 속으로 쑤셔넣었다. 이 슬픈 글씨 속에는 말라죽게 하는 주문이라도 숨어 있는 것인지 헤스터의 아름다움, 따뜻함, 그리고 여성스러움은 햇빛이 사라지듯이 없어져 버렸고 어두운 그림자가 그녀를 내리덮었다. 음울한 모습으로 변하고 난 후 헤스터는 펄에게 손을 내밀었다.

"자, 이제는 엄마를 알아보겠니, 펄?" 나무라는 듯한 말투였

hand to Pearl.

"Dost thou know thy mother now, child!" asked she, reproachfully, but with a subdued tone. "Wilt thou come across the brook, and own thy mother, now that she has her shame upon her, —now that she is sad?"

"Yes; now I will!" answered the child, bounding across the brook, and clasping Hester in her arms. "Now thou art my mother indeed! And I am thy little Pearl!"

In a mood of tenderness that was not usual with her, she drew down her mother's head, and kissed her brow and both her cheeks. But then —by a kind of necessity that always impelled this child to alloy whatever comfort she might chance to give with a throb of anguish —Pearl put up her mouth, and kissed the scarlet letter too!

"That was not kind!" said Hester. "When thou hast shown me a little love, thou mockest me!"

"Why doth the minister sit yonder?" asked Pearl.

"He waits to welcome thee," replied her mother. "Come thou, and entreat his blessing! He loves thee, my little Pearl, and loves thy mother too. Wilt thou not love him? Come! he longs to greet thee!"

"Doth he love us?" said Pearl, looking up, with acute intelligence, into her mother's face. "Will he go back with

---

But then=on the other hand　　his blessing=his prayer for God's favor　　with acute intelligence:아주 총명한 표정을 띠고　alloy:(기쁨, 쾌감따위를)줄이다

으나 조용한 어조로 말했다. "이제 이 수치의 징표를 달았으니, 이제 슬퍼하고 있으니, 냇물을 건너서 엄마라고 불러 주겠지?"

"네, 이젠 그럴게요!" 아이는 대답을 하고 단숨에 냇물을 뛰어넘어 헤스터를 두 팔로 얼싸안았다. "이젠 정말로 우리 엄마야! 난 엄마의 펄이고!"

평상시에는 볼 수 없는 상냥한 태도로 펄은 엄마의 머리를 끌어당기더니 이마와 양쪽 볼에 입맞춤을 했다. 그러나 어쩌다 어머니를 편안하게 해줄 때도 조금은 걱정을 끼치지 않고는 못 배긴다는 듯이 펄은 입을 들어 올려 주홍 글씨에다가도 입을 맞췄다!

"다정하지가 않구나! 엄마에게 사랑의 표시를 하는가 했더니 이젠 조롱하고 있어!" 헤스터는 말했다.

"왜 목사님이 저기 앉아 있지?" 펄이 물었다.

"너를 만나려고 기다리고 계신 거야." 헤스터는 대답했다.

"자, 이리와. 축도를 부탁하자! 목사님은 우리 펄하고 엄마를 아주 좋아하셔. 너도 목사님이 좋아질걸? 가자, 너를 만나고 싶어하셔!"

"목사님이 우리를 좋아하셔요?" 펄은 총명한 얼굴로 엄마의 얼굴을 올려다보았다. "우리와 함께 손을 잡고 셋이서 마을로 돌아가는 거예요?"

축도:축복 기도

us, hand in hand, we three together, into the town?"

"Not now, by dear child," answered Hester. "But in days to come,' he will walk hand in hand with us. We will have a home and fireside of our own; and thou shalt sit upon his knee; and he will teach thee many things, and love thee dearly. Thou wilt love him; wilt thou not?"

"And will he always keep his hand over his heart?" inquired Pearl.

"Foolish child, what a question is that!" exclaimed her mother. "Come and ask his blessing!"

But, whether influenced by the jealousy that seems instinctive with every petted child towards a dangerous rival, or from whatever caprice of her freakish nature, Pearl would show no favor to the clergyman. It was only by an exertion of force that her mother brought her up to him, hanging back, and manifesting her reluctance by odd grimaces.

The minister —painfully embarrassed, but hoping that a kiss might prove a talisman to admit him into the child's kindlier regards —bent forward, and impressed one on her brow. Hereupon, Pearl broke away from her mother, and, running to the brook, stooped over it, and bathed her forehead, until the unwelcome kiss was quite washed off, and

---

in days to come= in future   instinctive with:~에 대해 본능적인   hang back: 주저하다, 주춤거리다   caprice:변덕스러운 성질, 일시적 기분

"지금은 아니야, 펄." 헤스터는 대답했다.

"하지만 머지 않아 우리와 함께 같이 사시게 될 거야. 우리는 따뜻한 가정을 갖게 될 것이고 너는 그 분의 무릎 위에 앉아 많은 것을 배우고 그 분은 너를 정말로 사랑하실 거야. 너도 그 분을 사랑하겠지?

"목사님은 언제나 가슴에 손을 얹고 계실 건가요?" 펄이 물었다.

"바보 같으니라고, 그런 말이 어디 있어?" 헤스터는 소리쳤다.

"자, 어서 가서 축도를 해 달라고 해!"

그러나 귀여움을 받고 있는 아이가 위험스러운 경쟁자에 대해 느끼는 본능적인 질투심 때문에 그러는지, 아니면 변덕스러운 성격 탓인지 펄은 목사를 친근하게 대하지 않았다. 그것은 엄마 뒤에 숨어서 아주 이상하게 찡그리는 얼굴로 싫다는 표현을 하고 있는 펄을 헤스터가 억지로 목사에게 데리고 갔기 때문일 뿐이었다. 목사는 몹시 당황되었으나 키스라도 해주면 어린애의 환심을 살 수 있지 않을까 하여 몸을 굽혀 펄의 이마에 입맞춤을 했다. 그런데 펄은 어머니의 손을 뿌리치고 냇가로 달려가 쪼그리고 앉더니 달갑지 않은 입맞춤이 완전히 씻겨 내려갈 때까지 흐르는 시냇물 속에 이마를 물에 담그는 것이었

diffused through a long lapse of the gliding water. She then remained apart, silently watching Hester and the clergyman; while they talked together, and made such arrangements as were suggested by their new position, and the purposes soon to be fulfilled.

And now this fateful interview had come to a close. The dell was to be left a solitude among its dark, old trees, which, with their multitudinous tongues, would whisper long of what had passed there, and no mortal be the wiser. And the melancholy brook would add this other tale to the mystery with which its little heart was already overburdened, and whereof it still kept up a murmuring babble, with not a whit more cheerfulness of tone than for ages heretofore.

CHAPTER 20
The Minister in a Maze

As the minister departed, in advance of Hester Prynne and little Pearl, he threw a backward glance half expecting that he should discover only some faintly traced features

---

as were suggested by: ~로 해서 생각이 떠오른 dell:골짜기 whereof= of which in advance of=before beforehand:~에 앞서서 multitudinous:아주 많은, 다수의 vicissitude:변화

다.

　그리고 나서는 헤스터와 목사를 잠자코 쳐다보면서 그들과 떨어져 있었다.

　한편 목사와 헤스터는 상황의 변화에 따라 필요하게 된 준비며 곧 실행할 결심등에 대하여 의논하고 있었다.

　이리하여 운명적인 만남은 끝을 맺게 되었다. 골짜기에는 쓸쓸하게 어두운 고목들만이 남아 갖가지의 말로써 그곳에서 일어났던 일들을 오래도록 속삭이게 될 것이고 그 중 현명한 말들은 영원히 남을 것이다. 그 쓸쓸한 시냇물은 그 작은 가슴으로 이미 벅차게 담고 있는 신비로움에다 또 하나의 이야깃거리를 보태게 될 것이고, 여전히 그러한 신비로움들을 재잘대는 목소리는 지난 오랜 세월 동안 재잘거린 것에 비해 조금도 명랑해지지 않았다.

제 20 장
혼란스러운 목사

　헤스터 프린과 펄보다 한발 앞서서 출발한 목사는, 서서히 어슴푸레한 숲속으로 사라져가는 헤스터 모녀의 흐릿해지는 모습과 윤곽만이 보이리라 생각하며 뒤를 돌아다보았다. 그의

or outline of the mother and the child slowly fading into the twilight of the woods. So great a vicissitude in his life could not at once be received as real. But there was Hester, clad in her gray robe, still standing beside the tree-trunk, which some blast had overthrown a long antiquity ago, and which time had ever since been covering with moss, so that these two fated ones, with earth's heaviest burden on them, might there sit down together, and find a single hour's rest and solace. And there was Pearl, too, lightly dancing from the margin of the brook,-now that the intrusive third person was gone, —and taking her old place by her mother's side. So the minister had not fallen asleep and dreamed!

In order to free his mind from this indistinctness and duplicity of impression, which vexed it with a strange dis-quietude, he recalled and more thoroughly defined the plans which Hester and himself had sketched for their departure. It had been determined between them that the Old World, with its crowds and cities, offered them a more eligible shelter and concealment than the wilds of New England, or all America, with its alternatives of an Indian wigwam, or the few settlements of Europeans, scattered thinly along the seaboard. Not to speak of the

---

long antiquity ago=very long ago   intrusive third person: 방해가 되는 제3자 (Dimmesdale를 말함)   in order to: ~하기 위해   vex=bother, worry, torment sketch:줄거리를 대강 짜다   the Old World:구세계, 유럽   eligible=desirable, suitable   wigwam:아메리카인디언의 천막식 오두막집

인생에 있어서 너무도 큰 변화를 가져다 준 일이었기에 그는 이것을 즉시 현실로 받아들일 수 없었던 것이다. 그러나 회색 옷을 입은 헤스터는 세상에서 가장 무거운 짐을 지고 있는 운명적인 두 사람이 같이 앉아 잠시 동안 휴식과 위안을 찾을 수 있었던, 태고적 어떤 돌풍에 의해 만들어져 시간이 흐름에 따라 이끼로 뒤덮혀진, 그 나무 그루터기 옆에 여전히 서 있었다. 그리고 방해가 되던 제 삼자가 없어져 엄마 옆의 자신의 자리를 되찾은 펄은 시냇가에서 가볍게 춤을 추고 있었다. 그러므로 목사는 지금껏 잠이 들어 꿈을 꾼 셈은 아니었다!

마음을 이처럼 이상한 불안으로 초조하게 하는 희미함과 중복되는 인상으로부터 벗어나기 위해 목사는 헤스터와 함께 세운 출발 계획을 돌이켜 생각하며 보다 철저하게 계획을 세워나갔다.

인디언의 오두막들과 해안을 따라 드문드문 산재해 있는 유럽인들의 정착지와 같은 뉴잉글랜드나 미국 각지의 황야보다 많은 사람들과 도시들이 있는 구세계가 보다 적절한 안식처와 은신처를 제공할 것이라고 두 사람은 결정했었다.

숲속 생활의 괴로움을 견디어 나가기에는 부적합한 목사의 건강은 말할 것도 없고, 타고난 재능, 교양, 전체적인 인격으로 인해 그는 문명과 세련됨 속에서만 정착할 수밖에 없었던 것이

산재:여기저기 흩어져 있음

clergyman's health, so inadequate to sustain the hardships of a forest life, his native gifts, his culture, and his entire development would secure him a home only in the midst of civilization and refinement; the higher the state, the more delicately adapted to it the man. In furtherance of this choice, it so happened that a ship lay in the harbor; one of those questionable cruisers, frequent at that day, which, without being absolutely outlaws of the deep, yet roamed over its surface with a remarkable irresponsibility of character. This vessel had recently arrived from the Spanish Main, and, within three days' time, would sail for Bristol. Hester Prynne

whose vocation, as a self-enlisted Sister of Charity, had brought her acquainted with the captain and crew—could take upon herself to secure the passage of two individuals and a child, with all the secrecy which circumstances rendered more than desirable.

The minister had inquired of Hester, with no little interest, the precise time at which the vessel might be expected to depart. It would probably be on the fourth day from the present. "That is most fortunate!" he had then said to himself. Now, why the Reverend Mr. Dimmesdale, considered it so very fortunate, we hesitate to reveal. Nevertheless, —

---

in furtherance of : ~을 촉진하는 것으로서   it so happened that: 공교롭게도 ~했
다   cruiser:순양함   Spanish Main=Caribbean Sea   Bristol:잉글랜드 남서부의
주요 무역항

다. 그 문명과 진보 상태가 높을수록 목사에게는 더욱 어울리는 것이다. 이러한 선택을 뒷받침하듯 때마침 배 한 척이 항구에 정박하고 있었는데 이러한 배들은 그 당시 자주 볼 수 있던 수상쩍은 순항선으로서 반드시 해적선이라고 할 수는 없으나 제멋대로 바다 위를 항해하고 다녔던 것이다. 이 배는 카리브해의 연안 부근에서 최근에 입항했는데 3일 안에는 브리스톨을 향해 출항하기로 되어 있었다. 헤스터 프린은 자선 부인 회원이란 직함을 내세워 선장이나 승무원들과 친해지게 되었고 따라서 바라던 것 이상으로 비밀스럽게 두 사람과 아이 하나의 배편을 확보할 수 있었다.

　목사는 적잖은 관심을 가지고 배가 출항하는 정확한 시간을 헤스터에게 물어 보았었다. 배는 나흘 후에 떠날 예정이었다. "아주 잘 됐군!" 하고 목사는 혼잣말을 했었다. 여기서 딤즈데일 목사가 잘 됐다고 생각한 이유는 밝히기를 꺼려하는 바이다. 그러나 독자에게 무엇 하나 숨기지 않기 위하여 말한다면 사흘 후에 목사는 선거에 대한 설교를 할 예정이었고 이러한 기회는 뉴잉글랜드의 한 목사에게 평생의 명예를 남겨 줄 수 있는 것이었기 때문에 성직을 마감하기에는 이보다 더욱 적절한 방법과 시기를 찾을 수는 없는 것이었다. "최소한 목사로서의 의무를 이행치 않았다든지 적당히 해치웠다는 말은 안 하겠

순항선:여러 곳을 항해하는 배

to hold nothing back from the reader, —it was because, on the third day from the present, he was to preach the Election Sermon; and as such an occasion formed an honorable epoch in the life of a New England clergyman, he could not have chanced upon a more suitable mode and time of terminating his professional career. "At least, they shall say of me," thought this exemplary man, "that I leave no public duty unperformed, nor ill performed!"

The excitement of Mr. Dimmesdale's feelings, as he returned from his interview with Hester, lent him unaccustomed physical energy, and hurried him townward at a rapid pace. The pathway among the woods seemed wilder, more uncouth with its rude natural obstacles, and less trodden by the foot of man, than he remembered it on his outward journey. But he leaped across the plashy places, thrust himself through the clinging underbrush, climbed the ascent, plunged into the hollow, and overcame, in short, all the difficulties of the track, with an unweariable activity that astonished him. He could not but recall how feebly, and with what frequent pauses for breath, he had toiled over the same ground, only two days before.

As he drew near the town, he took an impression of change from the series of familiar objects that presented

---

Election Sermon: 총독 취임 축하 설교 chanced upon=happen to meet uncouth: 황량한, 쓸쓸한, 거친 on his outward journey: 가는 길에 drew near= approached took an impression of change from: ~이 아주 변했다는 인상을 받았다 present oneself=appear

지!" 하고 이렇듯 모범적인 목사는 생각했다. 이처럼 심오하고 예리한 자기 반성을 갖는 불쌍한 목사가 그렇게 비참하게 기만 당해야 하니 참으로 슬픈 일이다!

헤스터와 헤어져 돌아오는 동안, 감정이 흥분하여 평상시엔 볼 수 없었던 힘이 솟아났기 때문에 딤즈데일 목사는 빠른 걸 음으로 서둘러 마을로 왔다. 숲속의 길은 갈 때 보았던 것보다 훨씬 황량했고, 자연 그대로의 방해물들로 인해 훨씬 거칠었으 며 사람의 발자취도 드문 것 같았다. 그러나 목사는 습지를 뛰 어 넘고 덤불이 매달려 있는 곳으로 몸을 던져서는 계곡을 오 르고 움푹 패인 웅덩이로 뛰어들어가는 등, 자신도 놀랄 정도 의 지칠 줄 모르는 동작으로 험한 길을 거침없이 나아갔다. 그 는 불과 이틀 전만 해도 바로 이 길을 숨이 차서 몇 번이고 쉬 어 가며 얼마나 힘없이 걸어갔는지를 생각하지 않을 수 없었 다.

마을에 가까워지자 눈앞에 펼쳐져 있던 낯익은 갖가지 대상 들이 완전히 달라진 듯한 인상을 주었다. 그것들을 마지막으로 본 것이 하루 이틀 전의 일이 아니라 여러 날, 아니 여러 해 전의 일인 것 같았다. 확실히 낯익은 길거리의 모습도 그전대 로였고 집집마다 특징 있는 처마의 모양도 그대로였으며 아마 이쯤이었지 하고 생각나는 곳에는 반드시 바람개비도 달려 있

기만:남을 그럴 듯하게 속여 넘김

themselves. It seemed not yesterday, not one, nor two, but many days, or even years ago, since he had quitted them. There, indeed, was each former trace of the street, as he remembered it, and all the peculiarities of the houses, with the due multitude of gable-peaks, and a weathercock at every point where his memory suggested one. Not the less, however, came this importunately obtrusive sense of change. The same was true as regarded the acquaintances whom he met, and all the well-known shapes of human life, about the little town. They looked neither older nor younger now; the beards of the aged were no whiter, nor could the creeping babe of yesterday walk on his feet to-day; it was impossible to describe in what respect they differed from the individuals on whom he had so recently bestowed a parting glance; and yet the minister's deepest sense seemed to inform him of their mutability. A similar impression struck him most remarkably, as he passed under the walls of his own church. The edifice had so very strange, and yet so familiar, an aspect, that Mr. Dimmesdale's mind vibrated between two ideas; either that he had seen it only in a dream hitherto, or that he was merely dreaming about it now.

This phenomenon, in the various shapes which it

---

not the less=none the less, nevertheless   obtrusive:눈에 띄는   mutability:변하기
쉬움, 변덕

었다. 그럼에도 불구하고 모든 것이 변했다는 느낌이 집요하게 머리를 쳐들었다. 도중에서 만나는 아는 사람들이나 이 작은 마을의 낯익은 여러 가지 생활 모습에 있어서도 마찬가지였다. 사람들이 나이를 더 먹은 것도 아니고 더 젊어진 것도 아니었다. 노인의 턱수염이 더 희어진 것도 아니고 어제까지 기어다니던 갓난아이가 오늘은 걸어다니는 것도 아니었다. 바로 엊그제 작별의 눈빛을 보내었던 사람들에게 어떤 점들이 달라져 있는지를 설명할 수는 없었다. 그러나 목사의 느낌으로는 사람들이 변했다고 생각되었다. 자신의 교회 벽 옆을 지나갈 때에도 같은 인상을 받게 되어 놀라고 말았다. 교회 건물이 낯설어 보이는 동시에 낯익어 보이기도 하는등 딤즈데일 목사의 마음은 두 가지의 생각 사이에서 동요하고 있었다. 그것은 건물을 여태껏 꿈속에서만 보아 온 것인지, 아니면 지금 이 순간에 단지 꿈을 꾸고 있는 것인지 하는 것이었다.

이러한 현상은 여러 가지의 모습을 하고 나타났지만 그것은 외면적인 변화를 말하는 것이 아니라 낯익은 장면을 바라보는 사람에게 갑자기 중대한 변화가 일어나 그 사이 하루가 지난 것이 아니라 마치 몇 년이나 지난 것같이 느끼도록 의식에 작용을 했던 것이다. 즉 목사의 의지와 헤스터의 의지, 그리고 그 두 사람 사이에서 자라난 운명이 이와 같은 변화를 가져온 것

assumed, indicated no external change, but so sudden and important a change in the spectator of the familiar scene, that the intervening space of a single day had operated on his consciousness like the lapse of years. The minister's own will and Hester's will and the fate that grew between them, had wrought this transformation. It was the same town as heretofore;but the same minister returned not from the forest. He might have said to the friends who greeted him, — "I am not the man for whom you take me! I left him yonder in the forest, withdrawn into a secret dell, by a mossy tree-trunk, and near a melancholy brook! Go seek your minister, and see if his emaciated figure, his thin cheek, his white, heavy, pain-wrinkled brow, like a cast-off garment!" His friends, no doubt, would still have insisted with him, — "Thou art thyself the man!" —but the error would have been their own, not his.

Before Mr. Dimmesdale reached home, his inner man gave him other evidences of a revolution in the sphere of thought and feeling. In truth, nothing short of a total change of dynasty and moral code, in that interior kingdom, was adequate to account for the impulses now communicated to the unfortunate and startled minister. At every step he was incited to do some strange, wild,

intervening~day:그 사이의 하루라는 시간 as heretofore=until now   emaciate = make lean, make thin and weak: 야위게 하다 revolution대변혁, 혁명   nothing short of=nothing less than: (거의) ~이나 다름없는   that interior kingdom=the sphere of thought and feeling incite:격려하다, 자극하다

이다. 거리는 이전과 다름없었지만 숲에서 돌아온 목사는 다른 사람이 되어 돌아온 것이다. 친구들을 만났다면 이렇게 말하였을지도 모른다. "나는 이제 자네들이 생각하고 있는 그 사람이 아닐세! 그 사람은 숲속 깊숙한 골짜기, 외로운 시냇가 근처의 이끼가 끼어 있는 나무 그루터기 옆에 남겨 두고 왔다네! 가서 그 목사를 찾아보게, 그러면 자네들은 수척한 몸, 여윈 볼, 창백하고 우울한 고통으로 일그러진 이마 등이 마치 벗어 던진 옷처럼 그곳에 팽개쳐져 있는 걸 보게 될 거야!" 물론 그의 친구들은 "자네가 바로 그 사람이야!" 하고 말하겠지만 틀린 것은 그들이지, 목사가 아니었다.

집에 도착하기 전 딤즈데일 목사의 마음속에 있는 그 사람은, 생각과 감정의 영역에 있어서 변화가 일어났다는 것에 대한 여러 가지 증거를 제시하고 있었다. 사실 목사의 마음 속 왕국에서 왕조와 도덕률이 완전히 변해 버렸다는 사실 말고는 불운과 놀라움에 허둥대고 있는 사람에게 전달되는 충동을 적절하게 설명해 줄 길은 없었다.

한 걸음 옮길 때마다 목사는 뭔가 기묘한 장난을 해보고 싶은 기분에 사로잡혔고, 그것은 발작적이면서 동시에 의도적인 것이었는데, 자신의 의지에도 불구하고, 그러한 충동을 반대하는 자아보다도 더욱 깊은 곳에 자리하고 있는 자아로부터 생겨

도덕률:도덕의 최고 규범

wicked thing or other, with a sense that it would be at once involuntary and intentional; in spite of himself, yet growing out of a profounder self than that which opposed the impulse. For instance, he met one of his own deacons. The good old man addressed him with the paternal affection and patriarchal privilege, which his venerable age, his upright and holy character, and his station in the Church, entitled him to use; and, conjoined with this, the deep, almost worshipping respect, which the minister's professional and private claims alike demanded. Now, during a conversation of some two or three moments between the Reverend Mr. Dimmesdale and this excellent and hoary-bearded deacon, it was only by the most careful self-control that the former could refrain from uttering certain blasphemous suggestions that rose into his mind, respecting the communion supper. He absolutely trembled and turned pale as ashes, lest his tongue should wag itself, in utterance of these horrible matters, and plead his own consent for so doing, without his having fairly given it. And, even with this terror in his heart, he could hardly avoid laughing, to imagine how the sanctified old patriarchal deacon would have been petrified by his minister's impiety!

---

with a sense that:~라고 생각하면서 in utterance of: ~을 내뱉느라고   deacon:
집사   venerable age:존경할만한   hoarybearded:흰수염의   hoary:백발의
blasphemous:신성모독의, 불경스러운 petrify:마비시키다, 무감각하게 하다

나오는 것 같은 느낌이었다. 실례로, 그는 자기 교회의 집사들 중 한 사람을 만났다. 나이가 꽤 많은 그 집사는 아버지와 같은 애정과 가부장적인 권위로써 목사에게 말을 걸었는데 그러한 것들은 그의 존경받을 만한 나이로 보나 그의 강직하고 성스러운 인품, 그리고 교회 내에서의 위치로 보아 그에게는 당연한 것들이었다. 이와 함께 그의 태도에는 공사(公私) 양면에 걸친 목사의 자격에 대해 숭배하는 듯한, 깊은 존경심이 배어 있었다. 그런데 딤즈데일 목사는 이 흰 수염이 난 훌륭한 집사와 몇 마디 말을 나누는 동안에 성찬에 대해 마음속에 떠오르는 불경스러운 생각을 입 밖에 내고 싶었지만 자제력을 발휘하여 삼갔다. 자기도 모르는 사이에 혀가 혼자서 움직여 이런 무서운 말들을 지껄이지 않도록 하기 위하여, 또한 그렇게 하도록 자기 자신에게 간청하지 않도록 하기 위해 그는 분명히 잿빛처럼 창백한 얼굴로 떨고 있었을 것이다. 그런데 마음속으로는 이렇게 떨고 있으면서도, 성스럽고 가부장적인 이 집사가 목사의 불경스러운 말들을 듣고서 망연자실하게 될 것을 상상하니 웃음을 금할 수 없었다.

이 밖에도 또 하나의 비슷한 사건이 있었다. 부지런히 걸어가던 도중 딤즈데일 목사는 교회에서 가장 나이가 많은 여신도를 만났다. 참으로 신앙심이 깊고 모범적인 노부인으로서 가난

망연자실:정신을 잃어 어리둥절 함

Again, another incident of the same nature. Hurrying along the street, the Reverend Mr. Dimmesdale encountered the eldest female member of his church; a most pious and exemplary old dame; poor, widowed, lonely, and with a heart as full of reminiscences about her dead husband and children, and her dead friends of long ago, as a burial ground is full of storied gravestones. Yet all this, which would else have been such heavy sorrow, was made almost a solemn joy to her devout old soul, by religious consolations and the truths of Scripture, wherewith she had fed herself continually for more than thirty years. And, since Mr. Dimmesdale had taken her in charge, the good grandam's chief earthly comfort — which, unless it had been likewise a heavenly comfort, could have been none at all — was to meet her pastor, whether casually, or of set purpose, and be refreshed with a word of warm, fragrant, heavenbreathing Gospel truth, from his beloved lips, into her dulled, but rapturously attentive ear.

But, on this occasion, up to the moment of putting his lips to the old woman's ear, Mr. Dimmesdale could recall no text of Scripture, nor aught else, except a brief, pithy, and unanswerable argument against the immortality of the human soul. The instilment thereof into her mind would

---

reminiscence=memory: 기억, 추억 storied gravestone: 비명이 새겨진 묘비 consolations: 위로, 위안 grandam=an old woman likewise=also, as well, moreover, too of set purpose=deliberately fragrant: 향기좋은, 즐거운 rapturous: 기뻐하는, 열광적인 pithy: 간결한, 함축성있는

하고 홀로 되어 외로운 생활을 하면서도 죽은 남편이나 아이들, 그리고 오래 전에 유명을 달리한 친구들에 대한 추억을, 마치 충충이 쌓여 있는 묘석들로 가득찬 묘지와 같은 마음속에 간직하고 있었다. 이러한 사정은, 다른 사람의 경우라면 깊은 슬픔이 되었겠지만, 삼십 년 이상 계속 마음의 양식으로 삼아 온 성경책의 진리들과 종교적인 위안으로, 이 늙은 영혼에게는 거의 경건한 즐거움과 같은 것이 되어 있었다. 그리고 딤즈데일 목사가 돌보게 되면서부터는 이 노파가 속세에서 받는 유일한 위안은, 그것이 또한 천국으로부터 온 참된 위안이었을 것이다. 목사를 우연히 만났든지 어떤 목적에 의해 만났든지 간에 목사의 사랑스런 입술을 통해 따뜻하고 향기로운, 하늘의 숨소리가 들리는 복음의 진리를, 귀는 비록 잘 들리지는 않지만, 열과 성을 다해 들으면서 활력을 얻는 것이었다.

그러나 이번 경우에도 딤즈데일 목사는, 할머니의 귀에 입을 갖다댈 때까지, 성경 말씀을 하나도 생각해 낼 수 없었으며, 인간 영혼의 영원성을 부정하는 짧고, 간결하며, 반박의 여지가 없는 주장 외에는 아무것도 기억할 수 없었다. 이런 것들을 그녀의 마음속에 불러 넣는다면, 마치 독약이 주사된 것 같이 이 늙은 자매는 곧 쓰러져 죽었을 것이다. 목사는 그녀에게 속삭인 말들을 그후로도 기억할 수 없었다. 아마 다행스럽게도 그

반박:남의 의견에 반대하여 논박함

probably have caused this aged sister to drop down dead at once, as by the effect of an intensely poisonous infusion. What he really did whisper, the minister could never afterwards recollect. There was, perhaps, a fortune disorder in his utterance, which failed to impart any distinct idea to the good widow's comprehension, or which Providence interpreted after a method of its own. Assuredly, as the minister looked back, he beheld an expression of divine gratitude and ecstasy that seemed like the shine of the celestial city on her face, so wrinkled and ashy pale.

Again a third instance. After parting from the old church-member, he met the youngest sister of them all. It was a maiden newly won-and won by the Reverend Mr. Dirnmesdale's own sermon, on the Sabbath after his vigil —to barter the transitory pleasures of the world for the heavenly hope, that was to assume brighter substance as life grew dark around her, and which would gild the utter gloom with final glory. The minister knew well that he was himself enshrined within the stainless sanctity of her heart, which hung its snowy curtains about his image, imparting to religion the warmth of love, and to love a religious purity. Satan, that afternoon, had surely led the

---

newly won: 갓 신자가 된 barter:교환하다(exchange) transitory:일시의, 순간의
enshrine:소중히 하다

의 말이 혼란을 일으켜 선한 미망인이 어떤 분명한 생각을 이해하지 못하도록 제대로 전달되지 못했거나 신이 자신의 방식으로 그것을 해석해 주었었던 것 같다. 목사가 다시 돌아 보았을 때 분명히 그녀의 주름지고 잿빛과 같이 창백한 얼굴에는 천상의 도시의 빛과 같아 보이는 성스러운 감사와 희열의 표현이 나타나 있었다.

다시금 세 번째의 경우가 있었다. 늙은 신도와 헤어진 후, 그는 신도 중 가장 나이 어린 자매를 만났다. 그녀는 딤즈데일 목사 자신이 철야 기도를 마치고 다음날 행한 세상의 순간적인 쾌락 대신 하늘의 희망을 얻으라는 내용의, 안식일에 행한 설교를 듣고 새롭게 신도가 된 처녀였는데, 그것으로 그녀 주변에 있는 삶의 어두움들은 밝은 모습을 하게 되었으며 칠흑 같은 어둠은 마지막 영광으로 단장되었던 것이다. 그녀의 때묻지 않은 마음 안에는 그 자신이 소중히 간직되어 있으며 그의 모습에 대해서는 새하얀 눈과 같은 장막을 쳐서 그녀가 종교에 대해서는 사랑의 온기를 전해 주며 종교적인 순수함을 사랑하고 있다는 것을 목사는 잘 알고 있었다. 그날 오후 악마는 분명히 불쌍한 젊은 소녀를 어머니의 품에서 벗어나게 하여 애처롭게 유혹을 받고 있는, 길을 잃어 절망적인—차라리 이렇게 말하는 것이 낳을 것이다—목사가 지나가는 곳에 내던진 것이

poor young girl away from her mother's side, and thrown her into the pathway of this sorely tempted, or —shall we not rather say? —this lost and desperate man. As she drew nigh, the arch-fiend whispered him to condense into small compass and drop into her tender bosom a germ of evil that would be sure to blossom darkly soon, and bear black fruit betimes. Such was his sense of power over this virgin soul, trusting him as she did, that the minister felt potent to blight all the field of innocence with but one wicked look, and develop all its opposite with but a word. So with a mightier struggle than he had yet sustained-he held his Geneva cloak before his face, and hurried onward, making no sign of recognition, and leaving the young sister to digest his rudeness as she might. She ransacked her conscience, —which was full of harmless little matters, like her pocket or her workbag, —and took herself to task, poor thing! for a thousand imaginary faults; and went about her household duties with swollen eyelids the next morning.

Before the minister had time to celebrate his victory over this last temptation, he was conscious of another impulse, more ludicrous, and almost as horrible. It was, — we blush to tell it, —it was to stop short in the road, and teach some very wicked words to a knot of little Puritan

---

arch-fiend=satan   betimes=in good time, in due time   blight: 말라죽게 하다
Geneva cloak=Geneva gown (Calvin파의 목사가 설교시에 입었던 검은 설교복)   making no sign of recognition: 본 척도 하지 않고   take oneself to task=accuse oneself of fault: 자신의 과오를 질책하다

다. 그녀가 다가오자 악마는 그녀의 따뜻한 가슴에다 곧 암흑의 꽃을 피우고 암흑의 열매를 맺게 될 악의 씨를 조그맣게 만들어서 뿌려라고 목사에게 속삭였던 것이다. 이전처럼 그를 믿고 있는 그녀의 순결한 영혼에 대하여 자신의 영향력이 크다는 것을 목사는 잘 알고 있었으므로, 사악한 표정 하나만으로도 그녀의 모든 순백한 마음을 말라 버리게 할 수 있고 말 한 마디로 순결함과 반대되는 것들을 계발시킬 수 있다는 것을 그는 자신했다. 따라서 그는 지금껏 유지해 오던 것보다 더욱 강하게 저항하면서 예배복으로 얼굴을 가리고는 아는 체를 하지 않고 서둘러 나아갔고 젊은 자매는 그의 무례함을 마음속으로 삭힐 수밖에 없었다. 그녀는 거의 문제가 되지 않을 것으로 가득 찬 자신의 의식을 마치 주머니나 가방을 뒤지듯이 샅샅이 뒤져 보았고, 불쌍하게도, 자신이 혹시 범했을지 모르는 수많은 잘못들을 상상해 보았으나 다음날 아침 눈이 퉁퉁 부은 채로 집안일을 하는 수밖에 없었다.

목사는 이 마지막 유혹에 대해 승리를 거둔 것을 기쁘게 생각하기도 전에, 한층 더 우스꽝스럽고 무섭기까지 한 또 다른 충동을 느끼고 있었다. 말하기 부끄럽지만, 그것은 길에서 잠시 멈춰서서 거기서 놀고 있는 몇 명의 청교도 신자 아이들에게 사악한 말들을 가르쳐 주는 것이었고 벌써 목사는 아이들에게

children who were playing there, and had but just begun to talk. Denying himself this freak, as unworthy of his cloth, he met a drunken seaman, one of the ship's crew from the Spanish Main. And, here poor Mr. Dimmesdale longed, at least, to shake hands with the tarry blackguard, and recreate himself with a few improper jests, such as dissolute sailors so abound with, and a volley of good, round, solid, satisfactory, and heaven-defying oaths! It was not so much a better principle as partly his natural good taste, and still more his buckramed habit of clerical decorum, that carried him safely through the latter crisis.

"What is it that haunts and tempts me thus?" cried the minister to himself, at length, pausing in the street, and striking his hand against his forehead. "Am I mad? or am I given over utterly to the fiend? Did I make a contract with him in the forest, and sign it with my blood? And does he now summon me to its fulfillment, by suggesting the performance of every wickedness which his most foul imagination can conceive?"

At the moment when the Reverend Mr. Dimmesdale thus communed with himself,' and struck his forehead with his hand, old Mistress Hibbins, the reputed witch-lady, is said to have been passing by. she made a very

---

tarry:타르를 칠한 dissolute:무절제한, 방종한 volley:(질문 욕설의)연발
buckram=stiffness of manner:딱딱한 태도 decorum:예의바름, 품위있음 give
over:넘겨주다(surrender) commune with oneself:심사숙고하다

말을 걸려 하고 있었다. 자신이 입고 있는 옷만큼의 가치도 없는 이러한 일시적인 충동을 억제하면서 그는 카리브해에서 온 배의 승무원인, 술이 취한 한 선원을 만났다. 다른 모든 사악함을 그토록 용감하게 억눌러 왔기 때문에, 딤즈데일 목사는 타르 칠을 한 건달과 최소한 악수를 하고 이처럼 방탕한 선원에게 가득차 있는 음탕한 농담들과 매우 노골적이고, 유쾌하며, 속이 후련해지며 하늘을 거역하는 욕들을 연발하면서 활기를 찾고 싶었다. 그를 이 위기에서 구해 준 것은 훌륭한 신조가 아니라 그의 천성적으로 선한 기품과 그의 성직자로서의 딱딱한 몸가짐이었던 것이다.

"무엇이 나를 이렇게 못살게 굴고 괴롭히는 것일까?" 목사는 소리치며 마침내 길에서 잠시 멈춰 손바닥으로 자신의 이마를 때렸다. "내가 미친걸까? 아니면 완전히 악마의 손으로 넘어간 것일까? 숲속에서 악마와 계약을 하고서는 내 피로써 서명을 한 것일까? 그리고 악마는 지금 나를 불러 자신의 가장 추악한 상상력으로 떠올릴 수 있는 모든 사악함을 행하라고 권유하고 있는 것인가?"

딤즈데일 목사가 혼자말을 하며 손바닥으로 이마를 치고 있던 순간에, 유명한 마녀인 히빈스 부인이 그의 옆을 지나갔다고 한다. 그녀는 아주 화려한 모습을 하고 있었다. 높은 머리

grand appearance; having on a high head-dress, a rich gown of velvet, and a ruff done up with the famous yellow starch, of which Ann Turner her especial friend, had taught her the secret, before this last good lady had been hanged for Sir Thomas Overbury's murder.

"So, Reverend Sir, you have made a visit into the forest," observed the witch-lady, nodding her high head-dress at him. "The next time, I pray you to allow me only a fair warning, and I shall be proud to bear you company. Without taking overmuch upon myself, my good word will go far towards gaining any strange gentleman a fair reception from yonder potentate you wot of!"

"I profess, madam," answered the clergyman, with a grave obeisance, such as the lady's rank demanded, and his own good-breeding made imperative, —"I profess, on my conscience and character, that I am utterly bewildered as touching the purport of your words! I went not into the forest to seek a potentate; neither do I, at any future time, design a visit thither, with a view to gaining the favor of such a personage. My one sufficient object was to greet that pious friend of mine, the Apostle Eliot, and rejoice with him over the many precious souls he hath won from heathendom!"

---

starch:전분으로 만든 폼 bear you company:당신과 함께 가다 bear 대신에 keep도 사용 go far towards:~에 크게 유용하다 wot=knew as touching =concerning about with a view to gaining=in order to gain many precious souls:기독교로 개종한 인디언들을 가리킨다 heathendom:이교도

장식을 하고서 비싼 벨벳 가운을 입고 있었으며, 그녀의 특별한 친구인 앤 터너가 성 토마스 오버베리 살인 사건으로 교수형에 처해지기 전 그녀에게 비결을 가르쳐 준 대로, 유명한 노란 풀로 만들어진 주름 깃을 하고 있었다.

"저 목사님, 숲속에 다녀 오셨죠." 하고 마녀는 높직한 모자를 쓰고 끄덕이면서 말했다. "다음엔 미리 알려주세요. 영광스런 마음으로 목사님을 모시고 가겠어요. 뭐 자랑은 아닙니다만 제가 한 마디 해 드리면 아무리 초면인 분이라도 목사님께서도 아시는 숲속의 대왕에게서 융숭한 대접을 받을 거예요."

"저 부인," 목사는 그 여자의 신분을 생각해서, 그리고 제 자신의 교양상 정중한 인사를 하면서 대답했다. "제 양심과 성격을 걸고 말씀드립니다만, 당신의 말씀은 도무지 모르겠군요! 저는 숲속의 대왕을 만나러 간 게 아닙니다. 그리고 앞으로도 그런 사람의 혜택을 입으려고 숲을 찾아가진 않을 겁니다. 한 가지 뚜렷한 목적은 믿음이 두터운 제 친구 엘리엇 전도사를 만나 그 사람이 이교 지역에서 얻은 귀중한 여러 영혼들을 더불어 기뻐하자는 것이지요!"

"하, 하, 하!" 하고 늙은 마녀는 목사한테로 수건을 높이 쓴 머리를 끄덕이면서 호들갑스럽게 웃었다. "좋아요! 좋아, 대낮

융숭:두텁게 존중함, 매우 높임
이교:이단의 가르침 자기가 믿는 이외의 종교

"Ha, ha, ha!" cackled the old witch-lady, still nodding her high head-dress at the minister. "Well, well, we must needs talk thus in the daytime! You carry it off like an old hand! But at midnight, and in the forest, we shall have other talk together!"

She passed on with her aged stateliness, but often turning back her head and smiling at him, like one willing to recognize a secret intimacy of connection.

He had, by this time, reached his dwelling, on the edge of the burial-ground, and hastening up the stairs, took refuge in his study.

Another man had returned out of the forest: a wiser one; with a knowledge of hidden mysteries which the simplicity of the former never could have reached. A bitter kind of knowledge that! While occupied with these reflections, a knock came at the door of the study, and the minister said, "Come in!" —not wholly devoid of an idea that he might behold an evil spirit. And so he did! It was old Roger Chillingworth that entered. The minister stood, white and speechless, with one hand on the Hebrew Scripture, the other spread upon his breast.

"Welcome home, reverend Sir," said the physician. "And how found you that godly man, the Apostle Eliot?

---

stateliness:장엄, 장중, 위엄 not wholly~idea:~라는 생각이 전혀 없는 것은 아니었지만 so he did=indeed, he beheld an evil spirit Hebrew Scriptures:히브리어 성서

에는 그렇게 얘기할 수밖에 없어요! 요령이 제법이군요! 하지만 한밤중 숲속에서는 다른 얘길 하도록 해요!"

그녀는 늙은이답게 걸어갔다. 그러나 번번히 고개를 돌려 목사한테 웃음을 띄워 보내는 품이 둘 사이에 남모를 깊은 인연이 맺어져서 기쁘다는 기색이었다.

묘지 가장자리에 있는 자기집에 다다른 목사는 계단을 바삐 올라가서 서재 속에 몸을 숨겼다. 숲에서 돌아온 목사는 딴 사람이 되어 있었다. 지난날 순박했을 땐 도저히 마련할 수 없었던 숨은 비밀에 대한 지식을 가진 것보다 더 현명한 위인이 되었던 것이다. 그러나 그 지식은 가슴을 쓰라리게 하는 지식이었다! 이리 저리 생각에 잠겨 있으니까 서재의 문을 두드리는 소리가 났다. 그래서 목사는, "들어오시오!" 하고 대답했다. 혹시 악마가 나타나지 않을까 하는 생각이 전혀 없었던 것은 아니다. 아니나 다를까! 들어온 것은 로져 칠링워드 노인이었다. 목사는 새파랗게 질려서 잠자코 서 있었다. 한 손은 히브리 성경 위에, 나머지 손은 가슴 위에 얹고 있었다.

"잘 돌아 오셨습니다. 목사님." 하고 의사는 말했다. "엘리엇 전도사는 어떠한지요? 그런데 목사님은 안색이 좋지 못하신 것 같군요. 황무지의 여행이 무척 괴로우셨나 보죠? 선거 축하 설

But methinks, dear Sir, you look pale; as if the travel through the wilderness had been too sore for you. Will not my aid be requisite to put you in heart and strength to preach your Election Sermon?"

"Nay, I think not so," rejoined the Reverend Mr. Dimmesdale. "My journey, and the sight of the holy Apostle yonder, and the free air which I have breathed, have done me good, after so long confinement in my study. I think to need no more of your drugs, my kind physician, good though they be, and administered by a friendly hand."

All this time, Roger Chillingworth was looking at the minister with the grave and intent regard of a physician toward his patient. But, in spite of this outward show, the latter was almost convinced of the old man's knowledge, or, at least, his confident suspicion, with respect to his own interview with Hester Prynne. The physician knew then, that, in the minister's regard, he was no longer a trusted friend, but his bitterest enemy. So much being known, it would appear natural that a part of it should be expressed. Yet did the physician, in his dark way, creep frightfully near the secret.

"Were it not better," said he, "that you use my poor skill

---

put in heart=restore to good spirits: 원기를 되살리다   administer:(약)복용시키다   so much being known: 그 만큼이나 알려져 있다는   were it not better= would it not be better

교를 하시려면 기운을 돋워야 하는데 제 힘이 필요하진 않을는
지요?"

"아뇨. 괜찮습니다." 하고 딤즈데일 목사는 대답했다. "그간
서재에서 하도 오래 틀어 박혀 있다가 여행을 떠나 저 고장의
성스러운 전도사를 만나고 신선한 공기를 마음껏 들이마시고
돌아왔더니 몸에 퍽 좋았나봐요. 이젠 당신의 약도 필요 없을
것 같군요. 친절한 선생님이 지어 주시는 약이라 좋은 줄은 압
니다만."

목사가 말하는 동안 내내 로져 칠링워드는 환자를 대하는 의
사의 엄숙하고도 주의 깊은 눈초리로 목사를 보았다. 그러나
겉으로는 이러한 태도를 보이고 있지만, 자기가 헤스터 프린과
직접 만났다는 사실을 알고 있거나 아니면 그랬으려니 의심하
고 있다는 것을 목사는 거의 확신했다. 이때 의사도 목사의 눈
에 비친, 자기는 믿음직한 친구가 아니라 매정한 원수라는 것
을 알아차렸다. 이쯤 알게 되었으니 그 일부나마 밝히는 것이
자연스러울 것이다. 그러나 의사는 음흉하게 비밀의 가장자리
까지 다가왔다.

"아무튼 오늘밤엔 저의 미숙한 치료나마 받아두시는 게 좋지
않을까요?" 하고 의사는 말했다. "정말로 선거 축하 설교를 위
해서 우리는 어떻게든 당신을 강하고 기운차게 만들어 드려야

음흉:마음이 츰침하고 흉악함

tonight? Verily, dear sir, we must take pains to make you strong and vigorous for this occasion of the Election discourse. The people look for great things from you; apprehending that another year may come about, and find their pastor gone."

"Yea, to another world," replied the minister, with pious resignation. "Heaven grant it be a better one; for, in good sooth, I hardly think to tarry with my flock through the flitting seasons of another year! But, touching your medicine, kind Sir, in my present frame of body, I need it not."

"I joy to hear it," answered the physician. "It may be that my remedies, so long administered in vain, begin now to take due effect. Happy man were I, and well deserving of New England's gratitude, could I achieve this cure!"

"I thank you from my heart, most watchful friend," said the Reverend Mr. Dimmesdale, with a solemn smile. "I think you, and can but requite your good deeds with my prayers."

"A good man's prayers are golden recompense!" rejoined old Roger Chillingworth, as he took his leave. "Yea, they are the current gold coin of the New Jerusalem, with the King's own mint-mark on them!"

---

pastor:주임목사(minister)   take pains=be careful, do one's best Heaven grant (that):원컨데 ~하기를   in good sooth=in truth, truly, really   take due effect :당연한 효력을 나타내다   requite:보답하다, 은혜를 갚다   recompense:보상, 보답   mint-mark:(화폐 표면의)각인

합니다. 이 곳 사람들은 당신에게 굉장한 기대를 하고 있어요. 해가 바뀌면 당신은 이 고장에 안 계시게 될까 봐 걱정들 하기 때문이죠."

"글쎄 말이죠. 저 세상으로 가게 될는지." 하고 목사는 지극한 체념에 잠겨 대답했다. "저 세상이 기왕이면 천국이면 좋겠어요. 사실 절기가 아무리 빨리 바뀐다 해도 앞으로 한 해를 더 교회 신도들과 보내게 될 것 같진 않군요! 그런데 내 몸이 지금 같아서는 당신의 약이 필요없을 것 같군요."

"반가운 말씀이지요." 하고 의사는 대답했다. "그간 오랫동안 지어 드렸어도 별 효능이 없더니만 지금에야 비로소 웬만한 효험을 나타내기 시작한 모양이군요. 당신의 치료에 성공한다면 행복하다 뿐이겠습니까. 뉴잉글랜드의 감사를 받을 만한 자격이 비로소 생긴 거지요."

"충심으로 감사를 드립니다. 언제나 잘 보살펴 주신 선생님께." 하고 딤즈데일 목사는 엄숙한 미소를 띄우면서 말했다.

"새삼 고맙지만, 선생님의 선행을 기도로써 갚을 수밖엔 없나 봅니다."

"선량한 분의 기도는 금으로 갚는 거나 다름 없지요." 하고 로져 칠링워드는 대답했다. "그럼요, 그것은 '신 예루살렘'에서

Left alone, the minister summoned a servant of the house, and requested food, which, being set before him, he ate with ravenous appetite. Then, flinging the already written pages of the Election Sermon into the fire, he forthwith began another, which he wrote with such an impulsive flow of thought and emotion, that he fancied himself inspired.

CHAPTER 21
The New England Holiday

Betimes in the morning of the day on which the new Governor was to receive his office at the hands of the people Hester Prynne and little Pearl came into the market-place.

On this public holiday, as on all other occasions, for seven years past, Hester was clad in a garment of coarse gray cloth. Her face, so long familiar to the townspeople, showed the marble quietude which they were accustomed to behold there.

It might be, on this one day, that there was an expres-

---

forthwith=at once   inspired: 하나님의 계시에 인도됨   betimes=early   at the hands of=from the hands of   detect: 인지하다, ~을 눈치채다

사용되는 금화로 주님의 각인이 찍혀 있지요!"

혼자 남게 되자 목사는 하인을 불려 음식을 청했다. 음식이 눈앞에 차려지자 왕성한 식욕으로 먹어치웠다. 그러고 난 다음 쓰다만 선거 축하 설교의 초안을 불속에 던지고 다시 쓰기 시작했다. 이번에는 사상과 감정이 하도 줄기차게 흘러나오는 가운데 썼기 때문에 무슨 영감이라도 통하는 듯 했다.

제 21 장
뉴 잉글랜드의 축제일

새 총독이 주민들로부터 직권을 넘겨 받기로 된 날, 일찍부터 헤스터 프린과 펄은 광장으로 나왔다.

지나간 7년 동안의 어느 때나 마찬가지로 이번 경축일에도 헤스터는 초라한 잿빛 옷차림이었다. 오랫동안 시내 사람들의 눈에 익혀진 그녀의 얼굴은 여느 때나 다름없이 대리석처럼 고요했다.

혹 이날 하루만은 헤스터의 얼굴에도 전에 보지 못했던, 그러나 남의 눈에 띌 만큼 뚜렷하지는 않은 표정이 나타났을지도

각인:도장을 새김

sion unseen before, nor, indeed, vivid enough to be detected, now.

Pearl was decked out with airy gaiety. It would have been impossible to guess that this bright and sunny apparition owed its existence to the shape of gloomy gray. As with these, so with the child; her garb was all of one idea with her nature. On this eventful day, moreover, there was a certain singular inquietude and excitement in her mood.

This effervescence made her flit with a bird-like movement, rather than walk by her mother's side. she broke continually into shouts of a wild, inarticulate, and sometimes piercing music. When they reached the market-place, she became still more restless, on perceiving the stir and bustle that enlivened the spot; for it was usually more like the broad and lonesome green before a village meetinghouse, than the center of a town's business.

"Why, what is this, mother?" cried she. "Wherefore have all the people left their work to-day? Is it a play-day for the whole world? See, there is the blacksmith! He has washed his sooty face, and put on his Sabbath-day clothes, and looks as if he would gladly be merry, if any kind body would only teach him how! And there is Master

---

deck out=decorate, ornament: 장식하다, 치장하다 shape of gloomy gray: 어두운 회색의 몽롱한 모습(Hester를 가리킴) effervescence: 흥분, 활기 inarticulate: 음성(발음)이 분명치 않은, 알아들을 수 없는 enliven: ~을 활기띠게 하다, 생기를 돋구다 play day=holiday

모른다.

펄은 화려한 차림새였다. 찬란하고 눈부신 환영 같은 이 아이를 침침한 잿빛 옷차림의 여인이 낳았다고는 꿈에도 생각 못할 일이었을 것이다. 펄의 옷은 그녀의 천성과 이념이 서로 통했다. 게다가 따사로운 이 날 펄의 기분은 이상한 흥분과 동요에 사로잡혀 있었다.

이처럼 흥분한 펄은 어머니 곁을 걷는다기보다 새처럼 훨훨 날아다니는 듯싶었다. 그리고는 분명치 않은 소리를 노래처럼 날카롭게 부르곤했다. 둘이 장터에 다다르자 펄은 그 장터를 활기에 차게 하는 왁자지껄한 광경을 보고 한결 더 흥분했다. 왜냐하면 이 곳은 본시 시내의 광장이라기보다도 풀이 황량하게 자란 어떤 시골 교회당 앞의 광장과도 같았기 때문이다.

"어머나 어떻게 된 일이죠?" 하고 펄은 외쳤다. "뭣 때문에 오늘은 모두들 쉬지? 온 장안이 노는 날이야? 저 대장장이 좀 봐! 검정이 묻은 얼굴을 말끔히 닦아내고 주일날 나들이 옷을 입었네. 누가 친절하게 방법만 가르쳐 준다면 한바탕 재미있게 놀아나 보겠다는 모양이야! 그리고 간수 블랙킷 영감이 날 보고 웃으면서 고개를 끄덕이네, 왜 그래, 엄마?"

"네 어렸을 때 생각이 나나 보지." 하고 헤스터는 대답했다.

"하지만 날 보고 웃으며 아는 체 할 건 없잖아. 시커멓고 꿈

천성:본래부터 타고난 성질

Brackett, the old jailer, nodding and smiling at me. why does he do so, mother?"

"He remembers thee a little babe, my child," answered Hester.

"He should not nod and smile at me, for all that, —the black, grim, ugly-eyed old man!" said Pearl. "He may nod at thee, if he will; for thou art clad —in gray, and wearest the scarlet letter. But see, mother, how many faces of strange people, and Indians among them, and sailors! What have they all come to do, here in the market-place?"

"They wait to see the procession pass," said Hester. "For the Governor and the magistrates are to go by, and the ministers, and an the great people and good people, with the music and the soldiers marching before them."

"And will the minister be there?" asked Pearl. "And will he hold out both his hands to me, as when thou ledst me to him from the brook-side?"

"He will be there, child," answered her mother. "But he will not greet thee to-day; nor must thou greet him.'

"What a strange, sad man is he!" said the child, as if speaking partly to herself. "In the dark night-time he calls us to him, and holds thy hand and mine, as when we stood with him on the scaffold yonder. And in the deep forest,

---

jailer:간수, 교도관 remember thee(as) a little babe:너의 어린 시절을 기억하고 있다 for all that=notwithstanding:~에도 불구하고 music:군악대

찍하고 눈초리가 무서운 할아버지야!" 하고 펄은 말했다. "아는 체 하고 싶거들랑 엄마나 보고 그러지. 잿빛 옷에다 주홍글씰 달았으니까. 그런데 엄마 어쩌면 이렇게 모르는 사람들이 많을까. 인디안도 뱃사공도 보이네! 장터로 뭣하러들 왔을까?"

"행렬이 지나가는 걸 구경하러 기다리는 거야." 하고 헤스터는 말했다. "이제 총독과 관원들이 지나갈 거야. 그리고 목사님들도 높은 양반들도 악대와 병정들을 앞세우고 행진하나봐."

"그럼 목사님도 나오겠지?" 하고 펄은 물었다. "그리고 엄마가 시냇가에서 날 데리고 그분 앞으로 갔을 때처럼 두 손을 내밀어 반겨 주실까?"

"그 목사님도 나오겠지." 하고 어머니는 대답했다. "하지만 오늘은 널 보시더라도 아는 체는 안 하실 게다. 너도 아는 체 해선 안돼."

"참 목사님은 이상하고도 가엾은 분이야!" 하고 펄은 혼잣말처럼 말했다. "캄캄한 밤중에 목사님은 우리를 불러 가지고 엄마와 내 손을 붙잡아 주실거야. 저기 저 처형대 위에 나란히들 섰을 때처럼 말야! 그리고 깊은 숲 속에서 늙은 나무들만 엿듣고 한 조각 구름만이 엿볼 수 있었을 땐 엄마와 함께 이끼 더미 위에 앉아서 얘기를 하셨어! 그리고 내 이마에 입을 맞춰 주셨어. 시냇물로 아무리 닦아도 잘 지워지진 않았지만! 그런

where only the old trees can hear, and the strip of sky see it, he talks with thee, sitting on a heap of moss! And he kisses my forehead, too, so that the little brook would hardly wash it off! But here, in the sunny day, and among an the people, he knows us not; nor must we know him! A strange, sad man is he, with his hand always over his heart!"

"Be quiet, Pearl! Thou understandest not these things," said her mother. "Think not now of the minister, but look about thee, and see how cheery is everybody's face to-day. The children have come from their schools, and the grown people from their workshops and their fields, on purpose to be happy. For, to-day, a new man is beginning to rule over them; and so —as has been the custom of mankind ever since a nation was first gathered —they make merry and rejoice; as if a good and golden year were at length to pass over the poor old world!"

It was as Hester said, in regard to the unwonted jollity that brightened the faces of the people. Wrestling-match-es, in the different fashions of Cornwall and Devonshire, were seen here and there about the market-place; in one corner there was a friendly bout at quarterstaff and —what attracted most interest of all —on the platform of the pillo-

---

nor must thou greet him=너도 그분을 아는 척 해선 안된다 on purpose to (be)=in order to do something   golden year: 'golden age' 의 의미로 쓰임 jollity: 즐거움

데 햇빛이 환하고 사람들이 득실거리는 여기선 우리들을 모르는 체하신다니, 그리고 우리도 그 분을 아는 체해선 안된다니! 이상하고 가엾은 분이야, 언제나 가슴에 손을 얹고 계시는 목사님은!"

"입 좀 다물어라 펄! 너는 아직 그 사정을 몰라." 하고 헤스터는 말했다. "이제 목사님 생각은 그만하고 여기저기 좀 구경하려무나. 오늘은 참 모두 기뻐하는 얼굴들이지, 어린이들은 학교에서, 어른들은 일터에서 일부러 나와 재미있게 지내려는 거야. 오늘부터 새 총독님이 우리를 다스리게 된대. 그리고 사람이 처음으로 나라를 세웠던 그 때부터 내내 지켜 온 관습이지만 모두들 기뻐하는 거란다. 마치 보잘것 없는 낡은 세계에 즐거운 황금시대가 닥쳐온 것처럼!"

뭇 사람들의 얼굴 위에 유난스레 환히 빛나는 즐거움은 헤스터가 말한 그대로였다. 콘월 식이니 디본셔 식이니 하는 제각기 다른 식의 씨름판이 군데군데 벌어져 있었다. 한 모퉁이에서 육척봉의 시합이 벌어지고 있었다. 그런데 가장 많은 사람의 홍미를 끄는 것은 이미 이 이야기속에서 유명해진 그 처형대 위에서 벌어진 두 검술사의 시합이었다. 그러나 이 시합이 교구 관리의 참견으로 중단되자 구경꾼은 몹시 실망했다. 관리로서는 신성한 장소가 이렇게 마구 사용되어 법률의 존엄성이

득실거리다:사람이나 동물이 한떼로 모여 움직이는 모양

ry, already so noted in our pages, two masters of defense were commencing an exhibition with the buckler and broadsword. But, much to the disappointment of the crowd, this latter business was broken off by the interposition of the town beadle, who had no idea of permitting the majesty of the law to be violated by such an abuse of one of its consecrated places.

Nor, wild as were these painted barbarians, were they the wildest feature of the scene. This distinction could more justly be claimed by some mariners, —a part of the crew of the vessel from the Spanish Main, —who had come ashore to see the humors of Election Day. Thus, the Puritan elders, in their black cloaks, starched bands, and steeple-crowned hats, smiled not unbenignantly at the clamor and rude deportment of these jolly seafaring men; and it excited neither surprise nor animadversion when so reputable a citizen as old Roger Chillingworth, the physician, was seen to enter the market-place, in close and familiar talk with the commander of the questionable vessel.

The latter was by far the most showy and gallant figure, so far as apparel went, anywhere to be seen among the multitude.

---

commence:begin   beadle:교구의 하급직원(교회의 잡무를 맡아 했다)
Spanish Main:(남미 북동안의) 카리브해 연안   not unbenigrantly:악의 없이
animadversion:비평적인 한마디(remark):비판, 혹평   so far as apparel went:의
상에 관한 한은

더럽혀지는 것을 그냥 방임한다는 것은 엄두도 못낼 일이었다.

물감칠을 한 인디안들도 야만인들이지만 그렇다고 그들의 얼굴이 이 장터에 나타난 사람들 가운데서 가장 야만스럽다는 것은 아니었다. 야만스럽다는 명예는 선거날의 재미있는 행사를 구경하려고 상륙한 스페니쉬 메인에서 온 뱃사공의 일부인 몇몇 사람들이 차지할 수 있었다. 그래서 검정 외투에다 풀먹인 띠를 두르고 뾰죽 모자를 쓴 청교도 장로들도 이 뱃사공들의 버르장머리 없는 행동을 보고도 미소를 띠었다. 그리고 의사인 로져 칠링워드 노인과 같이 점잖은 위인이 수상쩍은 배의 선장과 무척 다정스레 애길 나누며 광장으로 들어서는 걸 보고 아무도 놀라지도 비난하지도 않았다.

선장은 유달리 화려해서 구경꾼 사이 어디에 끼어도 유난스레 눈에 띄었다.

의사와 헤어진 브리스톨호 선장은 놀 양으로 광장을 여기저기 거닐다가 우연히 헤스터 프린이 있는 데로 다가오더니 그녀를 알아 보았는지 선뜻 이야기를 건넸다. 어디서거나 헤스터가 서는 둘레엔 으레 좁다란 빈터가—일종의 둥근 마력 지대가 —생겼다. 그래서 근처에는 뭇 사람들이 서로 떠다밀고 밀리며 야단법석이었지만 누구 하나 발을 들여 놓지도 들여 놓을 생각도 안 했다. 그것은 주홍 글씨가 그의 숙명적인 여인을 둘러싼

방임:간섭하지 않고 내버려 둠

After parting from the physician, the commander of the Bristol ship strolled idly through the market-place; until happening to approach the spot where Hester Prynne was standing, he appeared to recognize, and did not hesitate to address her. As was usually the case wherever Hester stood, a small vacant area —a sort of magic circle —had formed itself about her, into which, though the people were elbowing one another at a little distance, none ventured, or felt disposed, to intrude. It was a forcible-type of the moral solitude in which the scarlet letter enveloped its fated wearer; partly by her own reserve, and partly by the instinctive, though no longer so unkindly, withdrawal of her fellow-creatures. Now, if never before, it answered a good purpose, by enabling Hester and the seaman to speak together without risk of being overheard; and so changed was Hester Prynne's repute before the public, that the matron in town most eminent for rigid morality could not have held such intercourse with less result of scandal than herself.

"So, mistress," said the mariner, "I must bid the steward make ready one more berth than you bargained for! No fear of scurvy or ship-fever this voyage! What with the ship's surgeon and this other doctor, our only danger will

---

as was usually the case:언제나 그러하듯 forcible:인상적인 if never before= even though it had never done so before   matron:(품위있고 지체가 높은)기혼 녀, 부인   bargain for:예약하다 scurvy:괴혈병(항해중의 선원들 사이에서 흔 히 발생)

정신적인 고독을 역력히 나타낸 것이다. 어쩌면 헤스터 자신이 겸허한 탓이기도 하고 같은 시내 사람들이—매정해서가 아니라 본능적으로 삼가는 때문이기도 했다.

그런데 전과는 달리 이번에는 그 덕택으로 헤스터와 선장의 이야기가 엿들릴 걱정이 없었다. 게다가 헤스터 프린에 대한 세상 사람들의 평가도 퍽 달라졌기 때문에 이처럼 사나이와 이야기를 한다 해도—시내에서 품행이 단정하기로 이름난 아낙일지라도 그런 경우엔 으레 말썽이 나게 마련이지만—별로 남의 뒷손가락질을 받지는 않았을 것이다.

"아주머니," 하고 선장은 말했다. "아주머니가 부탁한 것보다 침실을 하나 더 준비하라고 해야겠습니다. 이번 항해 때엔 괴혈병도 장티푸스도 걱정이 없지요. 의사와 이번에 한 분이 더 타게 되었으니 말입니다. 걱정이 있다면 약품이나 환약 때문이겠죠. 게다가 스페인 배로부터 사들인 약재가 산더미처럼 많답니다."

"무슨 말씀인지요?" 어리둥절한 헤스터는 놀라면서 물었다. "손님이 또 계신가요?"

"아, 아직 모르시군요." 하고 선장은 외쳤다. "여기 사는 그 의사 말이죠. 제 말로 칠링워드라고 한 그분이 당신네들과 같이 배를 타시겠다는군요. 잘 아실텐데요. 그분 말씀이 당신네들

괴혈병:비타민 C의 결핍으로 일어나는 병

be from drug or pill; more by token, as there is a lot of apothecary's stuff aboard, which I traded for with a Spanish vessel."

"What mean you?" inquired Hester, startled more than she permitted to appear. "Have you another passenger?"

"Why, know you not," cried the shipmaster, "that this physician here —Chillingworth, he calls himself —is minded to try my cabin-fare with you? Ay, ay, you must have known it; for he tells me he is of your party, and a close friend to the gentleman you spoke of, — he that is in peril from these sour old Puritan rulers!" "They know each other well, indeed," replied Hester, with a mien of calmness, though in the utmost consternation. "They have long dwelt together."

Nothing further passed between the mariner and Hester Prynne. But, at that instant, she beheld old Roger Chillingworth himself, standing in the remotest corner of the market-place, and smiling on her; a smile which — across the wide and bustling square, and through all the talk and laughter, and various thoughts, moods, and interests of the crowd —conveyed secret and fearful meaning.

---

apothecary:(고어)약제사, 약국 more by token=still more, the more so   is minded to=is disposed to, is inclined to   cabin-fare:선실의 식사 fare=food and drink consternation:대단히 놀람 bustling:혼잡한

과 동행이고 일전에 말씀하신 분과는 막역한 사이라는군요. 심술 사나운 이 곳 늙은 통치자들이 못살게 군다는 그분과 말이죠!"

"물론 두 분이야 잘 아시는 사이죠." 하고 헤스터는 태연스레 대답했으나 속으로는 소스라치게 놀랐다. "한 집에서 오래 사셨으니까요."

선장과 헤스터는 그 이상 이야기를 하진 않았다. 이때 마침 장터 저편 모퉁이에 서서 그녀를 보고 빙긋 웃는 로져 칠링워드의 모습이 먼발치로 바라다 보였다. 넓고 부산한 장터 네거리에서 갖가지 생각과 기분과 흥미에 잠긴 채 지껄이고 웃어대는 군중들 너머로 바라다보이는 그 웃음 속에는 남모를 무서운 뜻이 간직되어 있었다.

막역한:서로 허물없이 썩 친한

CHAPTER 22
The Procession

Before Hester Prynne could call together her thoughts, and consider what was practicable to be done in this new and startling aspect of affairs, the sound of military music was heard approaching along a contiguous street. It denoted the advance of the procession of magistrates and citizens, on its way towards the meeting-house; where, in compliance with a custom thus early established, and ever since observed, the Reverend Mr. Dimmesdale was to deliver an Election Sermon.

Soon the head of the procession showed itself, with a slow and stately march, turning a corner and making its way across the market-place. First came the music. It comprised a variety of instruments, perhaps imperfectly adapted to one another, and played with no great skill. she gazed silently and seemed to be borne upward, like a floating sea-bird, on the long heaves and swells of sound. But she was brought back to her former mood by the shimmer of the sunshine on the weapons and bright armor of the military company, which followed after the music,

---

call together:(생각 따위를) 정리하다   contiguous=neighbouring   denote:~을 나타내다   in compliance with=according to:~에 따라

제 22 장
행렬

　헤스터 프린이 정신을 차려 이 새롭고 놀라운 사태에 대해 취해야 할 길을 미처 생각하기도 전에 인접한 거리로 다가오는 군악대 소리가 들려왔다. 그 소리는 교회당으로 향하는 관원들과 주민들의 행렬이 가까워 옴을 알리는 것이었다. 교회당에서는 일찍이 관습을 따라 딤즈데일 목사가 선거 축하 연설을 하기로 되어 있었다.

　이윽고 행렬의 선두가 느리고도 위엄있게 나타나서 모퉁이를 돌아 장터를 횡단했다. 맨 먼저 악대가 눈에 띄었다. 갖가지 악기로 구성된 악대의 연주는 서로의 음률이 잘 맞지도 않았고 그 솜씨도 그다지 훌륭하진 못하지만 여러 가지 악기를 갖추고 있었다. 조용히 바라보는 펄은 물새처럼 길게 또는 드높게 굽이치는 군악의 물결을 타고 하늘로 끌려 올라가는 듯싶었다. 그러나 악대의 뒤를 이어 행렬의 열광스러운 호위의 구실을 하고 있는 군대의 병기와 빛나는 갑옷이 햇빛에 번쩍이는 것을 보자 다시 흥분된 상태로 되돌아갔다.

　그러나 분별 있는 구경꾼들의 눈에는 호위대 바로 뒤를 따라

and formed the honorary escort of the procession.

And yet the men of civil eminence, who came immediately behind the military escort, were better worth a thoughtful observer's eye. Even in outward demeanor, they showed a stamp of majesty that made the warrior's haughty stride look vulgar, if not absurd. It was an age when what we call talent had far less consideration than now, but the massive materials which produce stability and dignity of character a great deal more. These primitive states men, therefore, —Bradstreet, Endicott, Dudley, Bellingham, and their compeers, —who were elevated to power by the early choice of the people, seem to have been not often brilliant, but distinguished by a ponderous sobriety, rather than activity of intellect.

Next in order to the magistrates came the young and eminently distinguished divine, from whose lips the religious discourse of the anniversary was expected. His was the profession, at that era, in which intellectual ability displayed itself far more than in political life.

It was the observation of those who beheld him now that never, since Mr. Dimmesdale first set his foot on the New England shore, had he exhibited such energy as was seen in the gait and air with which he kept his pace in the pro-

---

honorary:명예스러운 honorary escort:의장대 eminence:고귀(지위, 신분, 명성 따위가) 높음 vulgar:천한, 야비한, 품위없는 conpeer:대등한 사람, 동료 ominously:불길하게 divine=person learned in theology(Dimmesdale을 가리킴) gait:걷는 모양, 걸음걸이

오는 훌륭한 고관대작들이 한층 더 가치있는 것처럼 보였다. 이들은 그 거동에까지도 위엄이 나타나 있었으므로 군인들의 거만스런 걸음걸이가 우스꽝스럽진 않아도 야비하게 보일 지경이었다. 당시는 이른바 재능이란 것이 오늘날에 비하여 훨씬 중요치 않았던 반면에 인간에게 착실되고 위엄있는 성격을 갖게 하는 무게 있는 요소들이 더 많은 중요성을 지닌 시대였다. 그러므로 브래드스트리트나 엔디코트나 더드레이나 벨링감이나 그들의 동료들과 같이―백성들의 초기 선거에 의하여 권력을 얻게 되었던 초기 정치가들은―별로 재간이 뛰어난 사람들은 아니었고 지능의 활동보다도 무게있는 근엄성으로 말미암아 두각을 나타냈었다.

관원들의 뒤에는 고명한 청년 목사가 따랐는데 실은 이 목사가 경축일의 설교를 하기로 되어 있었다. 당시에는 정치 생활보다는 그런 직업이 더 지적 능력을 발휘할 수 있었다.

지금 목사를 관찰한 사람들에 따르면 딤즈데일 목사가 뉴잉글랜드 해안에 처음으로 발을 들여놓은 후로 이 행렬에서 발을 맞춰 따라가는 이때처럼 힘찬 걸음걸이나 태도를 보인 적은 일찍이 없었다고 한다. 그러나 그 걸음걸이는 여느 때처럼 연약하진 않았다. 몸체도 꾸부정하지 않았고 그 손도 불길스레 가슴 위에 놓이진 않았다. 그러나 목사를 올바르게 관찰하게 되

고명한:이름이 널리 난

cession. There was no feebleness of step, as at other times; his frame was not bent; nor did his hand rest ominously upon his heart. Yet, if the clergyman were rightly viewed, his strength seemed not of the body. It might be spiritual, and imparted to him by angelic ministrations. And so he saw nothing, heard nothing, knew nothing, of what was around him; but the spiritual element took up the feeble frame, and carried it along, unconscious of the burden, and converting it to spirit like itself. Men of uncommon intellect, who have grown morbid, possess this occasional power of mighty effort, into which they throw the life of many days, and then are lifeless for as many more.

Hester Prynne, gazing steadfastly at the clergyman, felt a dreary influence come over her, but wherefore or whence she knew not; unless that he seemed so remote from her own sphere, and utterly beyond her reach. One glance of recognition, she had imagined, must needs pass between them. she thought of the dim forest.

And thus much of woman was there in Hester, that she could scarely forgive him, —least of all now, when the heavy footstep of their approaching Fate might be heard, nearer, nearer, nearer! —for being able so completely to

---

ministrations: 원조(aid), 봉사   come over=take possession of   unless that=except , if~ not   thought of=remembered   least of all now:~하는 지금 와서는 더욱이 나 할 수 없었다

면 그 힘은 육체의 힘이 아니라 정신의 힘으로 천사가 그에게 준 것이었는지도 모른다. 따라서 주변에서 벌어진 일은 보이지도 들리지도 않았고, 알 수도 없었다. 그러나 정신적인 요소가 그의 가냘픈 체구를 일으켜 무거운 줄도 모르고 이끌어 나가면서 그 자체보다 나은 정신으로 변화시키고 있었다. 지력이 비상한 사람들은 병적인 상태에 빠지면 이따금 이러한 굉장한 노력을 기울일 만한 힘을 갖게 마련인데 그들은 흔히 이런 노력에 며칠분의 생명을 투입한 나머지 그 후의 며칠 동안은 맥이 빠져 지내곤 한다.

한결같이 목사를 지켜보던 헤스터 프린은 쓸쓸한 무엇이 덮쳐 오는 것을 느꼈으나 그것이 무엇 때문이며 어디서 오는 것인지 알 수 없었다. 다만 목사가 그녀 자신의 세계에서 하도 멀리 떨어져서 도저히 제 손길이 미치지 못하는 곳에 있는 것만 같았다. 둘 사이에 한 번쯤은 눈길이 마주치려니 헤스터는 생각했었다. 그녀는 어둠침침한 그 숲 속에서의 일을 생각했다. 아무리 강한 헤스터라 할지라도 그녀 또한 여자였다. 그들의 운명의 무거운 발길이 점점 가까이 다가오는 이런 판국에 목사가 두 사람의 세계로부터 완전히 빠져나가 버리는 것을 그녀는 용서할 수 없었다. 헤스터가 어둠 속을 더듬으며 차가운 손을 내밀어도 목사를 찾아낼 수는 없었다.

---

withdraw himself from their mutual world; while she groped darkly, and stretched forth her cold hands, and found him not.

Pearl either saw and responded to her mother's feelings, or herself felt the remoteness and intangibility that had fallen around the minister. While the procession passed, the child was uneasy, fluttering up and down, like a bird on the point of taking light. When the whole had gone by, she looked up into Hester's face.

"Mother," said she, "was that the same minister that kissed me by the brook?"

"Hold thy peace, dear little Pearl!" whispered her mother. "We must not always talk in the market-place of what happens to us in the forest."

"I could not be sure that it was he; so strange he looked," continued the child. "Else I would have run to him, and bid him kiss me now, before all the people; even as he did yonder among the dark old trees. What would the minister have said, mother? Would he have clapped his hand over his heart, and scowled on me, and bid me be gone?"

"What should he say, Pearl," answered Hester, "save that it was no time to kiss, and that kisses are not to be

---

grope:손으로 더듬다　darkly=blindly　intangibility:만질 수 없음　hold thy peace=stop talking　else=in another case, under other circumstances　scowl:얼굴을 찡그리다, 노려보다

펄도 어머니의 심정을 알아차리고 이내 반응을 보였다. 아니면 아득하고도 붙잡을 수 없을 것 같은 기분이 목사의 둘레에 감돌고 있음을 스스로 느꼈는지도 모른다. 행렬이 지나가는 동안 펄은 불안스러운지 마치 금방이라도 날아가려는 새처럼 사뭇 퍼득거렸다. 행렬이 모두 지나가자 펄은 헤스터의 얼굴을 쳐다보았다.

"엄마, 저분이 냇가에서 내게 입맞췄던 바로 그 목사예요?" 하고 물었다.

"잠자코 있어라, 얘야." 하고 어머니는 속삭였다. "항상 숲 속에서 있었던 일은 광장에서 말해선 안돼."

"난 암만해도 그 분 같지가 않았어, 참 이상하게 보였어." 하고 펄은 말을 이었다. "그렇지 않다면 그 분에게로 달려가 여러 사람들 앞에서 입맞춰 달라고 했을걸. 저 침침한 고목 숲에서 해 주신 것처럼 말이야. 그랬다면 목사님은 뭐라고 하셨을까, 엄마? 가슴에다 손을 얹고 날 흘겨보면서 가라고 하셨을까?"

"글쎄, 뭐라고 하셨을까, 펄?" 하고 헤스터는 대답했다. "지금은 입맞출 때가 아냐. 그리고 광장에선 입맞추는 게 아니라고 하셨겠지. 그 따위 소릴 안 하길 잘했지. 바보 같으니!"

딤즈데일 목사에 대한 이와 비슷한 감정을 달리 나타낸 사람

given in the market-place? Well for thee, foolish child, that thou didst not speak to him!"

Another shade of the same sentiment, in reference to Mr. Dimmesdale, was expressed by a person whose eccentricities —or insanity, as we should term it —led her to do what few of the townspeople would have ventured on; to begin a conversation with the wearer of the scarlet letter, in public. It was Mistress Hibbins. As, this ancient lady had the renown (which subsequently cost her no less a price than her life) of being a principal actor in all the works of necromancy that were continually going forward, the crowd gave way before her, and seemed to fear the touch of her garment, as if it carried the plague among its gorgeous folds. Seen in conjunction with Hester Prynne, —kindly as so many now felt towards the latter, — the dread inspired by Mistress Hibbins was doubled, and caused a general movement from that part of the market-place in which the two women stood.

"Now, what mortal imagination could conceive it! whispered the old lady, confidentially to Hester. "Yonder divine man! That saint on earth, as the people uphold him to be, and as —I must needs say —he really looks! Who, now, that saw him pass in the procession, would think

---

well for thee:(~ 하지 않아서) 다행이었어 앞에 it가 생략됨 eccentricities:기괴함, 괴벽 necromancy=magic go forward=be done, take place in conjunction with=together with caused a general movement:사람들을 일제히 물러나게 했다 chewing=turning over in mind I warrant=no doubt take an airing:산책하다

이 있었다. 그녀의 괴팍한 성미 때문에—일종의 광기 때문이라고 할까—이 고장 사람들이 엄두도 못낼 일, 즉 서슴지 않고 주홍 글씨를 단 여인과 이야기를 시작했다. 그것은 히빈즈 부인이었다. 이 노파는 그 당시에도 여전히 성행하고 있던 마술의 주역 인물이라고 널리 알려져 있으므로(그 때문에 목숨까지 잃었지만) 군중들은 길을 피하고 그 화려한 주름 사이에 무슨 역병이라도 들어 있는 양 닿을까 두려워들 했다. 그녀가 헤스터 프린과 함께 있는 것을 보자—이제는 많은 사람들이 헤스터 프린에게 친절해졌지만—히빈즈 노파로해서 갑절이나 무서워진 군중들은 너나 할 것 없이 두 여인이 서 있는 곳에서 물러갔다.

"글쎄, 사람의 상상력으로 어떻게 그럴 수 있을까!" 하고 노파는 헤스터에게 은근히 속삭였다.

"저기 저 성스러운 분들 말이죠! 사람들은 지상의 성자라고 우러러보고—나도 그렇게 말할 수밖에 없지만—또 성자다워 보이지요! 행렬 속에 끼어 지나가는 목사를 보고 얼마 전에 저분이 서재를 빠져 나와서—분명히 히브리 성경의 귀절을 중얼거리면서—숲속을 산보했다고 누가 생각할 수 있겠어요. 하하! 헤스터 프린, 우리는 그 이유를 알고 있잖아요! 그런데 정말로 저분이 그 목사라고는 생각할 수 없구려. 난 악대 뒤를 따라가

역병:악성 유행병

how little while it is since he went forth out of his study, - chewing a Hebrew text of Scripture in his mouth, I warrant, —to take an airing in the forest! Aha! we know what that means, Hester Prynne! But, truly, forsooth, I find it hard to believe him the same man. Many a church-member saw I, walking behind the music, that has danced in the same measure with me, when Somebody was fiddler, and, it might be, an Indian powwow or a Lapland wizard changing hands with us! That is but a trifle, when a woman knows the world. But this minister! Couldst thou surely tell, Hester, whether he was the same man that encountered thee on the forest-path?"

"Madam, I know not of what you speak," answered Hester Prynne, feeling Mistress Hibbins to be of infirm mind, yet strangely startled and awe-stricken by the confidence with which she affirmed a personal connection between so many persons (herself among them) and the Evil One. "It is not for me to talk lightly of a learned and pious minister of the World, like the Reverend Mr. Dimmesdale!"

"Fie, woman, fie!" cried the old lady, shaking her finger at Hester. "Dost thou think I have been to the forest so many times, and have yet no skill to judge who else has

---

fiddler=violinist   powwow:북미인디언의 주술의사   Lapland wizard:현재는
스웨덴, 노르웨이, 핀란드 등의 일부가 되어 있는 곳   of infirm mind:마음이
약한 Evil One=Devil fie:경멸, 불쾌, 비난등을 나타내는 감탄사

는 교인들도 많이 보았는데 이들이 실은 '어떤 분'이 바이올린을 켜고 인디언 마술사나 래프랜드의 요술쟁이가 우리들과 함께 손을 잡고 춤을 추었을 때 그 곡조에 맞춰 함께 춤추었던 사람들이라오. 그러나 세상사를 잘 아는 여자에겐 그런 것쯤은 별것이 아니지. 그런데 저 목사가 말이지! 헤스터, 저 분이 당신이 오솔길에서 만났던 바로 그분이라고 장담할 수 있소?"

"부인 전 무슨 말씀인지 모르겠는데요." 하고 헤스터가 대답했다. 히빈즈 부인이 제 정신이 아니려니 생각하면서도 그녀가 많은 사람들과(그 중엔 자신도 포함되었고) 악마 사이에 개인적인 관계가 있음을 장담하는 자신만만한 태도를 보고 이상하리만큼 놀라웠고 두렵기도 했다. "저는 딤즈데일 목사님처럼 유식하고 경건한 분을 두고 이러니 저러니 말할 순 없어요."

"흥! 이봐, 왜 이래." 하고 노파는 헤스터에게 삿대질을 하면서 외쳤다. "번번히 숲 속을 드나든 내가 누가 거길 다녀왔는지도 알아낼 재주가 없는 줄 알았소? 숲 속에서 춤출 때 머리에 썼던 들꽃 화환 잎새가 남아 있지 않더라도 난 다 알 수 있어! 헤스터가 숲속에 갔던 것도 죄다 알고 있지. 그 표적을 보았으니까 말이야. 햇빛이 비치는 곳에선 물론 누구에게나 잘 보이지. 그런데 어두운 곳에서도 그 놈은 새빨간 불길처럼 타오르거든, 당신은 버젓히 달고 다니니까 별문제가 아니지만. 저

어떤 분:숲속의 마왕

been there? Yea; though no leaf of the wild garlands, which they wore while they danced be left in their hair! I know thee, Hester; for I behold the token. We may all see it in the sunshine; and it glows like a red flame in the dark Thou wearest it openly; so there need be no question about that. But this minister! Let me tell thee, in thine ear! When the Black Man sees one of his own servants, signed and sealed, so shy of owning to the bond as is the Reverend Mr. Dimmesdale, he hath a way of ordering matters so that the mark shall be disclosed in open daylight to the eyes of all the world! What is it that the minister seeks to hide, with his hand always over his heart? Ha, Hester Prynne!"

"What is it, good Mistress Hibbins?" eagerly asked little Pearl. "Hast thou seen it?"

"No matter, darling!" responded Mistress Hibbins, making Pearl a prolonged reverence. "Thou thyself wilt see it, one time or another. They say, child, thou art of the lineage of the Prince of the Air! Wilt thou ride with me, some fine night, to see thy father? Then thou shalt know wherefore the minister keeps his hand over his heart!"

Laughing so shrilly that all the market-place could hear her, the weird old gentlewoman took her departure.

---

garland:화환, 화관　hath:have　no matter=never mind, it is of no consequence
lineage:자손　prince of the air=satan

목사는 말이야! 귀 좀 가까이 대구려. 마왕께선 딤즈데일 목사처럼 부하가 되기로 서명을 하고도 약속을 어기면 그 표적이 온 세상에 드러나게 하시거든! 저 목사가 늘 가슴 위에 손을 얹고 감추려는 게 도대체 무엇일까? 응? 헤스터 프린!"

"히빈즈 부인, 그게 정말 무엇일까요?" 하고 어린 펄은 정색을 하며 물었다." 할머닌 그걸 본 적이 있으세요?"

"별거 아냐, 아가." 하고 히빈즈 부인은 펄에게 정중히 인사를 하면서 대답했다.

"언제고 네 눈으로 보게 되겠지. 그런데 아가, 너는 마왕의 피를 받았다고들 하더구나. 언제고 맑은 날 밤에 나와 함께 말을 타고 네 아버지를 뵈러 가련? 그러면 목사님은 무엇 때문에 가슴에 손을 얹고 다니는지 알게 될 거야."

늙은 마녀는 온 광장 사람들에게 들릴 만큼 크게 웃으면서 가 버렸다.

이 때 이미 교회당에선 개회 기도가 끝나고 설교를 시작하는 딤즈데일 목사의 음성이 들렸다. 억누를 길 없는 심정에서 헤스터는 교회당 가까이로 갔다. 성당 안은 청중들로 가득차서 한 사람도 들어갈 수 없었으므로 그녀는 처형대 바로 옆에 자리잡았다. 그 곳은 설교가 잘 들릴 만큼 가까워서 유달리 특징이 있는 목사의 음성이 분명친 않아도 갖가지 억양을 타고 시

By this time the preliminary prayer had been offered in the meeting-house, and the accents of the Reverend Mr. Dimmesdale were heard commencing his discourse. An irresistible feeling kept Hester near the spot. As the sacred edifice was too much thronged to admit another auditor, she took up her position close beside the scaffold of the pillory. It was in sufficient proximity to bring the whole sermon to her ears, in the shape of an indistinct, but varied, murmur and flow of the minister's very peculiar voice.

This vocal organ was in itself a rich endowment; insomuch that a listener, comprehending nothing of the language in which the preacher spoke, might still have been swayed to and fro by the mere tone and cadence. Like all other music, it breathed passion and pathos, and emotions high or tender, in a tongue native to the human heart, wherever educated. Muffled as the sound was by its passage through the church-walls, Hester Prynne listened with such intentness, and sympathized so intimately, that the sermon had throughout a meaning for her, entirely apart from its indistinguishable words. These, perhaps, if more distinctly heard, might have been only a grosser medium, and have clogged the spiritual sense.

---

throng:모여들다, 붐비다   auditor=listener   in sufficient proximity to=near enough to   endowment:기부, 자질, 재능   insomuch that=to such an extent that, so that   pathos:비애, 비감   by its passage through=by passing through   clog:방해하다

냇물이 흐르듯이 들려왔다. 목사의 음성은 하나의 재능이었다. 따라서 청중들은 설교의 뜻을 이해 못하더라도 그 억양만으로도 몸을 부르르 떨 지경이었다.

모든 음악들처럼 목사의 음성은 어디서 교육받은 청중이건 간에 그들만의 언어로써 정열과 애수와 고상하고 혹은 부드러운 정서를 내뿜었다. 교회당 벽을 거쳐 들려오는 목사의 말소리는 분명치는 않았다. 그러나 헤스터 프린이 온갖 신경을 기울여 듣고 충심으로 공감을 해선지 말이 분명친 않아도 설교 전체가 그녀에겐 하나의 뚜렷한 의미를 지닌 것이었다. 그의 말이 좀더 분명히 들렸더라면 오히려 불순한 매개물이 되어서 정신적인 의미를 전달하는 데 방해가 되었을지도 모른다.

그녀는 마치 바람이 휴식을 취하기 위해 가라앉는 것 같은 낮은 목소리에 사로잡혔다. 그러다가 설교가 점차 달콤하고 힘차게 고조되어 감에 따라, 그녀의 마음도 함께 고조되었고, 마침내 그 풍부한 목소리는 경외심과 엄숙하고 장엄한 분위기로 그녀를 감싸안는 기분을 느꼈다. 그 목소리는 때때로 위엄 있는 것처럼 보였지만, 그 속에는 항상 본질적인 애조가 깔려 있었다. 큰 소리나 낮은 소리나 번민의 표현이었다.

속삭임이나 절규는 인간의 고뇌를 나타내는 것이었으므로, 그것은 모든 사람의 가슴속에 있는 감수성을 자극했다. 때로는

공감:남의 의견이나 논설 따위에 대하여 자기도 그러하다고 느낌
매개물:매개의 대상이 되는 물건

Now she caught the low undertone, as of the wind sinking down to repose itself; then ascended with it, as it rose through progressive gradations of sweetness and power, until its volume seemed to envelop her with an atmosphere of awe and solemn grandeur. And yet, majestic as the voice sometimes became, there was forever in it an essential character of plaintiveness. A loud or low expression of anguish, —the whisper, or the shriek, as it might be conceived, of suffering humanity, that touched a sensibility in every bosom! At times this deep strain of pathos was all that could be heard, and scarcely heard, sighing amid a desolate silence. But even when the minister's voice grew high and commanding, —when it gushed irrepressibly upward, —when it assumed its utmost breadth and power, so overfilling the church as to burst its way through the solid walls and diffuse itself in the open air, —still, if the auditor listened intently, and for the purpose, he could detest the same cry of pain. What was it? The complaint of a human heart, sorrow-laden, perchance guilty, telling its secret, whether of guilt or sorrow, to the great heart of mankind; beseeching its sympathy or forgiveness, —at every moment, —in each accent, —and never in vain! It was this profound and continual undertone that gave the

---

ascend:올라가다, 고조되다 gradation:계급, 단계적 변화 grandeur:장대, 장엄 plaintive:애달픈 shriek:비명지르다, 날카로운 소리를 내다, 비명 overfill:넘치도록 가득히 되다. diffuse:발산시키다 perchance:우연히, 아마 beseech:간청, 탄원하다 sympathy:동정

깊은 비애의 선율만을 들을 수 있었고, 절망적인 침묵의 한 가운데서 탄식 소리만 겨우 들을 수 있었다.

그러나 목사의 목소리가 고조되고 위풍당당해졌을 때, 그것이 억누를 수 없게 용솟음 치며 상승되었을 때 극도의 진폭과 힘을 가지고 있어서 견고한 벽을 뚫고 밖으로 빠져나갈 정도로 교회 안에 넘치도록 가득 찼을 때, 만일, 청중들이 어떤 목적을 가지고 열심히 듣는다면, 그는 목사의 고통스런 절규를 듣게 될 것이다.

그것은 무엇인가? 그것은 아마도 죄의 비밀이건 슬픔의 비밀이건 간에 슬픔의 짐을 지고 죄책감을 느끼는 인간의 양심이 인류의 거대한 마음에 호소하는 것이다. 매 순간마다 동정이나 용서를 간절히 원하고 있었고, 그것은 결코 헛되지 않았다. 목사에게 가장 적당한 힘을 부여해 준 것은 심오하고도 끊임없는 저음의 목소리였다.

설교 시간 내내, 헤스터는 교수대 밑에 동상처럼 서 있었다. 만약 목사의 목소리가 그녀를 붙잡아 놓지 않았다 하더라도 그녀의 치욕적인 삶이 최초로 시작된 그곳에는 피할 수 없는 자력이 하나의 얼룩으로 남아 있었다. 그녀의 마음속에는 하나의 느낌이, 하나의 생각을 만들 만큼 명백하지는 못했지만, 그녀의 마음을 무겁게 누르고 있었다. 즉, 이전과 이후의 그녀의 삶 전

clergyman his most appropriate power.

During all this time, Hester stood, statue-like, at the foot of the scaffold. If the minister's voice had not kept her there, there would nevertheless have been an inevitable magnetism in that spot, whence she dated the first hour of her life of ignominy. There was a sense within her, —too ill-defined to be made a thought, but weighing heavily on her mind, —that her whole orb of life, both before and after, was connected with this spot, as with the one point that gave it unity.

Little Pearl, meanwhile, had quitted her mother's side, and was playing at her own will about the market-place. She made the sombre crowd cheerful by her erratic and glistening ray; even as a bird of bright plumage illuminates a whole tree of dusky foliage by darting to and fro, half seen and half concealed amid the twilight of the clustering leaves. She had an undulating, but, oftentimes, a sharp and irregular movement. It indicated the restless vivacity of her spirit, which to-day was doubly indefatigable in its tiptoe dance, because it was played upon and vibrated with her mother's disquietude. Whenever Pearl saw anything to excite her ever-active and wandering curiosity, she flew thitherward, and, as we might say,

---

appopriate:적당한 sombre:음침한 inevitable:필연적인 magnetism:자기작용
orb:궤도 erratic:변덕쟁이, 별난 plumage:깃, 좋은 옷 dusky:우울한, 어두운
foliage:잎 cluster:떼를 이루다, 송이 undulate=move vivacity:쾌활
indefatigable:끈질긴 disquietude:불안

체가 이 점과 긴밀하게 연결되어 있으며, 바로 이 곳이 그녀의 삶을 일관성 있게 묶어 주는 하나의 기점과도 같다는 느낌이다.

그 동안 어린 펄은 엄마 곁을 떠나 광장에서 자기 멋대로 놀고 있었다. 그녀는 자신이 지닌 유별나고도 반짝이는 빛으로 우울한 군중들의 기분을 활기차게 만들어 주었다. 그것은 마치 가벼운 깃털을 가진 새가 거무스름하고 잎이 무성한 나뭇잎 사이를 이리저리 날아다님으로써 잎이 우거진 나무 전체를 밝게 해 주는 것과 같았다. 그녀는 물결이 이는 것처럼 움직이기도 하고, 때로는 날카롭고 종잡을 수 없는 동작을 취하기도 했다.

그것은 그녀 정신의 끊임없는 활력을 보여 준다. 오늘 특히 지칠 줄 모르고 발 끝으로 춤을 추는 걸 보면 두 배쯤 생기가 있어 보인다. 왜냐 하면 그것은 어머니의 마음의 동요에 따라 함께 움직였기 때문이다. 펄은 어떤 흥미 있는 것을 보거나 호기심을 자극할 만한 것이 나타나면 언제나 그 쪽으로 달려갔으며, 그것이 사람이건 물건이건 간에 욕심이 나면 마치 자기 것처럼 움켜잡았다. 그러나 그에 대한 보답으로 자신의 행동을 통제하거나 양보할 줄을 몰랐다.

청교도들이 펄을 보고 미소지었다 해도, 그녀의 작은 몸에서 발산되어 그 동작과 함께 번뜩이는 아름다움과 기발함이 뒤엉

기점:시작하는 곳
발산:퍼져서 흩어짐

seized upon that man or thing as her own property, so far as she desired it; but without yielding the minutest degree of control ova her motions in requital. The Puritans looked on, and, if they smiled, were none the less inclined to pronounce the child a demon offspring, from the indescribable charm of beauty and eccentricity that shone through her little figure, and sparkled with its activity. She ran and looked the wild Indian in the face; and he grew conscious of a nature wilder than his own. Thence, with native audacity, but still with a reserve as characteristic, she flew into the midst of a group of mariners, the swarthy-cheeked wild men of the ocean, as the Indians were of the land; and they gazed wonderingly and admiringly at Pearl, as if a flake of the sea-foam had taken the shape of a little maid, and were gifted with a soul of the sea-fire, that flashes beneath the prow in the night-time.

One of these searfaring men —the shipmaster, indeed, who had spoken to Hester Prynne —was so smitten with Pearl's aspect, that he attempted to lay hands upon her, with purpose to snatch a kiss. Finding it as impossible to touch her as to catch a humming-bird in the air, he took from his hat the gold chain that was twisted about it, and threw it to the child. Pearl immediately twined it around

---

requital:보답, 보상　audacity:대담무쌍　mariner:선원, 수부　swarthy:(피부, 안색이)거무스름한　flake:조각, 불꽃　aspect:관점, 모습　prow:뱃머리　be so smitten with:~에 완전히 매혹되어

킨 형언할 수 없는 매력을 볼 때 이 아이가 악마의 자식이라고 말하지 않을 수 없었다. 그녀가 달려가서 사나운 인디언의 얼굴을 쳐다보면, 그 인디언은 그녀가 자신보다도 더 야성적인 천성을 지녔음을 깨닫게 된다.

그 후 아이는 타고난 대담성과 또 하나의 특성인 조심성을 가지고 선원들이 무리 지어 있는 한 가운데로 뛰어들었다. 선원들은, 인디언이 육지의 야만인인 것처럼 얼굴이 구릿빛으로 탄 바다의 야만인들이었다. 선원들은 이상하게 여기면서 놀란 듯이 펄을 응시했다. 마치 바다의 물거품이 작은 계집아이의 형상을 하고 밤중에 뱃머리 밑에서 빛나는 바닷물의 영혼을 받고 나타난 것 같았다.

선원들 중의 한 사람, 사실은 헤스터 프린과 이야기를 나눈 선장이 펄의 모습이 너무 귀여워서 입을 맞추려고 손을 내밀어 그녀를 끌어안으려고 했다. 그러나 그는 펄을 잡는 것이 하늘의 벌새를 잡는 것만큼이나 불가능하다는 사실을 깨닫고, 대신 모자에 감겨 있던 황금 사슬을 그녀에게 던져 주었다. 펄은 즉시 능숙한 솜씨로 그것을 목과 허리에 감았다. 황금 사슬은 곧 펄의 신체의 일부처럼 되어 버려, 그것을 감지 않은 그녀의 모습은 상상하기가 어려웠다.

"저기 주홍 글씨를 달고 있는 여자가 네 엄마지?" 선장이 말

벌새:새 가운데 가장 작으며 주로 꽃의 꿀이나 곤충을 먹음

her neck and waist, with such happy skill, that, once seen there, it became a part of her, and it was difficult to imagine her without it.

"Thy mother is yonder woman with the scarlet letter," said the seaman. "Wilt thou carry her a message from me?"

"If the message pleases me, I will," answered Pearl.

"Then tell her," rejoined he, "that I spake again with the black-a-visaged, hump-shouldered old doctor, and he engages to bring his friend, the gentleman she wots of, aboard with him. So let thy mother take no thought, save for herself and thee. Wilt thou tell her this, thou witchbaby?"

"Mistress Hibbins says my father is the Prince of the Air!" cried Pearl, with a naughty smile. "If thou callest me that ill name, I shall tell him of thee, and he will chase thy ship with a tempest!"

Pursuing a zigzag course across the market-place, the child returned to her mother, and communicated what the mariner had said. Hester's strong, calm, steadfastly enduring spirit almost sank, at last, on beholding this dark and grim countenance of an inevitable doom, which —at the moment when a passage seemed to open for the minister

---

wot:wit의 직설법 현재   wots of=knows of   thou:그대는 thee:그대를
naughty:장난의, 음탕한 pursuing=fallowing zigzag:꼬불꼬불하게

했다. "엄마에게 내 말을 좀 전해 주겠니?"

"그 말이 내 맘에 들면 그렇게 하죠" 펄이 대답했다.

"그럼 엄마에게 말해 줘" 그가 말했다. "내가 얼굴이 검고 어깨가 굽은 늙은 의사와 다시 이야기했는데, 그 의사가 엄마도 알고 있는 신사 분인 자기 친구를 데리고 함께 배에 타겠다고 약속했다고 전해라. 그러니까 엄마는 자신과 너 두 사람의 일만 신경 쓰고, 다른 걱정은 할 필요가 없다고 전해 주겠니? 이 꼬마 마녀야."

"하빈스 아줌마가 우리 아빠는 마왕이랬어요!" 펄은 장난스러운 미소를 지으면서 소리쳤다. "만약 나를 그런 나쁜 이름으로 부르면, 우리 아빠한테 말을 할 거예요, 그러면 그는 폭풍을 일으켜 아저씨의 배를 혼내 줄 거라고요."

펄은 이리 저리 사람들을 지나 광장에 가서 엄마에게 선장의 말을 전했다. 헤스터의 강인하고 침착하고 오랫동안 견뎌 온 정신도 이 피할 수 없는 운명 앞에서는 거의 무너져 버렸다. 이 운명은, 목사와 그녀가 비참한 미로에서 벗어나도록 그들을 위해 길이 열린 것처럼 보였던 순간에, 잔인한 미소를 지으면서 두 사람의 길 한 가운데로 나타났던 것이다.

선장의 전갈로 인해 생긴 암담한 당혹감에 괴로워하고 있을 때, 그녀는 또 다른 시련에 부딪히게 되었다. 부근의 시골에서

미로:출구를 찾기 어려운 길.

and herself out of their labyrinth of misery —showed itself, with an unrelenting smile, right in the midst of their path.

With her mind harassed by the terrible perplexity in which the shipmaster's intelligence involved her, she was also subjected to another trial. There were many people present, from the country round about, who had often heard of the scarlet letter, and to whom it had been made terrific by a hundred false or exaggerated rumors, but who had never beheld it with their own bodily eyes. These, after exhausting other modes of amusement, now thronged about Hester Prynne with rude and boorish intrusiveness. Unscrupulous as it was, however, it could not bring them nearer than a circuit of several yards. At that distance they accordingly stood, fixed there by the centrifugal force of the repugnance which the mystic symbol inspired. The whole gang of sailors, likewise, observing the press of spectators, and learning the purport of the scarlet letter, came and thrust their sunburnt and desperado-looking faces into the ring. Even the Indians were affected by a sort of cold shadow of the white man's curiosity, and gliding through the crowd, fastened their snake-like black eyes on Hester's bosom; conceiving, perhaps, that the wearer of this brilliantly embroidered badge must needs be a personage of high dignity among her peo-

---

labyrinth:미궁, 미로 unrelenting:무정한 harass:괴롭히다 perplexity:당황, 난처, 혼란 bodily eyes:육안 boorish:야비한, 촌스런 instrust:맡기다 unscrupulous:거리낌없는 centrifugal:원심성의 repugnance:혐오, 반감 mystic symbol=the scarlet letter sunburnt:햇볕에 탄 gliding:미끄러지는

올라온 많은 사람들이 그녀 주변에 있었는데, 그들은 종종 주홍 글씨에 대해 들은 적이 있고 거짓되거나 과장된 수많은 소문들로 인해 주홍 글씨를 무서워하고 있었으나, 실제로 그것을 본 적은 없었다. 이들은 다른 오락거리들을 모두 구경한 후에, 이제 무례하고 방자한 태도로 헤스터 프린에게로 모여들었다.

그러나 그들이 비록 몰염치하기는 했으나, 그것이 그들을 몇 야드 되는 원 안쪽으로 다가서게 할 수는 없었다. 그들은 그만큼의 거리를 두고, 이 신비한 표시가 자아내는 혐오의 원심력 때문에 그 자리에 멈춰서 있는 것이었다. 마찬가지로 선원들도, 구경꾼들이 몰려드는 것을 보자 주홍 글씨를 달게 한 목적을 알고 있는지라 햇빛에 그을은 악당 같은 얼굴들을 사람들 틈 사이로 내밀었다. 심지어 인디언들도 백인들의 호기심의 분위기에 전염되어 군중들을 비집고 들어와 뱀 같은 검은 눈으로 헤스터의 가슴을 쳐다보았다.

그들은 아마 그 찬란하게 수놓은 표시를 달고 있는 여인이 그녀의 민족 중에서도 가장 고결한 신분의 여자임에 틀림없다고 생각했을 것이다. 마지막으로 이 도시의 주민들(이 진부한 화제에 대한 그들의 관심이 타인의 반응에 자극되어 서서히 활기를 띠었다)까지도 그 장소를 어슬렁거리면서 늘 보아 오던 그녀의 치욕의 표시를 다른 고장의 사람들보다 한층 더 냉담한

방자:꺼리거나 삼가는 태도가 없이 교만함.

ple. Lastly, the inhabitants of the town (their own interest in this worn-out subject languidly reviving itself, by sympathy with what they saw others feel) lounged idly to the same quarter, and tormented Hester Prynne, perhaps more than all the rest, with their cool, well-acquainted gaze at her familiar shame. Hester saw and recognized the self-same faces of that group of matrons, who had awaited her forthcoming from the prison-door, seven years ago; all save one, the youngest and only compassionate among them, whose burial-robe she had since made. At the final hour, when she was so soon to fling aside the burning letter, it had strangely become the centre of more remark and excitement, and was thus made to sear her breast more painfully than at any time since the first day she put it on.

While Hester stood in that magic circle of ignominy, where the cunning cruelty of her sentence seemed to have fixed her forever, the admirable preacher was looking down from the sacred pulpit upon an audience whose very inmost spirits had yielded to his control. The sainted minister in the church! The woman of the scarlet letter in the market-place! What imagination would have been irreverent enough to surmise that the same scorching stigma was on them both!

---

worn-out subject:낡아빠진 화제   lounge:빈둥거리다, 어슬렁거리다
quarter:place burial-robe:수의 puipit:설교단 irreverent:불경한 surmise:추측하다, 억측하다 stigma:오명, 치욕, 낙인

얼굴로 쳐다보며 헤스터 프린을 괴롭혔다.

헤스터는 그들을 보고 그들이 칠년 전 감옥문을 나서는 자신을 구경하기 위해 기다리고 서 있던 바로 그 여자들임을 알았다. 그러나 그 당시 가장 젊고 유일하게 동정심을 보여 주었던 한 사람이 빠져 있었다. 헤스터는 후에 그 여자의 수의를 만들어 준 일이 있었다. 최후의 시간, 그녀가 가슴에서 불타고 있는 주홍 글씨를 떼어버리려는 이 마지막 고비에, 주홍 글씨는 이상하게도 그녀가 처음으로 가슴에 단 이후의 그 어느 때보다도 더 사람들의 흥분과 주목의 초점이 되었고, 더 고통스럽게 그녀의 가슴을 불태우는 것이었다.

헤스터는 그 치욕의 마술의 원 안에 서 있었다. 그녀에게 내려진 교활하고도 잔인한 선고는 그녀를 영원히 그 원 속에 묶어 둔 것 같았다. 그 동안에 존경받는 목사는 신성한 설교단 위에서 자신들의 가장 은밀한 영혼까지 그의 통제하에 맡긴 청중들을 내려다보고 있었다.

교회에 서 있는 성자 같은 목사! 광장에 서 있는 주홍 글씨를 단 여인! 살을 태우는 똑같은 낙인이 이 두 사람의 가슴 위에 똑같이 있다는 것을 누가 상상이나 할 수 있었을까!

CHAPTER 23
The Revelation

The eloquent voice, on which the souls of the listening audience had been borne aloft as on the swelling waves of the sea, at length came to a pause. There was a momentary silence, profound as what should follow the utterance of oracles. Then ensued a murmur and half-hushed tumult; as if the auditors, released from the high spell that had transported them into the region of another's mind, were returning into themselves, with all their awe and wonder still heavy on them. In a moment more, the crowd began to gush forth from the doors of the church. Now that there was an end, they needed other breath, more fit to support the gross and earthly life into which they relapsed, than that atmosphere which the preacher had converted into words of flame, and had burdened with the rich fragance of his thought.

In the open air their rapture broke into speech. The street and the market-place absolutely babbled, from side to side, with applauses of the minister. His hearers could not rest until they had told one another of what each knew

---

eloquent:웅변의, 감동적인 oracle:신탁, 성경　utterance:발언　tumult:소란 gush:내뿜다　relapse:(원래의 좋지않은 상태, 습관으로)되돌아가다, 타락하다　rapture:광희　babble:지껄이다

제 23 장
폭로

저 유창한 목소리, 청중들의 영혼을 마치 바다의 물결 위에 올려놓은 것 같았던 설교가 드디어 끝났다. 신탁의 말씀이 끝난 뒤에 뒤따라오는 것과 같은 침묵이 잠시 동안 흘렀다. 그러다가 속삭임과 목소리를 낮춘 웅성거림이 일어났다. 그것은 마치 청중들이 자신들을 다른 사람들의 정신 영역 속에 사로잡히게 한 뛰어난 마술로부터 벗어나 아직도 그들을 누르고 있는 두려움과 경이감을 느끼면서 본래의 모습으로 되돌아가고 있는 것 같았다. 잠시 후에 군중들이 교회의 문으로부터 쏟아져 나왔다.

지금은 설교가 끝났기 때문에 그들은 설교자가 불꽃 같은 언어로 채워 놓고 그의 풍부한 사상의 향기로 채우고 있던 공기보다는 그들이 돌아갈 혼탁한 세상의 생활을 보내기 위해 보다 더 적절한 공기를 필요로 했던 것이다.

밖으로 나오자 그들의 감격은 말로 변했다. 길거리와 광장의 여기 저기에서는 목사를 칭찬하는 소리가 들끓었다. 청중들은 무어라 표현할 수 없는 자신들의 느낌을 서로 토론하지 않고는 직성이 풀리지 않을 것 같았다. 그들의 일치된 증언에 따르면, 오늘 설교를 한 목사만큼 그렇게 현명하고, 고상하고, 성스러운

신탁:신이 사람을 매개로 하여 그의 의사를 표현하는 일

better than he could tell or hear. According to their united testimony, never had man spoken in so wise, so high, and so holy a spirit, as he that spake this day; nor had inspiration ever breathed through mortal lips more evidently than it did through his. Its influence could be seen, as it were, descending upon him, and possessing him, and continually lifting him out of the written discourse that lay before him, and filling him with ideas that must have been as marvellous to himself as to his audience. His subject, it appeared, had been the relation between the Deity and the communities of mankind, with a special reference to the New England which they were here planting in the wilderness. And, as he drew towards the close, a spirit as of prophecy had come upon him, constraining him to its purpose as mightily as the old prophets of Israel were constrained; only with this difference, that, whereas the Jewish seers had denounced judgments and ruin on their country, it was his mission to foretell a high and glorious destiny for the newly gathered people of the Lord. But, throughout it all, and through the whole discourse, there had been a certain deep, said undertone of pathos, which could not be interpreted otherwise than as the natural regret of one soon to pass away. Yes; their minister whom

---

testimony:증거, 진술서   the Deity=God   prophet:예언자   denounce:비난하다, 매도하다

영혼을 가진 사람은 없었다는 것이다. 말하자면 하나님의 영감이 그에게 내려와 그를 충만하게 해서 설교문 원고로부터 보다 높은 영감의 세계로 끌어올려서 청중들은 물론 목사 자신에게도 놀라운 사상과 감동을 불어넣어 주는 것을 환히 볼 수 있었다는 것이다.

그의 주제는 신과 인류 사회와의 관계에 대한, 특별히 그들이 지금 황무지 위에다 건설하려고 하는 뉴잉글랜드와 연관된 것이었다. 그리고 그의 설교가 끝나 갈 무렵 예언의 영이 그에게 내려와서, 그로 하여금 이스라엘의 예언자들이 촉구받은 것처럼 강력하게 그 예언의 목적을 따르지 않으면 안 되게 하였다. 단지 유대의 예언자들과 다른 점이 있다면, 그들은 자기네 나라에 대한 심판과 멸망을 예언했지만, 그의 사명은 이 땅에 새로 모여든 주님의 백성을 위하여 높고 영광스러운 운명을 예언하는 것이었다는 점이다.

그러나 그의 설교 전체에는 곧 이 세상을 떠날 사람이 가지고 있는 자연스러운 비애라고 밖에 달리 해석될 수가 없는 어떤 깊고 슬픈 저음이 깔려 있었다. 그렇다. 그들이 사랑했던 목사, 그들 모두를 사랑했기 때문에 탄식 없이 천국의 길로 떠날 수 없었던 목사는 그에게 임할 죽음의 징조를 가지고 있었다. 그는 곧 그들을 비탄의 눈물에 젖게 한 채 홀로 이 세상을 떠나게 될 것이다! 이 세상에 오래 머물지 못할 사람이라는 생각

영감:신의 계시로 받은 것 같은 느낌

they so loved —and who so loved them all, that he could not depart heavenward without a sigh —had the foreboding of untimely death upon him, and would soon leave them in their tears! This idea of his transitory stay on earth gave the last emphasis to the effect which the preacher had produced; it was as if an angel, in his passage to the skies had shaken his bright wings over the people for an instant, -at once a shadow and a splendor, — and had shed down a shower of golden truths upon them.

Thus, there had come to the Reverend Mr. Dimmesdale -as to most men, in their various spheres, though seldom recognized until they see it far behind them —an epoch of life more brilliant and full of triumph than any previous one, or than any which could hereafter be. He stood, at this moment, on the very proudest eminence of superiority, to which the gifts of intellect, rich lore, prevailing eloquence, and a reputation of whitest sanctity, could exalt a clergyman in New England's earliest days, when the professional character was of itself a lofty pedestal. Such was the position which the minister occupied, as he bowed his head forward on the cushions of the pulpit, at the close of his Election Sermon. Meanwhile Hester Prynne was standing beside the scaffold of the pillory, with the scarlet

---

untimely:시기상조의   transitory:무상한   passage to the skies:하늘로 날아오 를 때   epoch:시대, 획기적인 사건   eminence:고위, 명성   sanctity:고결, 신성, 신성한 의무   exalt:찬미하다(=glorify)   pedestal:주춧대, 기초   cushions:(설 교대위에 성서를 놓는)받침방석   pillory:형틀

이 설교자가 빚어낸 인상을 한층 더 강조해 주었다.

그것은 마치 천사가 하늘 나라로 날아가는 도중에 잠시 동안 그들 백성들 위에 그 찬란한 날개를 흔들어서 그것은 그늘이자 광채였다. 그들에게 황금 같은 진리의 소나기를 퍼붓는 것 같았다.

세상의 다양한 분야에 종사하는 대부분의 사람들은 자신들의 인생에서 가장 찬란하게 빛나는 인생행로의 한 시기를 맞이하게 되는데 이 시기가 지나간 이후에야 비로소 그것을 깨닫게 된다. 딤즈데일 목사에게도 이처럼 찬란하고 승리로 가득찬 인생의 시기가 찾아온 것이다.

이 순간에 그는 우월함의 가장 높은 위치에 서 있었다. 목사라는 직업 자체만으로도 남보다 높은 지위에 있을 수 있었던 뉴잉글랜드 개척 시대의 목사가 천부적인 지력, 풍부한 학식, 설득력 있는 웅변, 흠없이 경건하다는 평판 등을 지님으로써 오를 수 있는 최고의 위치였다.

그가 선거 축하 설교를 마치고 단상에 있는 목사의 자리로 가서 고개를 숙였을 때, 그의 위치가 이와 같은 것이었다. 그동안에도 헤스터 프린은 여전히 교수대 옆에 서 있었으며, 주홍 글씨는 여전히 그녀의 가슴 위에서 불타고 있었다. 이윽고 또다시 악대의 음악 소리와 교회 문을 나서는 의장대의 규칙적인 발소리가 들렸다. 행렬은 거기서부터 공회당 앞으로 행진하

letter still burning on her breast!

Now was heard again the clangor of music, and the measured tramp of the military escort, issuing from the church-door. The procession was to be marshalled thence to the town-hall, where a solemn banquet would complete the ceremonies of the day.

Once more, therefore, the train of venerable and majestic fathers was seen moving through a broad pathway of the people, who drew back reverently, on either side, as the Governor and magistrates, the old and wise men, the holy ministers, and all that were eminent and renowned, advanced into the midst of them. When they were fairly in the market-place, their presence was greeted by a shout. This —though doubtless it might acquire additional force and volume from the childlike loyalty which the age awarded to its rulers —was felt to be an irrepressible outburst of enthusiasm kindled in the auditors by that high strain of eloquence which was yet reverberating in their ears. Each felt the impulse in himself, and, in the same breath, caught it from his neighbor. Within the church, it had hardly been kept down; beneath the sky, it pealed upward to the zenith. There were human beings enough, and enough of highly wrought and symphonious feeling,

---

clangor:쨍그랑, 땡땡(금속성의 소리)   marshal:배열하다, 정렬시키다
banquet:연회 magistrate:치안판사   reverberate:반향, 반사하다   in the same
breath=at the same moment   peal:울려퍼지다   zenith:천정:정점, 절정
symphonious:조화된

였으며, 그곳에서 장엄한 만찬회를 개최하고 나서 이 날의 모든 의식은 끝나게 되어 있었다. 그리하여 한번 더 덕망이 높고 위엄이 있는 원로들이 군중들 사이의 넓은 길을 지나오는 것을 볼 수 있었다. 군중들은 지사와 관리들, 늙고 현명한 사람들과 존귀한 목사들, 저명한 유지들이 그들의 한가운데로 나오자 길 양쪽으로 정중하게 물러서며 길을 터 주었다. 그들이 광장 가운데로 진입했을 때 군중들은 환호성을 올리며 그들을 맞았다. 이것은—그 시대가 통치자들에게 바쳤던 어린아이와 같은 충성심으로 인해 그 환호성은 한층 힘차게 울렸을 것임에 틀림없지만—아직도 그들의 귓전에서 맴돌고 있는 그 감동적인 웅변으로 인해 청중들의 가슴에 불타고 있던 열정이 억누를 수 없이 폭발된 것처럼 느껴졌다. 사람들은 각각 자신 속에 그런 충동을 느꼈으며, 동시에 이웃 사람에게서도 같은 것을 느낄 수 있었다. 교회 안에서는 이 충동을 간신히 억제하고 있었으나 하늘 아래로 나오자 그것은 하늘을 찌를 듯 솟구쳐 나왔다.

그들은 그처럼 고조되고 일치된 감정을 가지고 있었기 때문에 질풍이나 천둥 소리나 바다의 출렁임보다도 더 감동적인 소리를 낼 수 있었다. 즉 그들이 외친 소리는 많은 사람들의 마음을 거대한 하나의 마음이 되게 한 동일한 충동으로 인해 하나의 목소리가 되어 울려 퍼졌던 것이다.

일찍이 뉴잉글랜드에서 이와 같은 환호성이 일어난 적이 없

질풍:빠르고 센 바람

to produce that more impressive sound than the organ tones of the blast, or the thunder, or the roar of the sea; even that mighty swell of many voices, blended into one great voice by the universal impulse which makes likewise one vast heart out of the many. Never, from the soil of New England, had gone up such a shout! Never, on New England soil, had stood the man honored by his mortal brethren as the preacher.

How fared it with him then? Were there not the brilliant particles of a halo in the air about his head? So etherealized by spirit as he was, and so apotheosized by worshipping admirers, did his footsteps, in the procession, really tread upon the dust of earth?

As the ranks of military men and civil fathers moved onward, all eyes were turned towards the point where the minister was seen to approach among them. The shout died into a murmur, as one portion of the crowd after another obtained a glimpse of him. How feeble and pale he looked, amid all his triumph! The energy —or say, rather, the inspiration which had held him up until he should have delivered the sacred message that brought its own strength along with it from Heaven —was withdrawn, now that it had so faithfully performed its office. The

---

blast=wind   universal impulse:모든 사람들이 다같이 느낀 충동   halo:후광
etherealize:영화하다   apotheosize:신격화하다   glimpse:흘끗 봄

었다. 뉴잉글랜드 땅에서 이 목사만큼 그렇게 사람들의 존경을 받은 인물은 결코 없었다. 그런데, 목사 자신의 모습은 어떠했는가? 그의 머리 둘레에 찬란하게 빛나는 후광이 공중에 떠 있지는 않았을까?

그처럼 정신적으로 영화되고 많은 숭배자들에 의해 승화된 사람, 과연 그 행렬 속에 끼어 걸어가는 그의 발이 정말 땅 위의 먼지를 밟고 있을까?

군인과 정부 원로들의 대열이 지나가자 사람들의 시선은 대열 속에서 다가오는 목사에게로 집중되었다. 군중들이 차례로 목사의 모습을 보게 되자 환호성은 사라지고 낮은 웅성거림으로 바뀌어졌다. 그의 모든 성공에도 불구하고 그의 표정은 참으로 힘이 없고 창백하였다. 그의 힘—다시 말해서 하늘로부터 주어졌으며 그 자체의 능력을 지니고 있었던 성스러운 메세지를 그가 전할 때까지 그를 지탱시켜 주었던 영감—은 그 임무를 충실히 수행하였기 때문에 사라져 버렸던 것이다.

조금 전까지만 해도 그의 두 볼에서 타오르던 홍조도, 지금은 타 버린 재 속에서 절망적으로 사그러든 불꽃처럼 꺼져 버리고 말았다. 시체처럼 창백한 그의 얼굴은 살아 있는 사람의 얼굴 같지가 않았다. 무기력하게 비틀거리면서, 그러나 쓰러지지 않고 걷고 있는 그의 모습은 생명을 가진 인간이라고 보기가 어려웠다. 그의 동료 목사 중의 한 사람—그는 명망 높은

영화:어떤 사물이 신령스럽게 됨
홍조:붉어진 얼굴

glow, which they had just before beheld burning on his check, was extinguished, like a flame that sinks down hopelessly among the late-decaying embers. It seemed hardly the face of a man alive, with such a deathlike hue; it was hardly a man with life in him that tottered on his path so nervelessly, yet tottered, and did not fall!

One of his clerical brethren, —it was the venerable John Wilson, —observing the state in which Mr. Dimmesdale was left by the retiring wave of intellect and sensibility stepped forward hastily to offer his support. The minister tremulously, but decidedly, repelled the old man's arm. He still walked onward, if that movement could be so described, which rather resembled the wavering effort of an infant with its mother's arms in view, outstretched to tempt him forward. And now, almost imperceptible as were the latter steps of his progress, he had come opposite the well-remembered and weather-darkened scaffold, where, long since, with all that dreary lapse of time between, Hester Prynne had encountered the world's igno-minious stare. There stood Hester, holding little Pearl by the hand! And there was the scarlet letter on her breast! The minister here made a pause, although the music still played the stately and rejoicing march to which the pro-

---

embers:타다남은 불   hue:안색   totter:비틀거리다   clerical:목사의, 서기의
venerable:장엄함   infant:유아

존 윌슨 목사였다. —이 딤즈데일 목사가 지능과 감각을 잃고 위태로운 몸가짐을 하고 있는 것을 보고 급히 다가와 그를 부축하려고 했다. 그러나 목사는 떨면서도 단호하게 노인의 팔을 뿌리쳤다.

그는 계속 앞으로 걸어 나갔다. 그의 동작은 걷고 있다고 말할 수도 있겠지만, 그것은 오히려 어머니가 팔을 벌리고 걷기 연습을 시킬 때에 아이가 뒤뚱뒤뚱 걷는 모습과 비슷했다.

그는 이렇게 비틀거리면서 걸어다니다가 거의 알지 못하는 사이에 그가 당도한 곳은 풍상에 시달려 검게 된 교수대 맞은편이었다. 그 교수대는 오래 전에—그 사이에 지루하고 따분한 시간이 흘렀다—헤스터 프린이 세상 사람들의 치욕적인 시선을 받았던 장소였다. 그곳에 헤스터는 어린 펄의 손을 잡고 서있었다. 그리고 그녀의 가슴에는 여전히 주홍 글씨가 있었다. 악대는 여전히 당당하고 경쾌한 음악을 연주하고 있었으며, 행렬은 거기에 맞춰 앞으로 나아가고 있었지만, 목사는 그 자리에서 걸음을 멈추었다. 음악은 계속 앞으로—축제를 향해 앞으로—나아가라고 재촉하는 듯했으나 그는 걸음을 멈춘 것이다.

벨링햄은 조금 전부터 근심어린 눈으로 그를 바라보고 있었다. 그는 행렬 속의 자기 자리에서 나와 그를 도와 주려고 가까이 갔다. 딤즈데일 목사의 안색을 보고 도와 주지 않으면 틀림없이 그가 쓰러질 것이라고 생각되었기 때문이다. 그러나 목

단호:결심한 것을 과단성 있게 처리함.

cession moved. It summoned him onward, — onward to the festival! —but here he made a pause.

Bellingham, for the last few moments, had kept an anxious eye upon him. He now left his own place in the procession, and advanced to give assistance, judging, from Mr. Dimmesdale's aspect, that he must otherwise inevitably fall. But there was something in the latter's expression that warned back the magistrate, although a man not readily obeying the vague intimations that pass from one spirit to another. The crowd, meanwhile, looked on with awe and wonder. This earthly faintness was, in their view, only another phase of the minister's celestial strength; nor would it have seemed a miracle too high to be wrought for one so holy, had he ascended before their eyes, waxing dimmer and brighter, and fading at last into the light of heaven.

He turned towards the scaffold, and stretched forth his arms.

"Hester," said he, "come hither! Come, my little Pearl!"

It was a ghastly look with which he regarded them, but there was something at once tender and strangely triumphant in it. The child, with the bird-like motion which was one of her characteristics, flew to him, and clasped

---

celestial:하늘의, 천국의, 천사   wax:차츰 ~이 되다(grow)   ghastly:핼쑥한

사의 표정에는 총독의 접근을 허용치 않는 그 무언가가 있었다. 벨링햄은 마음에서 마음으로 전달되는 애매한 암시 따위에 쉽게 따르지 않는 사람이었지만 왠지 접근할 수 없었다.

그 사이에 군중들은 두려움과 놀라움을 가지고 그 광경을 바라보고 있었다. 그들의 생각에 따르면, 목사의 육체적인 연약함은 천상의 세계에서 그의 정신력이 그만큼 더 강해진다는 것을 의미할 뿐이었다. 설사 목사가 그들이 보는 앞에서 빛을 더해 가면서 점점 멀어지다가 마침내 천국의 빛속으로 사라져 버린다 하더라도, 그들은 이 목사와 같이 거룩한 사람에게 있어서는 아무에게나 일어나기 힘든 특별한 기적이 행해졌다고 생각하지는 않을 것이다. 그는 교수대 쪽을 바라보면서 두 팔을 벌렸다. "헤스터,"그는 외쳤다. "이리 오시오! 귀여운 펄 너도 오너라!" 그들을 바라보는 그의 표정은 유령 같았다.

그러나 그런 가운데서도 부드럽고 이상할 정도로 의기양양해하는 기색이 섞여 있었다. 아이는 자기 특징의 하나인, 새처럼 가벼운 동작으로 그에게 달려가서 그의 무릎을 두 팔로 껴안았다. 헤스터 프린은 마치 거부할 수 없는 운명에 이끌리듯, 그리고 그녀의 강한 의지를 꺾으며 천천히 목사에게 다가갔다. 그러나 그녀는 목사에게 가기 전에 멈춰 섰다. 바로 그 순간에, 늙은 로저 칠링워드가 군중을 헤치고 나와서—그의 얼굴이 너무 어둡고 혼란스럽고 사악해 보여서 그는 마치 어떤 지하 세

의기양양:뜻을 이루어 우쭐거리며 뽐내는 모양

her arms about his knees. Hester Prynne —slowly, as if impelled by inevitable fate, and against her strongest will —likewise drew near, but paused before she reached him. At this instant, old Roger Chillingworth thrust himself through the crowd, —or, perhaps, so dark, disturbed, and evil, was his look, he rose up out of some nether region, — to snatch back his victim from what he sought to do! Be that as it might, the old man rushed forward, and caught the minister by the arm.

"Madman, hold! what is your purpose?" whispered he. "Wave back that woman! Cast off this child! All shall be well! Do not blacken your fame, and perish in dishonor! I can yet save you! Would you bring infamy on your sacred profession?"

"Ha, tempter! Methinks thou art too late!" answered the minister, encountering his eye, fearfully, but firmly. "Thy power is not what it was! With God's help, I shall escape thee now!"

He again extended his hand to the woman of the scarlet letter.

"Hester Prynne," cried he, with a piercing earnestness, "in the name of Him, so terrible and so merciful, who gives me grace, at this last moment, to do what —for my

---

cast off:밀어내다   blacken:검게하다, 어둡게 하다   fame:명성   infamy:불명
예,악명,비행   tempter:유혹자

계에서 솟아나온 것 같았다. ―목사가 하려는 일을 못하게 하
려는 것이었다. 그 노인은 뛰쳐나오자마자 목사의 팔을 거머쥐
었다.

"잠깐만! 이 미친 사람, 무슨 짓을 하자는 거요?" 그는 속삭
였다. "저 여자를 물리치시오! 이 아이와도 인연을 끊으시오!
그러면 모든 게 잘 될 거요. 당신의 명예를 더럽히고 불명예
속에서 죽어서는 안 되오! 나는 아직도 당신을 구제할 수 있
소! 당신은 당신의 신성한 직업에 먹칠을 할 셈이오?"

"이 악마 같은 사람! 때는 너무 늦었소!" 목사는 두려워하면
서 그러나 단호하게 그의 눈을 마주보면서 대답했다. "당신의
힘은 이제 전과 같지 않소! 하나님의 도움으로 나는 당신에게
서 지금 탈출할 것이오!"

그는 다시 주홍 글씨의 여인에게 손을 내밀었다. "헤스터 프
린," 그는 가슴을 찌를 듯이 진지하게 외쳤다. "두렵고도 자비
로우신 하나님의 이름으로, 그분은 이 최후의 순간에 은혜를
베푸시어―나 자신의 무거운 죄와 비참한 고뇌로 인해―칠 년
전에 했어야 할 일을 이제 할 수 있도록 하셨소. 헤스터, 지금
이리로 와서 당신의 두 팔로 나를 힘껏 안아 주시오. 당신의
힘으로, 헤스터. 그러나 그 힘도 하나님께서 나에게 허락해 주
신 뜻에 따르지 않으면 안 되오! 이 사악하고 비열한 늙은이도
자기의 온 힘을 다하여, 자신의 힘뿐만 아니라 악마의 힘까지

own heavy sin and miserable agony —I withheld myself from doing seven years ago, come hither now, and twine thy strength about me! Thy strength, Hester; but let it be guided by the will which God hath granted me! This wretched and wronged old man is opposing it with all his might! with all his own might, and the fiend's! Come, Hester, come! Support me up yonder scaffold!"

The crowd was in a tumult. The men of rank and dignity who stood more immediately around the clergyman, were so taken by surprise, and so perplexed as to the purport of what they saw, —unable to receive the explanation which most readily presented itself, or to imagine any other, — that they remained silent and inactive spectators of the judgment which Providence seemed about to work. They beheld the minister, leaning on Hester's shoulder, and supported by her arm around him, approach the scaffold, and ascend its steps; while still the little hand of the sin-born child was clasped in his. Old Roger Chillingworth followed as one intimately connected with the drama of guilt and sorrow in which they had all been actors, and well entitled, therefore, to be present at its closing scene.

"Hadst thou sought the whole earth over," said he, looking darkly at the clergyman, "there was no one place so

---

agony:고뇌, 고민   withheld:억제하다, 억누르다   twine:감기다, 얽히다
tumult:소란, 소요, 격동   dignity:위엄, 존엄   behold:보다   entitle:자격을 주
다,~라고 칭하다

동원하여 그것을 방해하고 있소! 자, 헤스터, 이리 와서 나를 부축해서 저 교수대 위로 가게 해주시오!"

군중들이 소란스러워졌다. 목사 근처에 서 있던 신분이 높고 존엄한 사람들은 깜짝 놀라고, 눈앞의 광경이 어찌된 영문인지 몰랐기 때문에—가장 쉽게 떠오르는 설명을 받아들일 수도 없고, 다른 것을 상상할 수도 없었다—이제 막 하느님이 진행하려고 하는 것처럼 보이는 심판의 조용한 구경꾼이 되었다. 그들은 목사가 헤스터의 어깨에 몸을 기댄 채 그를 껴안은 그녀의 팔의 부축을 받고 교수대로 다가가 계단을 올라가는 것을 바라보고 있었다.

그러는 동안에도 여전히 죄악으로 태어난 아이의 손을 꼭 쥐고 있었다. 늙은 로저 칠링워드는 마치 이 죄악과 슬픔의 드라마와 자신이 긴밀하게 연관되어 있기 때문에, 지금 이 연극의 마지막 장면에 등장할 자격이 있다는 것처럼 그 뒤를 따르고 있었다.

"당신이 지구를 온통 다 찾아 다닌다 해도" 그는 음흉하게 목사를 쳐다보며 말했다.

"비밀스러운 곳은 없을 거요. 높은 곳이건 낮은 곳이건 간에 당신은 나에게서 벗어날 수가 없소. 이 교수대를 제외하고는!"

"나를 이곳으로 인도해 주신 하나님께 감사하오!" 목사가 대답했다. 그러나 그는 떨고 있었으며, 두 눈에 의구심과 공포의

의구심:의심하고 두려워하는 마음

secret, —no high place nor lowly place, where thou couldst have escaped me, —save on this very scaffold!"

"Thanks be to Him who hath led me hither!" answered the minister.

Yet he trembled, and turned to Hester with an expression of doubt and anxiety in his eyes, not the less evidently betrayed, that there was a feeble smile upon his lips.

"Is not this better," murmured he, "than what we dreamed of in the forest?"

"I know not! I know not!" she hurriedly replied. "Better? Yea; so we may both die, and little Pearl die with us!"

"For thee and Pearl, be it as God shall order," said the minister; "and God is merciful! Let me now do the will which He hath made plain before my sight. For, Hester, I am a dying man. So let me make haste to take my shame upon me!"

Partly supported by Hester Prynne, and holding one hand of little Pearl's, the Reverend Mr. Dimmesdale turned to the dignified and venerable rulers; to the holy ministers, who were his brethren; to the people, whose great heart was thoroughly appalled, yet overflowing with tearful sympathy, as knowing that some deep life-matter —

---

betray:배반하다, 유괴하다 feeble:연약한 merciful:자비로운 venerable:장엄한 holy:신성한, 거룩한, 신성한 장소 appall:소름끼치게 하다

표정을 담고, 그러나 입술에는 희미한 미소를 띠면서 헤스터를 바라보았다. "이게 더 낫지 않소!" 그는 중얼거렸다. "우리가 숲속에서 꿈꾸었던 것보다는?"

"모르겠어요! 난 모르겠어요!" 그녀는 급히 대답했다. "낫다고요? 네, 그러면 우리 둘 다 죽고 어린 펄도 함께 죽게 될 거예요."

"당신과 펄은 주님의 명령을 따르시오." 목사가 말했다. "하느님은 자비로우시오! 나는 이제 하느님께서 나에게 명백히 밝혀 주신 뜻을 그대로 실행하겠소! 왜냐 하면 헤스터, 나는 지금 죽어 가고 있기 때문이오, 그러니 빨리 나의 수치를 고백하도록 해 주시오!"

한 쪽은 헤스터 프린의 부축을 받고 다른 한 쪽은 펄의 손을 잡은 채 딤즈데일 목사는 위엄 있고 훌륭한 통치자들, 자기 동료였던 성스러운 목사들, 그리고 군중들 쪽을 차례로 바라보았다. 군중들은 크게 놀랐으나 눈물어린 동정심이 넘쳐흘렀다. 그들은 어떤 중대한 일대 사건이 —그것이 죄악으로 가득차 있을지라도 고뇌와 후회로 넘쳐 흐르는 인생의 일대 사건이 — 그들 앞에서 폭로되리라는 것을 알고 있었다. 정오를 약간 지난 태양은 영원한 심판 자리에서 자기의 죄악을 고백하려고 이 세상으로부터 빠져나와 서 있는 목사의 모습을 뚜렷하게 비춰 주고 있었다.

─────────────

which, if full of sin, was full of anguish and repentance likewise-was now to be laid open to them. The sun, but little past its meridian, shone down upon the clergyman, and gave a distinctness to his figure, as he stood out from all the earth, to put in his plea of guilty at the bar of Eternal Justice.

"People of New England!" cried he, with a voice that rose over them, high, solemn, and majestic, —yet had always a tremor through it, and sometimes a shriek, struggling up out of a fathomless depth of remorse and woe,– "ye, that have loved me!—ye, that have deemed me holy! behold me here, the one sinner of the world! At last! at last! —I stand upon the spot where, seven years since, I should have stood; here, with this woman, whose arm, more than the little strength wherewith I have crept hitherward, sustains me, at this dreadful moment, from grovelling down upon my face. Lo, the scarlet letter which Hesterwearsl Ye have all shuddered at it! Wherever her walk hath been, —wherever, so miserably burdened, she may have hoped to find repose, —it hath cast a lurid gleam of awe and horrible repugnance round about her. But there stood one in the midst of you, at whose brand of sin and infamy ye have not shuddered!"

---

meridian:전성기, 절정의 bar of Eternal Justice:신의 법정 solemn:엄숙한
majestic:당당한 tremor:전율 fathomless:헤아릴 수 없는 remorse:자책
woe=sorrow sustains me(from~ing):(~하지 않도록)나를 받쳐주고 있다. lurid:
번득이는, 무시무시한 repugnance:증오, 반감, 모순 infamy:불명예

"뉴잉글랜드 주민 여러분!" 그는 그들 위로 울리는 높고 장엄하며 엄숙한 목소리로 외쳤다. 그러나 그 목소리는 계속 떨리고 있었고, 때로는 후회와 비통함이 헤아릴 수 없는 깊이에서 몸부림치며 나오는 절규처럼 들렸다. "나를 사랑해 주셨던 여러분! 나를 성스러운 사람으로 여겼던 여러분! 여기 서 있는 나를 똑똑히 보십시오. 세상에서 둘도 없는 죄인을! 드디어! 드디어! 나는 이 자리에 섰습니다. 나는 칠 년 전에 이 여인과 함께 마땅히 여기에 서 있어야 했습니다.

나로 하여금 이곳으로 기어오를 수 있게 한 작은 힘보다 더 큰 힘으로 이 여인의 팔은 이 무서운 순간에도 내가 쓰러지지 않도록 나를 지탱시켜 주고 있습니다. 보십시오, 헤스터가 달고 있는 주홍 글씨를! 모두 이것을 보고 몸서리쳤지요! 이 여인이 어디를 가든지 불행한 짐을 지고 마음의 안식처를 찾아 어딜 헤매든지 이 주홍 글씨는 그녀의 주변에 공포와 무서운 혐오의 빛을 던져 주었던 것입니다. 그러나 여러분들 가운데는 죄와 치욕의 낙인이 찍힌 한 사람이 있었습니다. 그러나 여러분은 그 죄와 치욕의 표적을 보고도 놀라지 않았습니다.

여기까지 말한 목사는 나머지 비밀을 말하지 못하고 죽을 것만 같았다. 그러나 그는 육체의 쇠약함뿐만 아니라 마음의 연약함까지도 극복하였다. 그는 모든 도움을 뿌리치고 열정적으로 여인과 아이보다 한 걸음 앞으로 나아갔다.

혐오 : 싫어하고 미워함.

It seemed, at this point, as if the minister must leave the remainder of his secret undisclosed. But he fought back the bodily weakness, —and, still more, the faintness of heart, —that was striving for the mastery with him. He threw off all assistance, and stepped passionately forward a pace before the woman and the child.

"It was on him!" he continued, with a kind of fierceness, —so determined was he to speak out the whole. "God's eye beheld it! The angels were forever pointing at it! The Devil knew it well, and fretted it continually with the touch of his burning finger! But he hid it cunningly from men, and walked among you with the mien of a spirit, mournful because so pure in a sinful world! —and sad, because he missed his heavenly kindred! Now, at the death-hour, he stands up before you! He bids you look again at Hester's scarlet letter! He tells you, that, with all its mysterious horror, it is but the shadow of what he bears on his own breast, and that even this, his own red stigma, is no more than the type of what has seared his inmost heart! Stand any here that question God's judgment on a sinner? Behold! Behold a dreadful witness of it!"

With a conculsive motion, he tore away the ministerial band from before his breast. It was revealed! But it were

---

mien:태도, 풍채, 자세   fierceness:흉포, 맹렬   fretted:안달이 난   cunningly: 교활하게, 교묘하게   stigma:오명, 치욕

"그것은 그 남자에게도 있었습니다!" 그는 모든 것을 밝혀야 겠다고 결심한 듯 격렬한 어조로 말을 계속했다. "하나님은 그 걸 보고 계셨습니다! 천사들도 항상 그것을 잘 알고 있었습니 다. 악마도 잘 알고 있었지요. 그래서 그 불타는 손가락으로 끊 임없이 찍어댔죠. 그러나 그는 사람들의 눈으로부터 교묘하게 피해 왔습니다. 그리고 그는 이 죄 많은 세상에서 자기가 그토 록 순결하기 때문에 고뇌에 찬 것처럼 슬픈 듯한 영혼의 모습 을 하고 여러분들 사이를 걸어다녔습니다. 그는 마치 천국에 있는 형제들이 그립기 때문에 슬퍼하는 것 같았습니다! 이제, 죽음의 시간에, 그 남자가 여러분 앞에 섰습니다. 그는 여러분 에게 헤스터의 주홍 글씨를 다시 한 번 봐 달라고 간청합니다. 그는 여러분에게 말합니다. 그 글씨가 아무리 신비스런 공포를 지녔다 할지라도 그것은 그 남자의 가슴에 찍혀 있는 낙인의 그림자에 지나지 않으며, 그 자신의 가슴에 찍힌 붉은 낙인조 차도 그 남자의 내밀한 가슴속에 찍힌 것을 상징하는 또 다른 하나의 표상에 지나지 않습니다! 여기 이 죄인에 대한 신의 심 판을 의심하는 사람이 있습니까? 보십시오! 보시오! 그 무서운 증거를!" 발작적인 몸짓으로 그는 자기 가슴 위에서 목사의 깃 을 잡아뜯었다. 그것은 드러났다! 그러나 그것을 묘사한다는 것은 불경스러운 행위일 것이다. 공포에 사로잡힌 군중들의 시 선은 일제히 그 무서운 기적에 집중되었다. 그 동안 목사는 가

내밀한:겉으로 드러나지 않는
표상:상징

irreverent to describe that revelation. For an instant, the gaze of the horror-stricken multitude was concentrated on the ghastly miracle; while the minister stood, with a flush of triumph in his face, as one who, in the crisis of acutest pain, had won a victory. Then, down he sank upon the scaffold! Hester partly raised him, and supported his head against her bosom. Old Roger Chillingworth knelt down beside him, with a blank, dull countenance, out of which the life seemed to have departed.

"Thou hast escaped me!" he repeated more than once. "Thou hast escaped me!"

"May God forgive thee!" said the minister. "Thou, too, hast deeply sinned!"

He withdrew his dying eyes from the old man, and fixed them on the woman and the child.

"My little Pearl," said he, feebly, —and there was a sweet and gentle smile over his face, as of a spirit sinking into deep repose; nay, now that the burden was removed, it seemed almost as if he would be sportive with the child, —"dear little Pearl, wilt thou kiss me now? Thou wouldst not, yonder, in the forest! But now thou wilt?"

Pearl kissed his lips. A spell was broken. The great scene of grief, in which the wild infant bore a part, had

---

irreverent:불경한, 불손한   concentrate:집중, 전념하다   ghastly:무서운
repose:평안함

장 극심한 고통의 위기에서 승리를 거둔 사람처럼 얼굴에 홍조를 띠고 서 있었다. 그리고 나서, 교수대 위에 쓰러졌다! 헤스터가 그를 조금 일으켜 그의 머리를 자기 가슴으로 받쳐 주었다. 늙은 로저 칠링워드는 마치 생명이 빠져나간 듯이 핏기가 사라진 멍청한 표정으로 그의 옆에 무릎을 꿇었다.

"나에게서 도망쳤군!" 그는 같은 말을 되풀이했다. "내게서 도망치고 말았군!"

"하느님께서 당신을 용서해 주시길!" 목사가 말했다. "당신 역시 큰 죄를 지었소!"

그는 죽어 가는 눈을 노인으로부터 돌려 여인과 아이를 바라보았다. "나의 귀여운 펄," 그는 힘없이 말했다. 그리고 그 얼굴 위로 부드럽고 온화한 미소가 떠올랐다. 마치 그의 영혼이 깊은 안식으로 잠겨 들어간 것처럼, 아니, 그 무거운 짐이 제거되었기 때문에 그는 아이와 장난을 하고 있는 것처럼 보였다. "귀여운 펄, 지금 나에게 키스해 주지 않겠니? 숲속에선 싫다고 했었지! 그러나 지금은 해 주겠니?"

펄은 그의 입술에 키스했다. 주문은 풀렸다. 이 야성적인 아이는 이 위대한 슬픔의 장면에 동참함으로써 동정심을 가질 수 있게 되었다. 그리하여 눈물이 아버지의 뺨 위에 떨어졌을 때 그 눈물은 장차 그 애가 인간적인 기쁨과 슬픔 가운데서 성장해 가리라는 것과 영원히 세상과 대적하여 싸우지 않고 세상

developed all her sympathies; and as her tears fell upon her father's cheek, they were the pledge that she would grow up amid human joy and sorrow, nor forever do battle with the world, but be a woman in it. Towards her mother, too, Pearl's errand as a messenger of anguish was all fulfilled.

"Hester," said the clergyman, "farewell!"

"Shall we not meet again?" whispered she, bending her face down close to his. "Shall we not spend our immortal life together? Surely, surely, we have ransomed one another, with all this woe! Thou lookest far into eternity, with those bright dying eyes! Then tell me what thou seest?"

"Hush, Hester, hush!" said he, with tremulous solemnity. "The law was broke! —the sin here so awfully revealed! —let these alone be in thy thoughts! I fear! I fear! It may be that, when we forgot our God, —when we violated our reverence each for the other's soul, —it was thenceforth vain to hope that we could meet hereafter, in an everlasting and pure reunion. God knows; and He is merciful! He hath proved his mercy, most of all, in my afflictions. By giving me this burning torture to bear upon my breast! By sending yonder dark and terrible old man, to keep the torture always at red-heat! By bringing me

---

errand=mission:사명 ransom:속죄하다 eternity:영원, 무궁 tremulous:전율하는 violate:위배하다 everlasting:영구히 계속되는 reunion:재회 torture:고문

안에서 성숙한 여인이 되리라는 것을 보증해 주는 것이었다. 그녀의 어머니에 대해서도 고통의 전달자로서의 펄의 사명은 모두 끝났다.

"헤스터," 하고 목사가 말했다. "잘 있어요!"

"우리는 다시 만날 수 없겠죠?" 그녀는 얼굴을 숙이며 속삭였다. "우리는 저 세상에서 영원히 함께 살 수 없을까요? 분명히, 우리는 모든 괴로움으로 서로의 죄값을 치렀어요! 당신은 죽어 가면서 그 빛나는 눈으로 저 멀리 영혼의 세계를 보고 계시는군요! 그러면 당신이 보고 있는 것을 말해 주세요!"

"쉬, 헤스터, 말하지 말아요!" 그는 떨리는 목소리로 엄숙하게 말했다. "우리가 깨뜨린 율법! 여기서 폭로된 죄! 그것만을 생각하시오! 나는 두렵소! 우리가 하느님을 잊어 버렸을 때 우리가 서로 다른 사람의 영혼에 대한 존경심을 깨뜨렸을 때 그때부터 우리가 저 세상에서 영원히 계속될 순수한 재결합을 통해 만날 수 있을 것이라는 소원을 갖는 것은 헛된 일이 되고 말았던 거요. 하나님은 알고 계시오. 그리고 그분은 자비롭다오! 그분께서 무엇보다도 내가 고뇌를 통해서 고통받을 때 당신의 자비를 증명하셨소. 내 가슴에 지니도록 이 불타오르는 고통을 주신 것도 그러하오! 그리고 저 음흉하고 무서운 노인을 보내 그 고통스러운 낙인을 항상 시뻘겋게 달궈 놓도록 하신 것도 그러하오! 또한 나를 이곳으로 이끌어 군중들 앞에 수

hither, to die this death of triumphant ignominy before the people! Had either of these agonies been wanting, I had been lost forever! Praised be His name! His will be done! Farewell!"

That final word came forth with the minister's expiring breath. The multitude, silent till then, broke out in a strange, deep voice of awe and wonder, which could not as yet find utterance, save in this murmur that rolled so heavily after the departed spirit.

CHAPTER 24
Conclusion

After many days, when time sufficed for the people to arrange their thoughts in reference to the foregoing scene, there was more than one account of what had been witnessed on the scaffold.

Most of the spectators testified to having seen, on the breast of the unhappy minister, a SCARLET LETTER- the very semblance of that worn by Hester Prynne— imprinted in the flesh. As regarded its origin there were

---

ignominy:불명예, 치욕   wanting=lacking:부족한   expiring=dying:in reference to=regarding, about   testify:증명하다   semblance:외양, 외관, 유사   imprinted in the flesh:몸에 새겨진

치스러우나 승리에 빛나는 죽음을 당하게 하신 것도 그러하오. 이런 고통들 중에서 만일 한 가지라도 빠졌다면 난 영원히 파멸되고 말았을 거요! 하느님을 찬양할지어다! 그의 뜻대로 이루어질지어다! 잘 있어요!" 이 마지막 말은 목사의 최후의 숨결과 동시에 나왔다.

그 때까지 침묵을 지키고 있던 군중들은 두려움과 놀라움이 담긴 알아들을 수 없는 나직한 소리를 내었다. 그 소리는 말로 표현될 수 없는 것이었다. 그것은 단지 이 세상을 떠난 영혼의 뒤를 따라 무겁게 비틀거리는 웅성거림이었다.

제 24 장
결말

그로부터 여러 날이 지난 뒤, 앞에서 기술한 장면에 관해 사람들이 자신들의 생각을 정리할 만큼 충분한 시간이 흘러갔을 때, 그 교수대 위에서 목격한 것에 대해서 여러 가지 이야기가 나돌았다. 그 사건을 목격한 대부분의 목격자들은, 그 불행한 목사의 가슴에, 헤스터 프린이 가슴에 달고 다니던 것과 똑같은 주홍 글씨가 살에 새겨져 있더라고 주장했다. 그것의 기원에 대해서는 다양한 설명이 있었지만, 모든 것은 억측임에 틀림없다. 어떤 사람은 헤스터 프린이 처음으로 그 수치의 표시

억측:이유와 근거 없는 추측

various explanations, all of which must necessarily have been conjectural. Some affirmed that the Reverend Mr. Dimmesdale, on the very day when Hester Prynne first wore her ignominious badge, had begun a course of penance, — which he afterwards, in so many futile methods, followed out, —by inflicting a hideous torture on himself. Others contended that the stigma had not been produced until a long time subsequent, when old Roger Chillingworth, being a potent necromancer, had caused it to appear, through the agency of magic and poisonous drugs. Others, again, -and those best able to appreciate the minister's peculiar sensibility, and the wonderful operation of his spirit upon the body, —whispered their belief, that the awful symbol was the effect of the ever-active tooth of remorse, gnawing from the inmost heart outwardly, and at last manifesting Heaven's dreadful judgment by the visible presence of the letter. The reader may choose among these theories. We have thrown all the light we could acquire upon the portent, and would gladly, now that it has done its office, erase its deep print out of our own brain, where long meditation has fixed it in very undersirable distinctness.

It is singular, neverthless, that certain persons, who were

---

conjectural:추측적인 badge:기장, 상징 penance:참회 hideous:소름끼치는, 역겨운, 가증한 necromancer:점쟁이 remorse:자책 inmost:내심의 portent:징후, 조짐

를 달았던 바로 그 날부터 딤즈데일 목사가 그 자신에게 끔찍한 고통을 가함으로써 고행의 길을 걸었다고 했다. 그는 그 후 부질없는 수많은 방법으로 그것을 계속했다는 것이다. 또 다른 사람들은 그 낙인은 그 이후에 나타난 것이라고 했다. 즉, 능란한 마술사인 로저 칠링워드가 마술과 독약의 힘을 빌어 낙인이 생기도록 했을 때 비로소 나타난 것이라고 주창했다. 다른 사람들—그들은 목사의 특수한 감수성이나 그의 정신이 신체에 미치는 그 불가사의한 작용을 가장 잘 이해하는 사람들인데—은 그 무서운 상징은 끊임없이 움직이고 있는 양심의 가책이라는 이빨이 마음속 깊은 곳을 갉아먹다가 바깥으로 뚫고 나와 마침내 눈에 보이는 글자로 나타남으로써 하느님의 무서운 심판을 나타낸 것이라고 말하기도 했다.

독자는 많은 견해들 가운데서 선택을 할 수 있을 것이다. 작가는 이 불길한 표시에 대해 얻을 수 있는 모든 단서를 제공해 주었으며, 또한 그 글씨는 이제 맡은 바 임무를 다했으므로 우리의 머리에 박힌 그 깊은 인상을 지워 버렸으면 좋겠다. 너무나 오랫동안 그것에 관해 생각해 왔던 탓으로 그것이 정말 불쾌할 정도로 우리의 뇌리에 뚜렷하게 박혀 있게 되었다. 그럼에도 불구하고 그 장면을 모두 목격했고 딤즈데일 목사에게서 한 번도 시선을 돌린 적이 없다고 자신 있게 말하는 사람들이 목사의 가슴에는 신생아의 가슴과 마찬가지로 아무 표시도 없었다고 말한 것은 이상한 일이다. 그들의 이야기에 따르면 그

spectators of the whole scene, and professed never once to have removed their eyes from the Reverend Mr. Dimmesdale, denied that there was any mark whatever on his breast, more than on a new-born infant's. Neither, by their report, had his dying words acknowledged, nor even remotely implied, any, the slightest connection, on his part, with the guilt for which Hester Prynne had so long worn the scarlet letter. According to these highly respectable witnesses, the minister, conscious that he was dying,—conscious, also, that the reverence of the multitude placed him already among saints and angels,—had desired, by yielding up his breath in the arms of that fallen woman to express to the world how utterly nugatory is the choicest of man's own righteousness. After exhausting life in his efforts for mankind's spiritual good, he had made the manner of his death a parable, sin order to impress on his admirers the mighty and mournful lesson, that, in the view of Infinite Purity, we are sinners all alike. It was to teach him, that the holiest among us has but attained so far above his fellows as to discern more clearly the Mercy which looks down, and repudiate more utterly the phantom of human merit, which would look aspiringly upward. Without disputing a truth so momentous, we must be

---

whatever=at all   by yielding up his breath:숨을 거둠으로서 nugatory=worthless, vain   righteousness:공정   parable:우화, 비유하여 이야기하다   mournful:슬퍼보이는   in the view of Infinite Purity:신의 눈으로 볼때는   discern:분별하다   repudiate:거부하다

가 죽어 가면서 한 말은 헤스터 프린이 그토록 오랫동안 주홍 글씨를 달아야 했던 그 죄와 목사와의 관련성을 조금도 인정하지 않았거니와 희미하게나마 암시조차 하지 않았다는 것이다.

　매우 존경할 만한 이들 목격자들에 따르면 목사는 자신이 죽어 가는 것을 의식하고, 또한 군중들이 자신을 이미 성자들 및 천사들과 같은 존재로 존경하고 있다는 것을 알고 그 타락한 여인의 팔에 안겨 그의 마지막 숨을 거둠으로써 그것을 통해 인간의 의가 아무리 훌륭한 것이라 하더라도 그것이 얼마나 무가치한 것인가를 세상 사람들에게 보여 주려고 했다는 것이었다. 그는 인간의 영적인 행복을 위해 일생을 바친 다음 자신의 죽음을 하나의 우화로 만들었다는 것이다. 그것은 그를 숭배하는 사람들에게 우리들 인간은 누구나 할 것 없이 무한히 순결하신 하나님이 본다면 모두 다 죄인이라는 위대하고도 슬픈 교훈을 심어 주고자 한 것이었다.

　그 우화는 우리 인간들 중에 가장 성스러운 사람이 다른 이들보다 좀 더 높은 경지에 있다손 치더라도 그것은 단지 하늘에서 굽어보시는 하나님의 자비를 좀더 명확하게 인식하는 것에 불과하며 하늘을 동경하는 인간이 땅에서 정의롭고 가치있다고 믿는 것들은 환영에 지나지 않는 것이며 자신은 그것들을 하늘을 동경하는 인간이 땅에서 정의롭고 가치있다고 믿는 것들을 좀더 철저히 거부할 수 있을 따름이라는 것을 가르쳐 주고자 하였다는 것이다. 여기서는 이렇듯 중대한 진리에 대해

allowed to consider this version of Mr. Dimmesdale's story as only an instance of that stubborn fidelity with which a man's friends —and especially a clergyman's — will sometimes uphold his character, —when proofs, clear as the mid-day sunshine on the scarlet letter, establish him a false and sin-stained creature of the dust.

The authority which we have chiefly followed, —a manuscript of old date, drawn up from the verbal testimony of individuals, some of whom had known Hester Prynne, while others had heard the tale from contemporary witnesses, —fully confirms the view taken in the foregoing pages. Among many morals which press upon us from the poor minister's miserable experience, we put only this into a sentence: "Be true! Be true! Be true! Show freely to the world, if not your worst, yet some trait whereby the worst may be inferred!"

Nothing was more remarkable than the change which took place, almost immediately after Mr. Dimmesdale's death, in the appearance and demeanor of the old man known as Roger Chillingworth. All his strength and energy —all his vital and intellectual force —seemed at once to desert him; insomuch that he positively withered up, shrivelled away, and almost vanished from mortal sight,

---

phantom:유령, 허깨비 stubborn:고집센 fidelity:충실 verbal:말의 infer:추론하다 demeanor:처신, 품행 insomuch:~만큼 shrivel:주름살지다, 시들다

논하지는 않겠다. 다만 저자는 딤즈데일 목사에 대해 이와 같이 각색된 이야기는 어떤 사람의 친구들, 특히 목사의 친구들이 주홍 글씨를 비추고 있는 한낮의 태양처럼 분명한 여러 가지 증거들을 통해 그가 허위로 가득차고 죄에 더럽혀진 인간에 불과하다는 것이 밝혀졌음에도 불구하고 때때로 그의 인격을 옹호해 주려고 하는 완고한 의리를 보여준다는 것에 대한 하나의 예로 간주하고 싶다.

우리가 주로 의지해 온 근거—많은 사람들의 이야기를 근거로 하여 씌어진 오래된 원고, 증언을 한 사람들 가운데는 헤스터 프린을 직접 알고 있던 사람들도 있었고 단순히 그 당시의 목격자들에게서 이야기를 들은 사람도 있었다 —는 지금까지 이야기해 온 견해를 충분히 확증해 주고 있다. 그 불행한 목사의 비참한 경험이 우리에게 주는 교훈은 많다. 그 중에서도 우리는 다음과 같은 것 하나만을 적어 두기로 한다.

"진실하라! 진실하라! 당신이 실제로 가장 나쁜 죄를 짓지는 않았다 할지라도 가장 나쁜 죄를 지은 것으로 추론할 수 있는 근거가 되는 성질을 세상 사람들에게 숨김없이 보여 주라!"

딤즈데일 목사가 죽은 지 얼마 되지 않아 로저 칠링워드로 행세해 왔던 그 늙은이의 용모나 태도에서 나타난 변화만큼 놀라운 일은 없으리라. 그의 모든 생명력과 지력은 한꺼번에 소멸돼 버린 것 같았다. 그는 마치 햇볕에 내던져져 시들고 있는 뿌리 뽑힌 잡초처럼 몹시 쇠약하고, 시들해졌으며, 거의 죽을

각색 : 원래와는 다르게 꾸며진

like an uprooted weed that lies wilting in the sun. This unhappy man had made the very principle of his life to consist in the pursuit and systematic exercise of revenge; and when, by its completest triumph and consummation, that evil principle was left with no further material to support it, when, in short, there was no more Devil's work on earth for him to do, it only remained for the unhumanized mortal to betake himself whither his Master would find him tasks enough, and pay him his wages duly. But to all these shadowy beings, so long our near acquaintances, — as well Roger Chillingworth as his companions, — we would fain be merciful. It is a curious subject of observation and inquiry, whether hatred and love be not the same thing at bottom. Each, in its utmost development, supposes a high degree of intimacy and heart-knowledge; each renders one individual dependent for the food of his affections and spiritual life upon another; each leaves the passionate lover, or the no less passionate hater, forlorn and desolate by the withdrawal of his subject. Philosophically considered, therefore, the two passions seem essentially the same, except that one happens to be seen in a celestial radiance, and the other in a dusky and lurid glow. In the spiritual world, the old physician and the minister —mutu-

---

wilt:시들다, 약해지다 consummation:완성,성취, 달성 his Master=the Devil
inquiry:조사, 질문, 연구 utmost:극도의, 최대한의 intimacy:친함, 몰래정을
통함 passionate:열렬한 forlorn:버려진, 쓸쓸한(desolate)

것처럼 보였다. 이 불행한 사나이는 복수를 체계적으로 집행하는 것을 삶의 목적으로 추구했었다.

이제 막상 그 복수의 계획이 완전한 승리를 거두고 끝나게 되어서 그 사악한 목적이 더 이상 그의 삶을 지탱해 주는 힘이 될 수 없게 되었을 때, 간단히 말해서 그가 해야 할 악마의 일이 이 지상에 더 이상 남아 있지 않게 되었을 때 이 인간에게 남아 있는 일이란 그 주인인 악마가 그에게 충분한 일거리와 적당한 급료를 지불해 줄 지옥으로 가는 길뿐이었다. 그러나 오랫동안 우리의 가까운 친구들이었던 이 유령과 같은 사람들을—로저 칠링워드의 친구들뿐만 아니라 로저 칠링워드에 대해—우리는 자비롭게 대해 주어야 할 것이다. 증오와 사랑이 근본적으로 같은 것이냐 아니냐 하는 것은 관찰과 연구를 해볼 만한 흥미 있는 주제이다. 미움이나 사랑이 최고로 발전하는 데 있어서는 고도의 친밀감과 인간의 마음에 대한 이해를 필요로 한다. 양자는 다시 한 인간으로 하여금 그의 감정과 정신적 생활의 양식을 다른 사람에게 의존하도록 만든다. 애정이나 증오는 그 대상이 사라지면 열정적으로 사랑하던 사람이나 열정적으로 미워하던 사람을 쓸쓸하고 외롭게 만든다. 그러므로 철학적으로 고찰할 때 이 두 가지 감정은 본질적으로 동일한 것처럼 보인다. 단지 한 가지 차이점이 있다면, 하나는 천상의 광채 속에 나타나는 것이고 다른 하나는 어둡고 처절한 빛 속에서 나타난다는 것이다. 정신적인 세계에 있어서는 늙은 의사와

al victims as they have been —may, unawares, have found their earthly stock of hatred and antipathy transmuted into golden love.

Leaving this discussion apart, we have a matter of business to communicate to the reader. At old Roger Chillingworth's decease (which took place within the year), and by his last will and testament, of which Governor Bellingham and the Reverend Mr. Wilson were executors, he bequeathed a very considerable amount of property, both here and in England, to little Pearl, the daughter of Hester Prynne.

So Pearl —the elf-child, —the demon offspring, as some people, up to that epoch, persisted in considering her, — became the richest heiress of her day, in the New World. Not improbably, this circumstance wrought a very material change in the public estimation; and, had the mother and child remained here, little Pearl, at a marriageable period of life, might have mingled her wild blood with the lineage of the devoutest Puritan among them all. But, in no long time after the physician's death, the wearer of the scarlet letter disappeared, and Pearl along with her. For many years, though a vague report would now and then find its way across the sea, —like a shapeless piece of

---

transmute:바꾸다 testament:유언, 신약성서 executor:집행자 bequeath:유언으로 남기다 demon:악마 heiress:여자 상속인 wrought:work의 과거 분사, 흥분한, 가공한 mingle:혼합하다, 참가하다 lineage:혈통, 가문 devout:신앙심이 깊은

목사—사실 그들은 둘 다 피해자였다—는 이 세상에서 쌓인 그들의 증오와 반감이 자신들도 모르는 사이에 어느덧 황금빛으로 빛나는 사랑으로 바뀌어져 있는 것을 발견했을지도 모르겠다.

이런 논의는 접어두고, 우리는 독자에게 전달해 주어야 할 한 가지 사실이 있다. 로저 칠링워드 노인이 죽었을 때(사건이 있었던 그 해에 죽었다), 그는 유언을 통해—밸링햄 총독과 윌슨 목사가 그 유언의 집행자였다.—뉴잉글랜드와 영국에 있는 상당히 많은 재산을 헤스터 프린의 딸인 어린 펄에게 물려 주었다.

그래서 그 때까지 몇몇 사람들이 계속 악마의 자손이라고 여겼던 요정 같은 아이인 펄은 당시의 신세계에서 가장 부유한 유산 상속자가 되었다. 이런 사정이 펄에 대한 세상 사람들의 평가에 매우 구체적인 변화를 일으켰을 것이며 그들 모녀가 만일 이곳에 그대로 머물렀더라면, 어린 펄이 혼기를 맞았을 때 그녀는 그녀의 야성적인 핏줄을 이곳 사람들 가운데서 가장 신앙심이 두터운 청교도의 혈통과 섞었을는지도 모른다. 그러나 의사가 죽은 뒤 얼마 안 되어서 주홍 글씨의 여인은 펄과 함께 모습을 감추었다. 여러 해 동안 막연한 소문이 때때로 바다를 건너 이곳에 전해지곤 했지만, 마치 이름의 머리 글자가 새겨진 볼품없는 나무토막이 표류하여 해변에 와 닿듯이 그들에 관해 의심할 여지없이 믿을 만한 소식은 없었다. 주홍 글씨에 관

driftwood tost ashore, with the initials of a name upon it, —yet no tidings of them unquestionably authentic were received. The story of the scarlet letter grew into a legend. Its spell, however, was still potent, and kept the scaffold awful where the poor minister had died, and likewise the cottage by the seashore, where Hester Prynne had dwelt. Near this latter spot, one afternoon, some children were at play, when they beheld a tall woman, in a gray robe, approach the cottagedoor. In all those years it had never once been opened; but either she unlocked it, or the decaying wood and iron yielded to her hand, or she glided shadowlike through these impediments, — and, at all events, went in.

On the threshold she paused, —turned partly round, —for, perchance, the idea of entering all alone, and all so changed, the home of so intense a former life, was more dreary and desolate than even she could bear. But her hesitation was only for an instant, though long enough to display a scarlet letter on her breast.

And Hester Prynne had returned, and taken up her long forsaken shame! But where was little Pearl? If still alive, she must now have been in the flush and bloom of early womanhood. None knew —nor ever learned, with the full-

---

tost ashore:해변으로 떠 밀려 온 tidings:기별, 소식 authentic:믿을 수 있는, 진짜의 cottage:시골집 dwelt:dwell의 과거분사, 거주하다 robe:법복 decay:쇠퇴하다, 부패 glide:미끄러지다 impediments:방해, 말더듬 threshold:입구 taken up=resumed forsake:단념하다

한 이야기는 하나의 전설이 되었다. 그러나 그것은 여전히 강한 마력을 지니고 있어서 불행한 목사가 죽은 교수대는 헤스터 프린이 살았던 바닷가의 오두막집과 마찬가지로 무서운 곳으로 간주되었다. 어느 날 오후 이 오두막집 부근에서 놀이를 하고 있던 몇몇 아이들이 회색 옷을 입은 키가 큰 한 여자가 오두막집 문 앞으로 다가가는 것을 보았다. 그 사건이 일어난 이후 오랜 세월 동안 그 문은 한 번도 열린 일이 없었다. 그런데 그 여자가 열쇠로 열었는지, 또는 썩은 나무와 쇠붙이가 그 여자가 잡아당기는 힘에 떨어져 나갔는지, 아니면 그 여자가 그림자처럼 이런 방해물을 뚫고 들어갔는지는 모르겠지만 아무튼 그 여자는 집 안으로 들어갔다.

그녀는 문지방을 넘어서려다 말고 멈추어 서서 몸을 조금 돌렸다. 왜냐 하면 단지 혼자서, 그것도 많이 변한 모습으로 지난 날 그토록 괴로운 생활을 했던 옛날의 집으로 들어간다는 생각에 그녀는 참을 수 없을 만큼 슬프고 처량했던 때문인지도 모르겠다. 그녀의 망설임은 짧은 순간에 불과했다. 그러나 그녀의 가슴 위에 주홍 글씨를 드러내 보이기에는 충분한 시간이었다.

이렇듯 헤스터 프린은 다시 돌아와 오랫동안 버려 두었던 치욕의 표시를 집어들었던 것이다! 그러나 어린 펄은 대체 어디에 있는 것일까? 만약 아직 살아 있다면 그녀는 지금쯤 한창 피어나는 꽃 같은 나이가 되었을 것임에 틀림없다. 그 요정 같은 아이가 죽어서 결국 처녀 무덤에 묻혔는지, 아니면 야성적

ness of perfect certainty —whether the elf-child had gone thus untimely to a maiden grave, or whether her wild, rich nature had been softened and subdued, and made capable of a woman's gentle happiness. But, through the remainder of Hester's life, there were indications that the recluse of the scarlet letter was the object of love and interest with some inhabitant of another land. Letters came, with armorial seals upon them, though of bearings unknown to English heraldry. In the cottage there were articles of comfort and luxury such as Hester never cared to use, but which only wealth could have purchased, and affection have imagined for her. There were trifles, too, little ornaments, beautiful tokens of a continual remembrance, that must have been wrought by delicate fingers, at the impulse of a fond heart. And, once, Hester was seen embroidering a baby-garment, with such a lavish richness of golden fancy as would have raised a public tumult, had any infant, thus apparelled, been shown to our sober-hued community.

In fine, the gossips of that day believed, —and Mr. Surveyor Pue, who made investigations a century later, believed, —and one of his recent successors in office, moreover, faithfully believes, —that Pearl was not only

---

recluse:은둔자 armorial:문장의 trifle:사소한 일 ornament:장식물 token:표, 상징, 증거 embroider:수놓다, 과장하다 lavish:풍부한, 사치스러운 tumult: 소란, 혼란 investigation:조사 in fine=in short

이고 자유분방한 그 애의 성질이 부드러워지고 차분해져서 여자로서의 조용한 행복을 누릴 수 있게 된 것인지는 아무도 알 수가 없었다. 아무도 확실하게 알고 있지는 못했다 그러나 헤스터의 남은 생애를 통해 주홍 글씨의 은둔자가 다른 나라에 살고 있는 어떤 사람의 사랑과 관심의 대상이었다는 여러 가지 증거들이 나타났다. 여러 통의 편지가 왔는데 그 편지에는—영국의 문장학 사전에는 수록되어 있지 않은 것이긴 하지만—문장이 찍혀 있었다. 그리고 그 오두막집에는 사치스럽고 편리한 물건들이 많이 있었는데 헤스터는 그것들을 사용할 생각도 하지 않았다. 오직 부유한 사람만이 살 수 있었고 그녀에 대해 애정을 가진 사람만이 보내 줄 생각을 할 수 있는 그런 것들이었다. 그외에도 자잘한 물건들이 적지 않았다. 즉 장식품들, 끊임없이 기억나게 해주는 아름다운 기념품들이 있었는데 그런 것들은 사랑하는 마음에서 우러나와 섬세한 손에 의해 만들어진 것임에 틀림없었다. 또한 언젠가 사람들은 헤스터가 아기 옷에 수를 놓고 있는 것을 보았다. 그 옷은 지나치게 사치스럽고 화려했기 때문에 만일 건전한 기풍을 가진 사회에서 그런 옷을 입은 아이가 나타나면 큰 소란이 일어났을 것이다.

마지막으로, 그 당시의 수다쟁이들, 그리고 그로부터 한 세기 뒤에 이 이야기를 조사한 감사관 퓨 씨, 그리고 또 최근에 이어받은 그의 후임자들 중의 한 사람은 펄이 살아 있을 뿐만 아니라 결혼을 해서 행복하며, 자기의 어머니를 마음 깊이 생각

alive, but married, and happy, and mindful of her mother, and that she would have most joyfully have entertained that sad and lonely mother at her fireside.

But there was a more real life for Hester Prynne here, in New England, than in that unknown region where Pearl had found a home. Here had been her sin; here, her sorrow; and here was yet to be her penitence. She had returned, therefore, and resumed, her own free will, for not the sternest magistrate of that iron period would have imposed it, —resumed the symbol of which we have related so dark a tale. Never afterwards did it quit her bosom. But, in the lapse of the toilsome, thoughtful, and self-devoted years that made up Hester's life, the scarlet letter ceased to be a stigma which attracted the world's scorn and bitterness, and became a type of something to be sorrowed over, and looked upon with awe, yet with reverence, too. And, as Hester Prynne had no selfish ends, nor lived in any measure for her own profit and enjoyment, people brought all their sorrows and perplexities, and besought her counsel, as one who had herself gone through a mighty trouble. Women, more especially —in the continually recurring trials of wounded, wasted, wronged, misplaced, or erring and sinful passion, —or

---

recur:되풀이하다, 순환하다 penitence:후회, 참회 magistrate:치안판사
toilsome:고된 perplexity:난처한 일, 혼란 besought:beseech의 과거분사, 탄원
하다

하고 있고, 이 슬프고 고독한 어머니를 기꺼이 자기 집의 따스한 난롯가에 모시고 싶어 했을 것이라고 믿었다.

그러나 헤스터 프린에게는 펄이 가정을 이루고 살고 있는 미지의 땅보다 여기 뉴잉글랜드에 더 진실한 삶이 있었던 것이다. 이곳에는 그녀의 죄가 있었고, 슬픔이 있었으며, 아직도 참회할 것이 있었다. 그러므로 그녀는 돌아왔고 다시 우리의 이 우울한 이야기와 관련이 있는 그 상징적인 표시를 달았다. 그것은 그녀의 자유 의사에 따른 것이었다. 그 냉혹한 시대의 아무리 엄격한 재판관이라 할지라도 다시 그것을 붙이라고 명령하지는 못했을 것이기 때문이다. 그리고 그 이후 그 상징이 그녀의 가슴에서 떨어진 일은 결코 없었다. 그러나 고통스럽고 신중하고 자기 희생적인 헤스터의 인생이 흘러가는 동안 그 주홍 글씨는 세상의 조롱과 혐오를 불러일으키는 낙인이 아니라 무언가 슬퍼해야 하고 두려움과 존경심을 가지고 봐야 하는 것의 표상이 되었다.

헤스터 프린은 이기적인 목적들은 갖지 않았고, 자기 자신의 이익과 즐거움을 위해 살지도 않았기 때문에 사람들은 슬픈 일이나 어려운 일이 생길 때면 굉장한 고통을 겪은 적이 있는 그녀를 찾아와 상담을 하곤 했다. 특히 여자들은 상처 입고, 버림받고, 부당한 대우를 받고, 불의에 빠지고, 잘못되고 죄스런 사랑으로 인해 끊임없는 시련을 당할 때 또는 가치를 인정받지 못하거나 아무도 원하지 않기 때문에 쌓인 하소연할 길 없는

표상:상징

with the dreary burden of a heart unyielded, because
unvalued and unsought, —came to Hester's cottage,
demanding why they were so wretched, and what the rem-
edy! Hester comforted and counselled them as best she
might. She assured them, too, of her firm belief, that, at
some brighter period, when the world should have grown
ripe for it, in Heaven's own time, a new truth would be
revealed, in order to establish the whole relation between
man and woman on a surer ground of mutual happiness.
Earlier in life, Hester had vainly imagined that she herself
might be the destined prophetess, but had long since rec-
ognized the impossibility that any mission of divine and
mysterious truth should be confided to a woman stained
with sin, bowed down with shame, or even burdened with
a life-long sorrow. The angel and apostle of the coming
revelation must be a woman indeed, but lofty, pure, and
beautiful; and wise, moreover, not through dusky grief,
but the ethereal medium of joy; and showing how sacred
love should make us happy, by the truest test of a life suc-
cessful to such an end!

So said Hester Prynne, and glanced her sad eyes down-
ward at the scarlet letter. And, after many, many years a
new grave was delved, near an old and sunken one, in that

---

prophetess:prophet의 여성형, 예언자 apostle:주창자 ethereal:무형의 sacred:
종교상의 불가결의 delve:찾다

마음의 무거운 짐을 지고 있을 때 헤스터의 오두막에 찾아 와서 그들이 왜 그렇게 불행하게 됐는지, 그리고 그에 대한 치유법이 무언인지를 물었다.

헤스터는 보다 밝은 시대가 오면, 즉 하느님 자신의 때가 되어 새로운 진리가 나타날 때가 되면, 남녀 간의 모든 관계가 서로의 행복을 위한 보다 확고한 근거 위에 수립될 수 있도록 새로운 진리가 계시될 것이라는 그녀 자신의 확고한 믿음을 그들에게 확신시켰다. 헤스터는 보다 젊었던 시절, 그녀 자신이 여자 선지자가 될 운명을 타고난 것이 아닌가 하는 헛된 상상을 해보기도 했었다. 그러나 벌써 오래 전에 그녀는 그러한 신성하고 신비스러운 진리를 전하는 사명이 죄로 더럽혀지고 수치 때문에 고개를 들지 못하고, 심지어 한평생 슬픔으로 지내야 하는 여자에게는 절대로 맡겨질 리가 없다는 것을 깨달았다. 앞으로 임할 계시의 사자와 사도는 실제로 여자일 것임에 틀림없다. 그러나 그 여자는 고상하고 순결하고 아름다워야 하며, 어두운 비탄을 통하지 않고 영혼의 기쁨을 통해 얻어진 지혜를 지니고 있어야 할 것이다. 그리고 그녀는 인생의 가장 진실한 시험을 통과함으로써 신성한 사랑이 얼마나 우리를 행복하게 만드는가 하는 것을 보여 주어야 할 것이다!

헤스터 프린은 그렇게 말하며 슬픔에 가득찬 눈으로 주홍 글씨를 바라보았다. 그로부터 오랜 세월이 지난 후 킹즈 교회가 세워진 지역에 인접해 있던 묘지에 새로운 무덤 하나가 오래

선지자:남보다 먼저 아는 사람

burial-ground beside which King's Chapel has since been built. It was near that old and sunken grave, yet with a space between, as if the dust of the two sleepers had no right to mingle. Yet one tombstone served for both. All around, there were monuments carved with armorial bearings; and on this simple slab of slate —as the curious investigator may still discerns and perplex himself with the purport —there appeared the semblance of an engraved escutcheon. It bore a device, a herald's wording of which might serve for a motto and brief description of our now concluded legend; so sombre is it, and relieved only by one ever-glowing point of light gloomier than the shadow:

"ON A FIELD, SABLE, THE LETTER A, GULES."

---

mingle:혼합하다 armorial:문장의 escutcheon:(문장이 그려진)방패 relieved: 부드러워진

되어 움푹 들어간 옛 무덤 옆에 생겼다. 그 두 무덤은 마치 무덤 속에서 잠자고 있는 두 사람의 유해가 결코 합쳐질 권리가 없다는 듯이 서로 떨어져 있었다. 그러나 하나의 묘비가 두 무덤의 묘비 역할을 해 주고 있었다. 그 주변에 온통 문장들이 새겨진 비석들로 즐비했다. 수수한 평석 한 개로 된 이 묘비엔—호기심 많은 조사자라면 오늘날에도 그것을 발견하고 그것의 의미를 몰라 당황해 할 것이다. —방패 모양의 문장이 새겨져 있었다. 거기에는 하나의 문장이 새겨져 있었는데 문장관의 풀이에 의한다면 그것은 이제 결말에 이른 이 전설의 제목이자 이 전설에 대한 간단한 서술일 수 있다는 것이다. 그것은 너무나 음침했기 때문에 그림자보다도 더 어둡게 불타는 한줄기의 빛으로 겨우 알아 볼 수 있을 뿐이었다.

"검은색 바탕 위에 주홍 글씨 A"

◼ 지은이 : 너새니엘 호손(Nathaniel Hawthorn, 1804~1864)

미국 매사추세츠주 항구도시 세일럼에서 선장인 아버지와 상인의 딸인 어머니 사이에서
1남 2녀 중 둘째로 태어났다. 7세 때 부친이 항해중 황열병에 걸려 사망한 후, 외가인 매닝가로 이사했다.
외삼촌의 지원으로 보도인대학에서 공부했는데 이때 14대 미국 대통령 프랭클린 피어스와
교우관계를 맺게 되어 평생을 절친한 사이로 지낸다. 졸업 후 3년간의 습작생활을 거쳐 1828년에
처녀작 『팬쇼』를 발간하지만 후에 이를 부끄러이 여겨 수거해 파기한다. 1837년 12년간의 은둔생활 동안
쓴 단편들을 모은 우화적 단편집 『진부한 이야기들』을 출간해서 큰 호평을 받아 작가로 이름을 알린다.
1842년 소피아 피바 피바디와 결혼하고, 1846년에 두 번째 단편집인 『구 목사관의 이끼』를 출간했다.
1850년 그의 대표작인 『주홍글씨』를 출간했는데, 이 책은 17세기 엄격한 청교도들이 지배하는
뉴잉글랜드 지방을 배경으로 한 여인의 죄의 문제를 다루었다.
1853년 대통령으로 당선된 친구 피어스는 호손을 영국 리버풀의 총영사로 임명한다.
이를 계기로 유럽을 방문한 그는 미국과는 다른 유서 깊은 유럽문화를 접하면서 일종의 문화적 충격을 받는다.
1860년에 유럽의 경험을 바탕으로 한 『대리석 목양신』을 출간했는데,
이 책은 이탈리아라는 이국을 배경으로 죄를 통해 성숙해가는 인물의 모습을 그렸다.
호손은 청교도주의를 비판하면서도 그 전통을 계승하여 죄악에 빠진 사람들의 내면을
철학적·종교적·심리적 측면에서 엄밀하게 묘사했다. 따라서 그의 작품은 교훈적 경향과
상징주의적인 면이 강하며, 인간의 '죄'에 대한 깊이 있는 탐구가 이루어졌다.

◼ 옮긴이 : 김종윤

전라북도 남원에서 태어나 한국외국어대학교 법학과를 졸업하였다.
1993년 『시와 비평』으로 등단하여 장편소설 〈어머니는 누구일까〉, 〈아버지는 누구일까〉,
〈날마다 이혼을 꿈꾸는 여자〉, 〈어머니의 일생〉 등이 있으며, 창작동화 〈가족이란 누구일까요?〉가 있다.
그리고 〈문장작법과 토론의 기술〉, 〈어린이 문장강화(전13권)〉 등이 있다.

어휘력·문해력·문장력 세계명작에 있고
영어공부 세계명작 직독직해에 있다

주홍글씨 ⓗ

초판 제1쇄 발행일 : 2024년 7월 30일
초판 제3쇄 발행일 : 2024년 9월 05일

지은이 : 너새니엘 호손
옮긴이 : 김종윤
발행인 : 김종윤
발행처 : 주식회사 자유지성사
등록번호 : 제 2 - 1173호
등록일자 : 1991년 5월 18일

서울특별시 송파구 위례성대로 8길 58, 202호
전화 : 02) 333 - 9535 I 팩스 : 02) 6280 - 9535
E-mail : fibook@naver.com
ISBN : 978 - 89 - 7997 - 559 - 8 (13840)
